MW01265217

LE MALFAITEUR

Américain protestant né à Paris de parents d'ascendance anglaise, Julien Green se convertit à quinze ans au catholicisme. A seize ans et demi, il s'engage dans les ambulances américaines sur le front de l'Argonne, puis sur le front italien de Vénétie en 1917.

Après la guerre, il finit ses études à l'Université de Virginie où il écrit sa première histoire, *The Apprentice Psychiatrist*.

Revenu en France fin 1922, et après avoir désiré être peintre, il commence à publier en français : ses livres conquièrent d'emblée un large public et sont aussitôt traduits dans les principales langues. Parallèlement aux romans, nouvelles et essais, Julien Green tient son célèbre *Journal*, qui couvre désormais plus de trois quarts de siècle.

Pendant la Seconde Guerre mondiale, mobilisé aux États-Unis, son pays, il est, sur les ondes, la *Voix de l'Amérique*. À cette époque, il publie également un volume autobiographique, *Memories of Happy Days*, qui remporte un grand succès, et traduit Charles Péguy.

Romans, pièces de théâtre, études autobiographiques et historiques, volumes du *Journal* se succèdent après son retour à Paris en 1947.

JULIEN GREEN

Le Malfaiteur

ROMAN

FAYARD

La première édition de ce livre a paru aux éditions Plon en 1955, amputée d'un long passage de la deuxième partie, « La confession de Jean ». À l'occasion de la réédition du roman dans le troisième volume des *Œuvres complètes* (Paris, Gallimard, « La Pléiade », 1973), ce passage a été réintégré. C'est le texte de cette édition qu'on lira ici.

PREMIÈRE PARTIE

Jusqu'à ce que la nuit finisse et que les oiseaux se mettent à pépier dans les arbres, Jean restera assis à sa table devant une feuille blanche et un livre ouvert dont il ne tourne pas les pages. Une petite lampe jette sa lumière tranquille sur les mains de cet homme qui veille, de longues mains étroites qui semblent dormir, pareilles à des travailleurs fatigués.

Pas un bruit dans toute la maison, mais du jardin monte le chuchotement du tilleul où rôdent les premières brises de l'automne. Tout à l'heure il a plu et les bonnes odeurs de la terre envahissent peu à peu la chambre comme une bouffée de souvenirs. Chaque fois que Jean est inquiet et qu'il respire ce parfum venu des profondeurs du sol, il se sent rassuré jusqu'au plus intérieur de son être. C'est peut-être pour cela qu'il sourit.

Il paraît encore tout jeune, malgré ses tempes qui blanchissent. Son visage sans rides garde encore l'air un peu étonné qu'on voit aux enfants, mais il a la bouche et les yeux d'un homme qui a souffert, quelque chose de blessé dans le regard et quelque chose de réprimé dans le dessin des lèvres, comme si trop de paroles n'avaient pas été dites qui auraient dû l'être. S'il demeure à l'abri, s'il restreint encore sa courte ambition et reste fidèle à son livre et à son jardin, il ira sans bruit vers une mort honorable. Qu'il se cache donc et laisse la vie passer près de lui comme un grand fleuve sonore. D'autres sont faits pour la lutte, lui ne doit connaître de difficultés qu'intérieures et, s'il a jamais faim, ce sera d'une nourriture que le monde ne donne pas. Tout cela est écrit sur ses traits et si lisiblement qu'un inconnu déchiffrerait sans peine ces quelques signes tracés par le destin. Mais Jean le sait-il? C'est là une des bizarreries de notre existence d'ignorer parfois jusqu'à la fin ce que n'importe qui aurait pu nous dire.

Derrière lui, les murs n'offrent aux regards que leur surface blanche où l'ombre de cet homme remue quelquefois, hoche la tête. Dans un coin, le grand lit bas aux couvertures rejetées en tas, et sur un vieux meuble à poignées de cuivre, huit ou dix volumes; c'est tout. La table à laquelle il est assis est en bois blanc comme une table de cuisine et la robe de chambre prune dont il enveloppe son long corps mince témoigne d'un long usage et c'est le seul vêtement qui plaise à son maître, le seul dans lequel il ne se sente pas déguisé, car cette étoffe assouplie par la fatigue n'est ni la bure qui couvre les religieux ni le triste complet-veston que nous portons tous, mais quelque chose d'intermédiaire, l'uniforme d'une grande armée sans discipline, capricieuse, éparse à la face du monde, l'armée des solitaires, doux anarchistes.

Cette espèce de haillon veule et complice, l'homme en ramène les pans sur ses jambes et se frotte les genoux d'un air absorbé. À quoi songe-t-il donc pour soupirer ainsi? Croit-il que l'insomnie porte conseil? Il vient de prendre une plume dans ses mains soigneuses, la considère comme s'il ne l'avait jamais vue, puis, sans la tremper dans l'encre, il la promène sur le papier et trace quelques mots en caractères invisibles, des mots décisifs peut-être, mais que personne ne lira. Et voici qu'il jette cette plume et ferme son livre. Il n'est pas en colère, il est simplement résigné. À présent, les coudes sur la table, il se frotte la tête avec application, il ébouriffe à plaisir les longues mèches robustes où brille l'argent et murmure des paroles qu'il semble confier aux larges manches d'où sortent ses bras nus.

— Tout cela est absurde, dit-il à mi-voix.

L'air fraîchit brusquement et le ciel se met à pâlir. Dans une cour lointaine, un merle commence une petite chanson gouailleuse dont il ne retrouve pas la suite. Alors Jean souffle la lampe et d'abord il ne distingue rien, mais peu à peu ses yeux s'accoutument à la pénombre et il voit l'aube monter derrière les toits noirs. La pluie tombe doucement et l'oiseau s'est tu. Jean se rappelle que, lorsqu'il était enfant, ce chant du merle le faisait rire de bonheur, tout seul, dans son lit, et il chuchotait entre ses mains, d'une voix presque imperceptible parce qu'il savait que c'était défendu de réveiller sa mère : « Tu l'entends l'oiseau, dis, maman ? »

Aujourd'hui, ces souvenirs ont quelque chose de si pénible que le cœur de Jean se serre un peu. C'est que le bonheur de l'enfance est le seul qu'il ait pleinement savouré depuis qu'il est au monde, et d'ordinaire il évite d'y penser, mais ce matin il n'est pas maître de sa mémoire et elle le mène où elle veut, elle retrace savamment le chemin perdu ; avec une douceur cruelle, elle lui fait revoir le visage souriant d'une femme aux bras chargés de fleurs des prés, encore jeune, toute petite, vêtue de guingan bleu pâle, et elle a les yeux graves de son fils, mais il a beau murmurer le nom qu'il lui donnait, elle n'entend pas, car il ira vers elle, mais elle ne viendra pas vers lui.

« Si tu étais là, pense-t-il. Si tu savais, pauvre mère ! »

À quoi bon souhaiter que sa mère revienne ? Ne serait-elle pas la dernière personne à qui il se confierait, celle à qui l'on doit le mensonge jusqu'à la fin ? Non. Mieux vaut garder pour lui son inquiétude, et si le monde le croit autre qu'il n'est, tant pis. Ne l'a-t-on pas contraint de se taire ?

À cette question, une voix répond *non* avec toute la netteté possible, mais Jean a prévu cette réponse. Selon lui, le monde ne tient pas à savoir. Quel besoin d'apprendre aux gens ce qu'ils ont résolu d'ignorer ? On ne demande rien à Jean, on l'estime. Cependant, il est dans la nature de cet homme de vouloir démolir sa vie comme on démolirait une maison construite avec patience. Lui-même n'y comprend rien. La tentation lui vient sans cesse de dire une vérité qui n'est pas du tout bonne à dire. Alors il prend cette feuille de papier blanc qui est devant lui depuis près d'une heure et il y jette quelques lignes d'une grande écriture penchée, puis il s'arrête, lit ce qu'il vient d'écrire dans la lumière incertaine de l'aube et il déchire cette page comme il en a déchiré vingt autres.

Voilà donc à quoi il emploie les premières heures du jour, à ces rêveries sans but, à ces efforts inutiles pour mener jusqu'au bout la page commencée. Il manque de courage. Il aime mieux ne pas songer à la manière dont il a passé la nuit. Il ne sourit plus comme tout à l'heure, mais incline un peu la tête comme sous un poids et sur ses traits ne se lisent plus que de la tristesse et du dégoût. Il songe à ce qu'il aurait pu être, à sa vie tragiquement faussée.

Parfois il s'interroge sur ce qu'on peut bien penser de lui dans la maison. Mme Vasseur, sa cousine, qui l'héberge depuis la guerre[1], ne voit en lui que ce qu'elle appelle, avec une exaspérante naïveté, un savant. Elle lui accorde une petite pension et de ce fait se croit charitable. Ce n'est pas qu'elle l'aime beaucoup, mais elle a besoin de cette reconnaissance verbale qu'il lui prodigue et se sent agréablement émue chaque fois qu'il l'entretient de sa bonté. Elle soupire alors un peu et se rengorge.

Mme Pauque, sœur de la précédente, professe la même opinion qu'elle sur les talents et le sérieux de celui qu'elle nomme « l'ermite de la rue Valentin ». Aux yeux de Jean, elle n'est guère plus intelligente que Mme Vasseur et c'est une personne taciturne et courtoise qui s'efface toujours quand il le faut ; impossible de savoir ce qui se passe derrière ce front lisse et calme ; rien, sans doute.

Très rarement, il arrive que la fille de Mme Vasseur vienne frapper à la porte de Jean. C'est qu'elle s'ennuie et que cela l'amuse parfois de déranger cet homme qui ne lui fait jamais l'ombre d'un compliment. Sous le prétexte de lui emprunter un livre, Ulrique tourne autour de lui et promène dans cette chambre nue un regard à la fois méprisant et curieux. Vivre dans un tel inconfort, à l'écart du monde, cela la passe, mais comme elle ne s'abaisserait jamais à réfléchir sur ce qu'elle ne com-

1. Celle de 14.

12

prend pas, elle conclut simplement que ce vieux garçon est fou, d'une folie plutôt ennuyeuse.

Or ces trois femmes ne comptent guère dans la vie de Jean et il lui importe assez peu qu'elles s'illusionnent sur son compte et le croient meilleur ou pire qu'il n'est, mais il aurait beaucoup plus à cœur que la petite Hedwige ne se méprît pas, car il aime la gentille provinciale, autant qu'un homme de son espèce, gauche et studieux, peut aimer une jeune fille remuante et d'une sincérité quelquefois indiscrète. Elle est depuis dix ans dans la maison où Mme Vasseur l'a recueillie quand elle est devenue orpheline. Ainsi, elle se trouve dans une situation analogue à celle de Jean, et cela les rapproche l'un de l'autre. Ce que Jean respecte en elle, c'est une candeur un peu ridicule et jugée de mauvais ton dans la famille : Hedwige ne ment pas ; l'intérêt ni la politesse ne peuvent obtenir d'elle qu'elle atténue la vérité. Pour cette raison, Mme Vasseur ne la montre guère qu'à des amis prévenus, bien que sa jeune parente soit jolie et en âge de se marier. Si Jean n'était pas si sauvage, il se lierait avec Hedwige, mais elle rit un peu trop et elle le taquine sur ses cheveux gris et son air sérieux ; et puis, surtout, elle lui suppose des vertus qu'il n'a pas. Cela seul suffit à l'écarter d'elle aux moments où il voudrait se confier à quelqu'un.

Vient ensuite l'honnête M. Vasseur qui traverse la vie sans rien y voir de mal. C'est un petit monsieur chauve et souriant dont sa femme et sa fille Ulrique ont mortellement honte, mais il n'en sait rien. Il a su s'enrichir sans léser personne et porte une âme innocente sur un visage épanoui. Cependant l'idée de se confier à M. Vasseur aurait quelque chose de si saugrenu que Jean ne peut s'empêcher d'en rire.

Enfin, Raoul, le mari d'Ulrique. Jean ne peut souffrir ce pétulant imbécile et met son plus grand soin à l'éviter. Il ne tient pas à savoir ce que Raoul ferait à la place du président du Conseil, ni ce qu'il augure des courses prochaines, ni dans quelles villes il compte s'arrêter au cours d'un voyage gastronomique qu'il organise avec une dizaine de goinfres. Ce que Raoul pense de lui, Jean s'en doute et s'en moque. Le cerveau de Raoul n'est accueillant qu'aux idées simples et l'épithète de para-site résume l'opinion sans nuances qu'il se forme de Jean. À quoi servirait-il de l'éclairer ? Jean se sent capable de réciter par avance toutes les platitudes vengeresses que Raoul débiterait sur son compte, s'il savait.

Dans le silence de cette aube frileuse, il semble à Jean qu'il voit défiler devant lui ces personnages familiers avec leurs soucis, leurs tics et leurs ridicules. Il se pro-met de faire un effort pour aller au-devant de ces hommes et de ces femmes et pour les mieux com-prendre, qui sait même ? pour les aimer. Alors, à coup sûr, ils lui rendront cet élan fraternel... À eux seuls, ne sont-ils pas l'humanité ? Qu'on multiplie leur nombre à l'infini, on ne les changera pas. Jean va plus loin : c'est lui-même qu'il veut reconnaître en eux, car tout à coup l'horreur lui vient de cette solitude morale où il vit ; il voudrait se mêler à l'innombrable famille qui s'appelle *les autres*, et disparaître en elle. Pour cela il faudrait à la fois du courage et de la lâcheté, renoncer à soi et pro-noncer les vœux qu'exige la multitude : « Tu mangeras comme nous, tu penseras comme nous, et, comme nous aussi, tu *aimeras*. Ressemble-nous ou nous t'étouffons. »

Jean hausse les épaules. Il n'a pas envie de lutter contre tout le monde. Tôt ou tard, une écrasante majo-rité de Vasseur briserait sa volonté et cette guerre ne l'intéresse plus, car ses heures de révolte sont courtes. Mieux vaut se cacher et se taire et dérober parfois à la vie un peu de ce bonheur qu'elle offre à tant d'hommes. Il sera comme le pauvre qui vole du pain dans une bou-langerie. Après tout, elle finira bien par venir, celle qui ramène chez eux les enfants las, vers la fin du jour, quand l'ombre est sur leurs yeux et que leurs jouets ne les amusent plus, celle qui veille sur nous d'un dévorant amour, la vieille nourrice aux traits voilés de noir.

I

Félicie était assise près de la fenêtre, sur une chaise basse qui ressemblait à un prie-Dieu ; les pieds sur les barreaux d'une autre chaise placée en face d'elle, cette petite personne grisonnante raccommodait une déchirure dans un magnifique jupon de soie brune qui lui recouvrait les genoux. Elle se courbait en deux pour mieux y voir et soupirait doucement de temps à autre sans interrompre son travail. Enfin elle tira une dernière fois l'aiguille et, pour couper le fil avec ses dents, se pencha sur la somptueuse étoffe qu'elle parut brouter.

À présent elle était debout et tenait à bras tendus le vêtement tout en plis et en falbalas. Félicie le considérait avec un mélange de haine et d'admiration qui faisait briller ses yeux noirs derrière son lorgnon à monture d'acier. Ce jupon, c'était Madame elle-même, Madame et ses grands airs, sa façon dédaigneuse de marcher, Madame et son luxe ; et comme elle, il sentait bon. Chypre (Félicie renifla) ou violette ? Ce que Félicie pardonnait le plus difficilement à sa maîtresse, ce n'était pas son bonheur, son provocant bonheur dont il fallait prendre son parti comme on s'accommode du mauvais temps en hiver, c'était sa condescendance apitoyée envers les humbles. Félicie eût préféré cent fois que Madame fût arrogante jusqu'au bout, dure et belle comme une reine injuste, sans ces retours inexplicables qui se traduisaient par des cadeaux absurdes accompagnés de paroles blessantes. Ainsi, elle tenait pour sûr qu'un jour l'insolent jupon lui serait dévolu, à elle, pauvre vieille qui ne saurait que faire de cette guenille chatoyante. Et le plus douloureux serait les phrases reconnaissantes qui d'un cœur plein de rage

15

lui monteraient aux lèvres. «Madame est trop bonne! Madame est vraiment *trop* bonne!» Cependant, avec de la chance, Félicie réussirait à vendre ce jupon. Encore faudrait-il qu'on ne le portât pas trop longtemps. Les juifs de la rue de l'Écorcherie sont si curieux de ce qu'ils achètent! Du bout de leurs doigts noirs, ils chercheraient l'endroit où la soie avait pu s'amincir, et quels ricanements lorsqu'ils apercevraient la déchirure!

Elle posa le vêtement sur une chaise et se mit à gratter son cou décharné avec son lorgnon qu'elle tenait entre le pouce et l'index. Courte et un peu bossue, elle essayait de rehausser sa petite taille en avançant le ventre et plaça une main sur sa hanche. Dans cette attitude de défi qui lui était familière lorsqu'elle se trouvait seule, elle suivit pendant quelques minutes le cours d'une méditation pleine de colère. Elle se piétait devant le monde, elle bravait Madame et les juifs. À cinquante ans passés, la pauvre femme se montait la tête comme une fillette et jouait pour elle toute seule son rôle favori de l'opprimée qui se révolte. Ses joues fripées devenaient roses et ses mèches grises elles-mêmes semblaient se rebeller autour de son front étroit. Avec l'obstination des êtres simples, elle roulait dans sa tête des questions insolubles. Pourquoi les autres avaient-ils tout alors qu'elle ne possédait rien? Quel caprice du sort la faisait vivre dans une mansarde obscure et donnait à Madame cette maison vingt fois trop grande? Été comme hiver, pourquoi était-elle contrainte de porter une robe de serge rapiécée et luisante, de se nourrir de charcuterie parce qu'en regagnant son sixième étage de la rue des Augustines, elle était toujours trop lasse pour se faire à dîner? Pourquoi? De quelle faute la punissait-on pour qu'elle dût se fatiguer les reins à coudre du matin au soir? Il lui venait quelquefois une envie de pleurer, moins de tristesse que de rage et surtout de lassitude. Parvenue aux abords de la vieillesse, elle n'avait pas encore remarqué que la vie fût bonne; elle s'étonnait seulement qu'on s'y cramponnât et qu'on redoutât, comme elle, le moment où prendrait fin cette féroce plaisanterie.

Au bout de quelques minutes, elle regagna son fauteuil près de la fenêtre et saisit avec humeur une pièce d'étoffe bleue qu'elle se mit à tourner en tous sens. Sans doute finirait-elle par se crever les yeux à coudre, dans du sombre, comme elle disait, mais tant pis, n'est-ce pas? Elle rajusta son lorgnon sur son petit nez batailleur et s'arracha une aiguille de la poitrine. Si les clients pouvaient connaître les pensées qu'on agite en travaillant pour eux, tout ce qu'on peut mettre de fureur dans les points d'une couture! Cette réflexion fit sourire la vieille demoiselle et elle attaqua son ouvrage avec un regain d'énergie.

La pièce où cousait Félicie se trouvait au dernier étage de la grande maison, à côté des chambres de bonnes. C'était une espèce de mansarde qui prenait jour sur une petite rue tranquille. Un berceau et, dans un coin, des jouets hors d'usage indiquaient qu'un enfant avait dû vivre là, et les tentures semées de fleurs pâles montraient le long des plinthes des gribouillages au crayon noir. Du temps de la mère de Madame (cette expression revenait souvent sur les lèvres de Félicie) on installait la couturière dans la chambre à coucher de la vieille baronne, bonne et simple personne qui n'oubliait pas la modestie de ses origines et parlait comme il faut aux petites gens, s'inquiétant de savoir si tout allait bien, s'ils avaient assez chaud, plaisantant même avec eux, ce qui faisait frissonner l'altière Mme Vasseur, sa fille.

Cette dernière n'eut aucun scrupule à chasser Félicie du premier étage après la mort de Mme la baronne. D'abord, elle trouvait indécente la présence de Blanchonnet dans la chambre où sa mère avait rendu l'âme. Blanchonnet, c'était le mannequin dont se servait la couturière. Sans tête, ni bras ni jambes, il offrait l'aspect d'une élégante d'autrefois après un barbare supplice. Un long support de bois peint élevait à hauteur normale ce torse avantageux recouvert d'une étoffe noire qui luisait aux hanches et à la gorge, mais, pour ajuster un corsage à Blanchonnet, il fallait que Félicie montât sur une chaise. Elle aurait pu, il est vrai, dévisser le mannequin et le poser sur une table ou

17

un siège ; elle ne voulait pas ; peut-être n'osait-elle pas. De bizarres frayeurs la saisissaient parfois, quand, travaillant en silence, elle pensait tout à coup à Blanchonnet qui se tenait derrière elle et la surveillait ; ou lorsqu'elle arrivait le matin, l'esprit occupé de tout autre chose que du mannequin et qu'elle voyait cette grande silhouette immobile devant la fenêtre ; elle tressaillait alors et si elle murmurait en souriant : « Ah ! c'est Blanchonnet ! » cela n'empêchait pas que le cœur lui eût battu un peu plus vite.

Ce sentiment s'était accru, depuis la mort de la vieille baronne, pour une raison que la couturière ne s'avouait pas, car, là encore, elle n'osait. Blanchonnet avait, en effet, assisté à l'agonie de la pauvre vieille femme. Toutes les péripéties de ce drame rapide et banal, il les connaissait, parce que, dans l'affolement des dernières minutes, personne n'avait songé à faire disparaître ce témoin absurde. Les fioles renversées, les ordres compris de travers, les cris et les larmes, la voix agacée de Mme Vasseur, toute cette agitation funèbre, Blanchonnet aurait pu la décrire à la couturière, en admettant qu'une voix humaine pût sortir d'un buste de carton. Mais, d'une certaine manière, ce silence même grandissait Blanchonnet aux yeux de Félicie. Autrefois, elle le trouvait simplement utile et pareil à tous les mannequins du monde. Depuis qu'il avait assisté à une mort, cependant, une apoplexie foudroyante, on eût dit que, par une opération mystérieuse, il s'était mis à vivre. Félicie commençait à le voir comme un voyageur qui s'est aventuré dans des régions interdites et qui ne doit pas raconter ce qu'il a vu. Parfois, il semblait réfléchir à quelque chose. C'était, du moins, l'impression qu'il faisait à la vieille demoiselle et, peu à peu, Félicie se prit pour lui d'une sorte de tendresse mêlée d'horreur.

Le lendemain du jour où la baronne trépassa, Félicie arriva vers neuf heures, comme à son ordinaire, et apprit l'événement par les domestiques. Elle sentit alors qu'elle perdait la seule amie qu'elle comptait dans la maison et versa sur sa propre infortune des larmes apitoyées ; après quoi elle demanda qu'on lui fournît quelques détails et se régala d'un ample récit que lui firent, alternativement ou en chœur, le valet, la femme de chambre et la cuisinière. Piquée de curiosité, elle fut ensuite trouver Madame qui buvait son chocolat et, s'efforçant de paraître encore plus petite que le Ciel ne l'avait faite, supplia humblement qu'on lui permît d'aller s'agenouiller un instant dans la chambre mortuaire. Cette grâce lui fut accordée sans même qu'on abaissât les yeux sur elle ; toutefois on ajouta entre deux bâillements (car Madame avait peu dormi) : « Par la même occasion, Félicie, faites-moi disparaître ce ridicule Blanchonnet. M. le curé a failli le renverser sur le lit. C'est indécent. Désormais, vous pourrez travailler au troisième, vous et lui, dans l'ancienne chambre de M. Jean. »

Vous et lui fut prononcé avec un fin sourire dont Félicie ne vit rien, car elle ne regardait jamais Madame en face, mais l'étrange parole résonna en elle. Aussi, quand elle poussa la porte de la chambre mortuaire, se sentait-elle déjà toute troublée. Les rideaux de velours prune étaient tirés. Seul éclairait la pièce un flambeau à quatre bougies posé au chevet du grand lit d'acajou noir. Une lourde odeur de pharmacie se mêlait au parfum d'un gros bouquet blanc qui ornait la commode pansue où la défunte avait coutume de ranger ses souvenirs. On avait brûlé des papiers dans la cheminée, bousculé de petits objets de porcelaine pour faire place à des fioles de verre jaune, et l'on avait roulé dans un coin la bergère à perse violette. Ce désordre parut affreux à la roturière qui n'osa diriger ses regards vers le visage de la morte. Le cœur battant, elle observa toutefois sur la masse arrondie du ventre les courtes mains ligotées par un chapelet de nacre. Alors ses genoux plièrent tout d'un coup et elle enfonça son petit nez pointu dans l'édredon bleu en murmurant sur un ton de reproche : « Oh, Madame la baronne ! Oh, Madame la baronne ! »

À vrai dire, elle essaya de prier, mais les mots se pressaient sur ses lèvres dans une telle confusion qu'elle ne savait plus où elle en était. Elle se moucha, discrètement comme dans une église, fit un signe de croix, poussa quelques soupirs et chercha son lorgnon au bout de sa chaîne, car enfin, puisqu'elle était là, autant jeter un coup d'œil… C'est très curieux, un mort, et l'occasion d'en voir n'est pas si fréquente. Évidemment, cela fait peur, tout d'abord, et la couturière qui se penchait à présent au-dessus du lit ne put retenir une exclamation d'effroi. Comme elle était changée, sa vieille amie! Se pouvait-il que ce fût là la personne aimable et bavarde qui, l'avant-veille encore, plaisantait avec Félicie? Cette dernière sentit ses mains devenir toutes moites et cependant elle ne se décidait pas à partir. Il lui fallait emplir ses yeux de ce spectacle, l'emporter en quelque sorte, afin de s'en repaître ensuite avec ses amies.

Un peu gênée par sa propre impudence (c'était malgré tout Mme la baronne qu'elle se permettait d'examiner ainsi), elle bredouilla une phrase confuse comme pour s'excuser et frotta son lorgnon sur un coin de son tablier noir. Ce fut à ce moment qu'elle eut conscience de n'être pas seule dans la chambre. Un petit frisson d'horreur lui passa sur la nuque et tout parut s'obscurcir à ses yeux. À sa droite, en effet, un peu en arrière de Félicie, quelqu'un se tenait debout.

Pendant une seconde ou deux, la couturière pensa qu'elle allait défaillir, car le courage lui manquait de tourner la tête et ce qu'elle voyait du coin de son œil myope lui paraissait épouvantable, quand tout à coup elle se souvint de Blanchonnet. Avec un petit cri de soulagement et d'irritation, elle traversa l'espace qui la séparait du mannequin et appliqua une tape sur la fastueuse poitrine noire. Ce geste de bravade fut accompagné d'un rire timide que Félicie réprima aussitôt. Ses genoux tremblaient encore un peu et elle dut s'appuyer contre une armoire pour retrouver ses forces.

Lorsque les battements de son cœur se furent apaisés, elle décida de quitter la pièce et d'emporter Blanchonnet avec elle. La porte ouverte toute grande pour lui livrer passage, elle s'attaqua au mannequin qu'elle fit basculer en avant et le saisit à bras-le-corps au moment où il allait tomber sur elle. Ensuite elle le traîna hors de la chambre, essoufflée et pleine de rancune contre ce maudit Blanchonnet qui se faisait si lourd, lourd, en vérité, comme un cadavre.

Sur le seuil de la porte, elle croisa une religieuse qui venait prier auprès de la défunte dont la piété avait édifié plus d'une âme. Félicie s'excusa d'une voix entrecoupée par la fatigue. Elle ne savait pas très bien de quoi elle s'excusait, mais elle s'excusa malgré tout. Depuis son enfance, elle s'excusait ainsi à tout venant : le sentiment qu'elle avait de sa petite taille et l'appréhension perpétuelle de se trouver en faute inspiraient cette humilité craintive. Aussi, devant le regard étonné de la bonne sœur, elle rentra sa tête grise entre ses épaules et prit un air coupable, comme si elle avait volé le mannequin dans la chambre de la morte. Elle tenta même de dissimuler tant soit peu Blanchonnet en se penchant sur lui et murmura plusieurs fois : « C'est Madame qui m'a dit… » Mais la religieuse avait déjà refermé la porte.

Soulever ce grand mannequin hostile qui semblait vouloir l'écraser, Félicie crut qu'elle n'en viendrait point à bout. Elle y réussit pourtant et le porta jusqu'à l'escalier. Par bonheur, les marches en étaient larges et basses, mais tous les efforts de la couturière n'empêchèrent pas que le grand pied de bois allât se prendre dans les barreaux avec une malignité diabolique. Plusieurs fois, elle faillit glisser, car elle montait à reculons et ses jambes fléchissaient de lassitude. Elle s'asseyait, de minute en minute, la tête appuyée contre le mur et ses petits bras courts serrés autour du mannequin, puis, dans un sursaut d'énergie rageuse, elle reprenait sa lutte avec Blanchonnet, le mettait debout tant bien que mal et le hissait de marche en marche. Il était si grand qu'il la cachait presque tout entière : seuls se voyaient, par-dessus l'épaule du mannequin, la tignasse grise et les yeux angoissés de Félicie, puis ses mains dont les doigts se serraient convulsivement sur les reins satinés, enfin, dans leurs bottines noires, les pieds trébuchants qui semblaient exécuter une danse.

Ce voyage n'alla pas sans bruit, malgré les efforts de la couturière qui gémissait chaque fois que Blanchonnet heurtait les barreaux — et il paraissait le faire à plaisir. Au grand effroi de la vieille demoiselle, une porte s'ouvrit enfin et quelqu'un demanda ce que signifiait l'infernal vacarme, mais une voix lointaine et dédaigneuse, celle de Mme Vasseur, intervint au même moment : « Laissez donc, fit-elle, ce n'est que Félicie. » Et la porte se referma un peu plus doucement qu'elle ne s'était ouverte.

Parvenue au terme de son étrange calvaire, Félicie n'eut que la force de pousser son fardeau dans la mansarde, mais la fatigue la rendait si maladroite et ses mouvements devenaient si incertains qu'elle renversa Blanchonnet, et il tomba avec une sorte de lenteur calculée sur une cuvette de faïence qu'il brisa en deux.

La couturière ne s'aperçut même pas de cet accident : une espèce de vertige la faisait marcher de travers dans la mansarde et elle eut tout à coup l'impression qu'elle devenait aveugle et sourde à la fois. Brusquement ses genoux plièrent et elle se trouva étendue sur le plancher, les yeux au plafond qu'elle voyait peu à peu s'assombrir comme si la lumière se retirait de la pièce, et, dans les oreilles, un bruit qui ressemblait au majestueux fracas de l'Océan.

Du temps passa, puis elle sentit qu'on lui soulevait la tête avec précaution. Un coussin fut glissé sous sa nuque. Ensuite, des gouttes d'eau fraîche vinrent chatouiller son front et ses tempes. Elle éternua et rouvrit les paupières.

Il lui fallut près d'une minute pour se rendre compte qu'elle avait perdu connaissance et reconnaître au fond d'une brume de plus en plus légère le visage régulier qui se penchait sur elle. Deux yeux noirs plongeaient dans ses yeux un regard attentif qui la faisait loucher et elle essaya de détourner la tête, mais une main douce au parfum délicat prévint ce mouvement et appuya du bout des doigts sur la joue de Félicie, puis la vieille demoiselle aspira une ou deux fois de tous ses poumons, et chuchota :

— Madame Pauque !

— Tenez-vous tranquille, fit celle-ci. Je reviens dans un instant.

Restée seule, la couturière s'aperçut qu'une grosse

couverture de voyage s'enroulait autour de ses jambes et qu'un châle de laine noire lui couvrait la poitrine et les épaules. On avait aussi relevé le mannequin qui se tenait près de la fenêtre. Dans ces petites attentions, Félicie n'eut pas de peine à reconnaître la sollicitude de Mme Pauque, toujours à l'affût de quelque bonne action, d'une écorchure à panser ou d'un malheur à plaindre. Cependant, quel mal ne disait-on pas d'elle, à la cuisine, dans ce tribunal impitoyable d'où pas une réputation ne sortait absoute ! Herbert, le domestique anglais, s'acharnait sur la pauvre femme avec une frénésie glaciale : il eût éprouvé, disait-il, un plaisir sensible à la pendre. Ni Berthe ni Ernestine n'osaient formuler un vœu aussi épouvantable, mais régler son compte à la sœur de Madame devenait pour ces trois personnes une espèce d'idéal.

Pour sa part, la couturière n'arrivait pas à démêler ses sentiments à l'égard de Mme Pauque. Sans doute, elle la craignait, mais elle craignait tout le monde dans la maison. Il y avait pourtant certaines heures où elle se sentait toute rassurée et presque contente lorsque Mme Pauque se trouvait près d'elle et lui parlait de sa voix tranquille. Par malheur, ces bonnes impressions ne duraient guère dans l'esprit de Félicie et il suffisait que Mme Pauque eût tourné les talons pour que la couturière fût reprise d'invincibles doutes. Elle s'en voulait comme d'une perfidie à l'endroit d'une femme qui la traitait avec bonté, mais la chose ne se raisonnait pas. Tout bien considéré, elle aimait mieux que Mme Pauque ne lui rendît pas visite aussi souvent, ne vînt pas, surtout, la surprendre au moment où la couturière pensait justement à elle. Avec quelle gentillesse, cependant, elle parlait à Félicie… On eût dit qu'elle avait à cœur de se faire aimer tant elle mettait de douceur dans ses propos. Elle semblait oublier sans cesse qu'elle était la sœur de Madame, ne grondait personne, ne demandait rien. Ce ne pouvait être sa faute si elle se trouvait à contretemps sur le chemin de tous, si elle paraissait surveiller les gens. On se retournait, elle était là. Elle souriait, elle n'avait rien vu, et elle passait, mais il lui échappait quelquefois des paroles singulières qu'on ne réussissait pas à oublier tout à fait.

Ces pensées occupèrent la vieille demoiselle tout le temps que dura l'absence de Mme Pauque et elle se sentit coupable lorsqu'elle vit cette dernière rentrer dans la mansarde avec un verre de cordial entre les doigts, puis s'agenouiller sur le plancher, et la soulever, elle, Félicie, couturière à gages, pour lui faire avaler le délicieux liquide qui fleurait l'orange et le caramel brûlé.

— Vous sentez-vous mieux, ma pauvre Félicie?

Qu'elle était belle en disant ces mots! Son front blanc cerné de cheveux noirs qui brillaient comme de l'encre, ses yeux profonds et immobiles, tout dans ce long visage rayonnait. Sous les pommettes, les joues se creusaient et des rides d'une finesse extrême commençaient leur patient travail autour des paupières bistrées par l'insomnie; de même, la bouche taciturne et pleine de secrets se teintait légèrement de mauve, comme si le froid montait déjà du cœur jusqu'aux lèvres. Malgré ces premières atteintes de l'âge et de la maladie, la femme qui se penchait sur Félicie gardait les traits de sa jeunesse, le cou mince, la taille flexible, avec quelque chose de vif et d'imprévisible dans tous ses gestes. Jamais on ne l'entendait aller et venir et elle semblait toujours enveloppée de silence, car devant elle on ne parlait guère. Vêtue avec recherche et une certaine élégance bizarre, elle affectionnait les étoffes sombres et luisantes, les dentelles noires, les chaînes fines et longues qu'elle faisait glisser entre ses doigts. Le plus souvent, des améthystes ornaient ses mains, sa gorge et ses oreilles, et il flottait autour d'elle un léger parfum de lilas qui semblait le complément de sa voix et de son regard et comme de la douceur ajoutée à de la douceur.

La dernière goutte de cordial avalée, Félicie voulut s'étendre à nouveau car elle ressentait déjà un bien-être profond et général, une chaleur qui se répandait dans tout son corps et lui donnait envie de rire et de paresser, oui, de s'étirer même, mais Mme Pauque lui fit signe de se lever.

— Cela va tout à fait bien, n'est-ce pas, Félicie?

— Oh! oui, Madame, tout à fait.

— Dans ce cas…

Mme Pauque ramassa le coussin de soie bleu pâle et le caressa du bout des doigts.

— Je vais le mettre sous la tête de maman, dit-elle enfin.

Cette phrase si simple, prononcée d'une voix calme et naturelle, Félicie l'entendit sans bien la comprendre, mais plus tard, comme elle y repensait, elle en éprouva de l'inquiétude. Pourquoi? Elle n'aurait su le dire. Ce n'était qu'une vague impression, mais durable. Il semblait à la couturière qu'on l'associait à la morte et l'inoffensif coussin bleu pâle devint aux yeux de Félicie l'instrument d'une opération magique.

Des mois passèrent et la mémoire de la vieille baronne s'effaçait de tous les esprits. On s'aperçut qu'en réalité elle avait quitté cette vie bien des années avant sa mort, car nous mourons tous quand meurt notre bel âge et ce qui survit n'est qu'un pauvre corps qui emprunte notre voix, nos regards et nos gestes. C'était du moins l'avis de M. Jean qui s'occupait de littérature, mais Félicie n'entrait pas dans de telles finesses. Pour elle, la baronne était morte quand son souffle asthmatique n'avait plus soulevé son ventre et sa molle poitrine, mais morte elle l'était bien et on ne la reverrait plus.

Voire. Toute seule, dans sa mansarde où le silence devenait quelquefois si profond que le froissement d'une étoffe jetait l'alarme dans le cœur de Félicie, celle-ci remuait des souvenirs et se posait des questions. Oui ou non, les morts revenaient-ils? De son vivant, Mme la baronne l'affirmait. Pourvu qu'elle ne revînt pas elle-même lui fournir un supplément d'information!

Une nuit, Félicie rêva que Blanchonnet se montrait à elle. Ce n'était pas la première fois qu'il troublait le sommeil de la pauvre femme, mais d'ordinaire il se contentait de traverser la chambre en glissant au ras du plancher. Il ne parlait pas. Comment Blanchonnet aurait-il pu ouvrir la bouche? Cette nuit, pourtant, il lui poussa tout à coup une tête et deux bras : en vérité, la tête et les bras de Mme la baronne.

Rien n'était bizarre comme cette face lunaire ajustée au buste élégant du mannequin et il semblait bien que la tête de la vieille dame souffrît de vertige à se trouver perchée si haut, car elle fermait les yeux et fronçait les sourcils. Les mains grasses sortaient de larges manches de dentelle qui ressemblaient aux ailerons d'une poule, et de temps en temps les doigts s'agitaient comme pour saisir quelque chose. La couturière s'aperçut bientôt que l'apparition venait vers elle en oscillant de droite à gauche et, à chaque mouvement de Blanchonnet, les joues de la baronne tremblaient et la vieille dame faisait : « Oh ! » À très peu de distance du lit, le mannequin s'arrêta, la bouche s'ouvrit et Félicie ramena son drap par-dessus sa tête. Elle ne s'entendit pas moins appeler par son nom, mais doucement, comme autrefois. Alors elle découvrit la moitié d'un œil et regarda sa maîtresse.

— Mon coussin bleu pâle, dit la baronne.

Félicie répondit en claquant des dents.

— Je veux ce coussin, dit la baronne d'un ton plus sévère.

Il y eut un silence, puis le coussin bleu pâle se montra tout à coup entre les mains de la baronne qui sourit.

— Je l'emporte avec moi, fit-elle, mais si vous voulez, je vous le prêterai de temps en temps. Allons-nous-en. Oh !

Et Blanchonnet l'emporta en basculant de côté et d'autre.

Le lendemain, Félicie éprouva quelque difficulté à se mettre au travail. Que Blanchonnet fût devant ou derrière elle, il demeurait aussi inquiétant. Sans doute valait-il mieux le surveiller. Elle le mit à sa droite parce que, à gauche, il lui cachait le jour, mais il la gênait de toute manière. Finalement elle lui tourna le dos.

Elle eût préféré que la rue ne fût pas aussi tranquille, qu'un chiffonnier passât, qu'un chien donnât de la voix et que le ciel ne prît pas cette vilaine couleur grise qui annonçait la pluie. Bien qu'il fût près de midi, il faisait sombre dans la mansarde et la couturière se penchait sur son travail jusqu'à presque toucher du nez le jupon de soie puce qu'on lui avait donné à raccommoder, le jupon de Madame. Ce vêtement de riche éveillait en elle la jalousie et la colère, mais en réalité elle se montait contre Madame sans trop savoir pourquoi. Seules des considérations de prudence et d'intérêt l'empêchèrent de déchirer ce jupon avec de grands gestes de bras. Elle avait peur.

D'ordinaire, en cousant, elle chantait à mi-voix un refrain sentimental où les désirs amenaient les soupirs et l'amour le mot toujours. Ou bien elle parlait toute seule, elle se plaignait à Blanchonnet de ce que la vie n'était pas drôle, ni facile, mais ce matin elle gardait un silence rageur. Dans un moment, quand elle aurait fait le dernier point au jupon, il faudrait qu'elle se levât et qu'elle passât au mannequin ce vêtement dédaigneux pour s'assurer que la couture se cachait bien dans les plis. Elle se proposait de bousculer cet imbécile de Blanchonnet à cause de sa farce de la nuit dernière, et son aiguille courait de plus en plus vite, comme s'il se fût agi de lutter de vitesse avec quelqu'un.

Elle était si absorbée qu'elle n'entendit pas la porte s'ouvrir et tressaillit en voyant Mme Pauque.

— Toujours aussi nerveuse, dit celle-ci avec un bon sourire. Que diriez-vous s'il entrait une personne vraiment inattendue ? Par exemple…

Elle s'assit et joignit ses longues mains où brillaient des bagues.

— … par exemple, le diable ! dit-elle doucement.

Félicie rentra la tête dans les épaules et se mit à rire, mais seulement par politesse, car elle n'aimait pas les plaisanteries de la visiteuse. Il s'écoula quelques secondes pendant lesquelles les deux femmes se livrèrent à un accès de la gaieté la plus fausse, puis Mme Pauque ajouta :

— Rassurez-vous, ma bonne Félicie. Ce serait mal connaître le diable que de lui prêter vilaine figure. Il se fait un souci de nous plaire et ne voudrait pour rien au monde nous causer la moindre alarme. Aussi ne se montre-t-il à nous que sous des traits agréables, parfois, hélas ! séduisants… Mais nous badinons sur des choses sérieuses, Félicie. Je suis venue vous mettre au courant d'une idée de ma nièce.

Tout en jouant avec sa chaîne, elle expliqua à la couturière qu'Ulrique voulait donner une fête en l'honneur de la petite Hedwige, sa cousine. On pensait d'abord qu'une réception suffirait, mais une lubie d'Ulrique avait réduit à néant ce projet trop raisonnable. Elle voulait de la musique, un orchestre. Elle voulait un bal, et un bal costumé. En vain on lui avait représenté ce que coûterait une telle fantaisie ; son mari surtout avait montré beaucoup de véhémence dans ses protestations, mais c'était perdre son temps et sa peine que de discuter avec elle car, en s'opposant à ses caprices, on fixait dans son esprit ce qui jusque-là n'était que flottant ou nébuleux. Elle ne s'emportait pas, écoutait avec une politesse accablante les critiques les plus sévères et ne laissait paraître sur son visage qu'une obstination glaciale. La colère chez cette femme ne se trahissait que par un calme insolite. Jamais elle n'articulait si distinctement ni ne pesait ses mots avec tant de soin que dans des moments où d'autres perdent le contrôle de leur langue. On eût dit que la fureur la rendait lucide et l'élevait en quelque sorte au-dessus d'elle-même.

Dans la conversation avec Félicie, Mme Pauque ne fit pas même allusion aux scènes que ce projet de fête valait presque tous les jours. Peu bavarde de nature et fort ennemie des confidences quand ces confidences ne s'adressaient pas à des égaux, elle borna ses explications à quelques phrases prononcées de cette voix aimable et bien modulée qui faisait une musique de tout.

— M'avez-vous comprise, Félicie ? Ne vous effrayez pas de ce petit supplément de travail. Nous vous compterons double le temps que vous passerez sur ces costumes. Comment va votre rhumatisme ?

La couturière satisfit sur ce point la curiosité de la visiteuse et s'apprêtait même, étourdiment, à fournir quelques détails qu'on ne lui demandait pas sur différents aspects de sa santé, car les misères de son petit corps la passionnaient, quand Mme Pauque se souvint tout à coup qu'on l'attendait au premier étage.

Restée seule, Félicie raffermit son lorgnon sur son nez, et devint toute rose à la pensée de ce qu'elle aurait pu dire à Mme Pauque si cette dernière n'avait prévenu de telles indiscrétions. Elle se tourna vers Blanchonnet et, oubliant les griefs qu'elle nourrissait à l'endroit de ce personnage : «Blanchonnet, murmura-t-elle, heureusement que tu étais là pour empêcher Félicie de dire des bêtises. Tu es plus malin qu'elle, tu n'ouvres pas la bouche, toi.»

Soudain elle s'arrêta et dit plus haut :

— Qu'est-ce que tu racontes, vieille folle ? Te voilà encore à parler toute seule !

Elle tourna le dos au mannequin avec humeur et reprit son travail.

II

Ulrique aime ~~Raoul~~ Raoul et le bal

La maison occupait un long espace entre la rue et un jardin vieillot que fermait un vaste treillis. Au-dessus de la porte cochère se voyait un écu à demi effacé où l'on distinguait encore une tête frisée et un croissant de lune et dans un coin quelque chose qui ressemblait à un oiseau, mais la plupart des visiteurs n'essayaient même pas de déchiffrer ce rébus altier ; il leur suffisait de savoir qu'il y avait là des armes et d'une façon inexplicable ils en éprouvaient une meilleure opinion d'eux-mêmes, et telle était la vertu de ce blason qu'il procurait à certains habitants du vieil hôtel le sentiment de valoir un peu mieux que le reste du monde. « Il me semble, disait quelquefois l'une de ces personnes, que les pièces de notre blason s'effritent un peu plus chaque mois : bientôt on n'y reconnaîtra plus rien. » « Laissez donc, faisait alors la paresseuse Ulrique, c'est un des plus connus du pays et il dira toujours assez bien ce qu'il veut dire. »

Ces paroles prononcées d'une voix pleine de langueur trahissaient un orgueil assez facilement explicable, car les armoiries en question remontaient à quatre siècles en arrière et quel mal y avait-il à parler de « notre blason » lorsque avec la sombre et croulante demeure on avait acheté ce magnifique ornement qui en illustrait la façade ? En fait, les Vasseur s'habituaient difficilement à leur hôtel qui les intimidait encore, après dix ans : trop hautes, les voûtes ; trop majestueux, l'escalier, et les salons, trop vastes. Il ne paraissait pas possible de réchauffer ces murs, ni de ranimer ce qui voulait mourir dans cette maison aux grandes croisées méprisantes. Les canapés se renversaient en arrière, ouvrant les bras devant les cheminées ; les chaises en

30

brigades se massaient dans les coins ; les guéridons barraient les issues, mais tout cela en vain ; partout restait cet élément qui déjouait toutes les ruses des décorateurs : le vide.

Bernard Vasseur ne s'en apercevait pas. C'était un homme simple et bon qui voulait que tout fût au mieux, mais qui se doutait obscurément qu'au moins trois fois par jour il se rendait ridicule. Pour cette raison, il gardait le silence devant les étrangers et se contentait de sourire quand les amis d'Ulrique lui adressaient la parole. Il avait un peu plus de cinquante ans quand il signa par-devant notaire un papier contre lequel protestaient son cœur et sa raison et ce fut avec un soupir qu'il murmura : « Me voilà propriétaire... » « À vie », ajouta sa femme qui tira un mouchoir de son sac à main comme pour dissimuler un sourire de bonheur. Depuis ce jour, il s'était mis à vieillir. Ses épaules s'arrondissaient sous un invisible fardeau et sa fille ne se gênait pas pour lui dire qu'il se tenait voûté comme les atlantes de leur cheminée monumentale, au bout de leur grand salon. « Mais là s'arrête ma comparaison ! dit-elle avec un rire moqueur, car pour le reste, vous ne vous ressemblez guère. » « Ulrique ! » disait tranquillement Mme Vasseur. « Elle a raison, va, faisait-il en se redressant un peu. Je n'ai jamais été bien de ma personne. La santé, voilà ce que j'ai reçu de mon père, mais mon père n'était pas beau. Un homme n'a pas besoin d'être beau. » « Oh ! papa ! » protestait Ulrique. Cependant il secouait la tête et se dirigeait vers un coin mal éclairé de la grande pièce où sa fille cachait son pot à tabac dont elle avait honte et son journal qu'elle trouvait vulgaire, « un journal de concierge ». Et là, dans un fauteuil tourné contre le mur, il se faisait une espèce de refuge contre son ennemi, l'hôtel, qu'il appelait le « monument historique » lorsqu'il voulait agacer sa femme et sa fille. Il allumait une pipe d'écume de mer où se voyait, à la grande gêne d'Ulrique et de Mme Vasseur, une femme nue tendant son ventre, puis il dépliait son journal, le tenait à bout de bras et, quelques minutes après, la muraille de papier s'écroulait d'un seul coup et la pipe fumante glissait sur le beau tapis à ramages.

Cet accident arrachait toujours le même cri d'angoisse à Mme Vasseur qui volait au secours de son précieux aubusson et ramassait la pipe avec une grimace de dégoût. De son œil impitoyable, elle regardait le visage exténué de son mari assoupi et se demandait par quelle aberration elle avait pu se donner à ce petit homme, en quoi sa mémoire la trompait, car elle ne s'était pas donnée à cet homme, mais vendue à lui devant témoins pour une somme importante. À vrai dire, le sommeil n'embellissait pas M. Vasseur. Avec son front chauve, ses maigres joues couturées par l'âge et sa peau tachetée de bistre, il donnait l'impression d'avoir été trop longtemps exposé aux intempéries — c'était du moins l'opinion d'Ulrique — et sa bouche s'ouvrait un peu aux premiers ronflements. On eût dit alors qu'il sentait peser sur lui le regard de sa femme : il remuait en effet la tête en levant les sourcils avec une expression de souffrance qui eût ému peut-être un cœur moins gros de rancune, mais Emma Vasseur lui en voulait de trop de choses pour s'attendrir sur les rides et la fatigue de cet homme.

— Mon Dieu! faisait-elle en revenant vers sa fille qui, elle, n'avait pas bougé. Quel danger je t'ai fait courir, mon enfant! Dire que tu aurais pu lui ressembler!

— Rassure-toi, maman, dit un jour Ulrique en tirant une bouffée de sa cigarette. Il est clair qu'au moment opportun tu as concentré toutes tes pensées sur le souvenir de Georges Attachère.

— Comment oses-tu parler ainsi à ta mère? dit faiblement Mme Vasseur.

Ulrique s'enveloppa d'un nuage de fumée.

— Tu aurais dû épouser Georges Attachère, fit-elle d'une voix intraitable.

— Peut-être as-tu raison, fit Mme Vasseur avec un soupir, mais j'ai eu la main forcée.

Cette conversation se poursuivit quelque temps devant un grand feu de bûches dont la chaleur fit reculer peu à peu les deux femmes jusqu'à une région plus tempérée. Elles prirent place, la mère sur un sofa, la fille sur le bras de ce meuble énorme et la question du mariage avec M. Vasseur fut agitée de nouveau avec persévérance. Devant Ulrique, Mme Vasseur se justifiait mal parce qu'elle la craignait. Elle redoutait l'œil dédaigneux dont sa fille la considérait quelquefois, surtout dans les moments où le nom de Georges Attachère revenait sur leurs lèvres. Il semblait à la malheureuse femme qu'Ulrique ne lui pardonnerait jamais sa résistance à ce parangon de beauté masculine.

— Il n'était pas si bien que ça, gémissait-elle. Tu te le figures autrement qu'il n'était.

— Qu'est-ce que tu me chantes? Et toutes ces photos? Tu t'imagines que je ne m'y connais pas?

Mme Vasseur prit une mine coupable.

— Je ne tiens pas à savoir, murmura-t-elle.

Cette scène, avec quelques variantes, se reproduisait plusieurs fois par mois, car on eût dit qu'Ulrique avait à cœur de faire expier à sa mère une erreur qu'elle jugeait grave. Elle harcelait Mme Vasseur dès qu'elles se trouvaient seules. De sa voix aux inflexions étudiées, elle essayait ses phrases sur sa victime comme un tortionnaire eût fait de ses couteaux sur une chair à vif.

C'était une grande femme à la taille élancée, aux gestes rares, calme et droite. Des yeux verts largement fendus et dont les cils noirs semblaient ne jamais battre prêtaient à son visage une grâce bizarre, presque animale, et retenaient l'attention avec force. Comme un flot d'encre, sa chevelure s'agitait en vagues immobiles autour d'un petit front opiniâtre. Elle montrait avec indifférence des bras et des épaules d'une blancheur admirable et souvent abaissait sur ses mains ou sur sa gorge un regard à la fois distrait et vaniteux, considérant avec une moue d'ennui une peau dont la douceur était celle d'un camélia. « D'où vient qu'elle est si belle? se demandait Mme Vasseur. Ni ma mère ni moi nous n'avons eu ce cou, ces poignets, ces chevilles. Son nez rappelle le mien en plus fin et sa bouche, la mienne, en mieux dessinée. Ses joues n'ont pas cette rondeur un peu bête qu'avaient mes joues à son âge. Elle est parfaite. Son visage ne connaît pas ces moments ingrats où le faux jour cherche un défaut à souligner, une ride à prédire. On dirait que la lumière et l'ombre se sont toquées d'elle. Je vais le lui dire. Non, elle serait encore plus méchante avec moi. »

Certains vestiges de beauté se voyaient encore dans les traits de Mme Vasseur, mais ils n'étaient là que pour accuser de tristes ravages. Sa figure blanche subissait l'espèce de pétrification que la nature commence aux approches de la vieillesse et parachève sur le lit de mort. À mesure que la vie se retire des yeux, puis des lèvres, le regard se durcit et les chairs se figent comme sous un vent glacial. Mme Vasseur n'ignorait rien de ce banal désastre et se replâtrait de son mieux afin de ne pas nuire à sa fille, car il y avait entre elles un écart de trente-deux ans.

— Tu aurais dû m'avoir à vingt ans, disait Ulrique.

— Mais tu aurais douze ans de plus à l'heure qu'il est, réfléchis.

« C'est injuste, pensait Ulrique. À trente ans, je serai la fille d'une vieille dame. » Et elle ajoutait tout haut :

— Je ne veux pas que tu mettes cette poudre, maman. Un maçon n'en voudrait pas pour faire son gâchis.

Il n'était pas dans le caractère de Mme Vasseur de résister à un ordre aussi péremptoire : elle jetait donc la poudre incriminée et s'en procurait une autre. Obéir à sa fille ne l'humiliait pas ; bien au contraire, elle éprouvait une satisfaction singulière à provoquer les caprices de son tyran, quitte ensuite à malmener son mari ou la petite Hedwige ; elle se faisait aussi la main sur l'infortunée Félicie et montrait alors cette férocité propre aux âmes un peu lâches. Il y avait des jours où elle ne respirait que la violence. Ses cinquante-neuf ans n'éteignaient pas en elle une juvénile ardeur au mal qui prenait chez cette femme toutes les formes de la colère, depuis une ironie perfide jusqu'aux paroles en quelque sorte inspirées que la fureur fait jaillir de la bouche. Dans ces moments d'exaltation, elle savait trop bien qu'elle se relevait aux yeux d'Ulrique pour qui toute gentillesse était suspecte et toute douceur la marque infaillible d'un cœur vulgaire. « C'est notre sang italien », expliquait Mme Vasseur lorsqu'elle retrouvait son calme. Elle comptait, en effet, parmi ses ascendants maternels, un Napolitain dont la profession demeurait dans une obscurité impénétrable. Il n'empêchait que Mme Vasseur était double et qu'au fond d'elle-même languissait une mère de famille débonnaire qui aurait bien voulu vieillir en paix entre ses pelotes de laine et son infusion, mais ce personnage avorté cédait la place à une tigresse qui n'était pas toujours sûre de ses rugissements. Jamais cependant le salon ne retentit de cris aussi aigus, jamais plus de portes ne claquèrent dans l'hôtel que le soir où Ulrique décida qu'il fallait donner un bal en l'honneur de la petite Hedwige. Aux premières menaces de l'orage, M. Vasseur s'était réfugié dans son lit, comme un vieux chien fatigué court à sa niche. «Pourquoi se chamailler, murmurait-il en se glissant dans ses draps, puisque, en définitive, c'est moi qui paierai tout? Est-ce que je refuse? Me l'ont-elles seulement demandé?»

Cette simplicité d'âme eût fait sourire Mme Vasseur si elle avait pu entendre les paroles de son mari. Pour elle, en effet, la question d'argent ne comptait guère: elle prenait naturellement parti pour sa fille et il ne s'agissait que d'humilier son gendre devant Ulrique, car elle en voulait à Raoul d'être d'une meilleure famille qu'elle et elle le soupçonnait de rire avec ses amis aux dépens de la mère Vasseur. Jamais il ne l'avait appelée ainsi; cependant elle croyait lire cette expression sur les lèvres du jeune homme, tant elle redoutait qu'il ne la jugeât commune. «Il me met dans le même sac que mon mari», pensait-elle avec douleur. Assurément, elle était mieux née que Vasseur, mais elle s'embrouillait dans ses arrière-grands-pères, alors que, sans prétendre à un titre, Raoul pouvait citer tel parlementaire de sa famille, florissant sous la Régence, ou tel magistrat honoré d'une tabatière par le roi Louis XVIII. Parlementaire et magistrat empêchaient Mme Vasseur de bien dormir. Elle devinait le moment où son gendre allait prononcer les noms de ces personnages et cherchait en vain la réponse qu'elle pourrait lui faire. Sans doute, elle pouvait parler de son sang italien, mais cela ne suffisait pas: elle aimait mieux insulter Raoul.

Ulrique n'intervenait pas dans les duels oratoires qui mettaient aux prises sa mère et son mari. Elle se bornait à dire en une phrase ou deux ce qu'elle avait décidé de faire et allumait une cigarette avec le calme d'un gardien qui vient de jeter un quartier de viande dans la fosse aux ours. Ce qui se passait ensuite ne l'intéressait pas ; dans ces moments-là elle se replongeait dans une sorte de rêve intérieur où nul ne l'avait jamais suivie et considérait d'un regard lointain ces deux personnes qui devenaient de plus en plus rouges et de plus en plus ridicules.

Le soir où se vida la grande querelle au sujet du bal, Ulrique se retira dans un coin du salon et fit des réussites sur une console pendant que sa mère agitait ses petits bras et que Raoul décrivait un grand cercle autour d'elle comme s'il allait finir par la dévorer. « Dans trois minutes, pensa Ulrique, Raoul va taper du pied et maman criera d'une voix de concierge. » Ces prévisions étaient justes. Raoul se domina si peu qu'il frappa cinq ou six fois du talon sur le plancher et Mme Vasseur déclara sur le ton prédit par sa fille qu'on ne lui avait jamais manqué de respect comme ce soir et qu'on ne frapperait pas du pied devant elle.

— Pourquoi pas ? demanda Raoul, qui recommença.

Bien nourri, le torse long et les jambes courtes, il essayait au moyen d'une petite moustache rousse taillée en brosse de donner un aspect martial à une figure pleine où d'excellents repas faisaient circuler un sang trop riche. Il s'habillait ordinairement de noir et portait un col montant qui lui prêtait un air cérémonieux et complétait en quelque sorte sa personne morale. Souvent il passait les doigts sur le haut de son crâne comme pour s'assurer que ses dernières mèches de cheveux jaunes étaient encore bien là.

Seul avec sa femme, il n'eût pas tempêté avec ces gestes comiques, mais Mme Vasseur le poussait à bout et il éprouvait quelque soulagement à la traiter de haut. Cela le vengeait un peu du mépris et des silences d'Ulrique à qui il n'osait rien dire.

— Raoul ! cria Mme Vasseur. Si j'étais un homme vous n'auriez pas l'audace de vous conduire ainsi devant moi. Ne me touchez pas ! ajouta-t-elle, car il levait les bras et elle feignait de craindre qu'il ne portât la main sur elle.

Avec une agilité surprenante, elle quitta son fauteuil, puis ramassant d'un seul geste son sac, son éventail et un livre de piété, traversa le salon d'un grand pas rapide qui faisait voler les plis de son écharpe.

— En tout cas, fit-elle avant de sortir, vous avez perdu et ce bal aura lieu. J'en informerai mon mari ce soir.

Pendant une seconde, elle considéra la porte et saisit le bouton d'une main qui tremblait. Ulrique se boucha les oreilles. Il y eut un bref silence immédiatement suivi d'un fracas qui ressemblait à une explosion et les pendeloques du lustre s'agitèrent comme des feuilles dans la brise en tintant les unes contre les autres.

— Personne ne sait fermer une porte comme ta mère, fit Raoul d'une voix blanche.

Cette remarque n'obtint pas de commentaire. Il saisit une petite boîte d'écaille qui se trouvait à portée de sa main et parut sur le point de la broyer sous ses pieds, puis se ravisant la posa doucement sur un guéridon.

— Bonsoir, murmura-t-il en sortant. Et il referma la porte derrière lui comme on ferme la porte d'une chambre de malade.

« Un bal Renaissance, pensait Ulrique. Gaston et Marcel seront en blanc avec des manches à crevés noirs. René en bleu et en rouge. »

d'un bal et
une reception

un mari
pour
Hedvrige ?

III

On ne rencontrait Jean que dans l'escalier en pas de
vis qui menait à sa chambre, ou quelquefois à la bibliothèque, mais jamais au salon ni dans aucune des
pièces où se tenait Ulrique. Cet homme ombrageux et
fier veillait en effet sur sa solitude comme un dragon
sur un trésor. Afin de ne pas voir sa cousine, il prenait
ses repas dans de lointains restaurants dont il ne révé-
lait l'adresse à personne et l'emploi de son temps
demeurait une énigme qu'on ne tentait plus d'éclaircir.

Hedwige l'affectionnait parce que, de tous les hommes
qu'elle connaissait, il était le seul qui ne lui fît pas la
cour. Aussi lui supposait-elle une passion secrète dont
elle-même, peut-être, se trouvait être l'objet. Plus rusée
qu'Ulrique ou moins indifférente, elle réussissait parfois à surprendre Jean alors qu'il montait à sa chambre.

— Mon ours! s'écriait-elle d'une voix de théâtre en
se pendant à son bras. Je ne vous laisserai pas partir
que vous ne m'ayez dit ce que vous cachez dans votre
poche. Qu'est-ce que c'est que ce paquet ?

Il se dégageait avec une brusquerie qu'elle feignait
de trouver adorable.

— Au fond, disait-elle, vous êtes le plus tendre des
hommes.

— Laissez-moi tranquille, Hedwige!

Elle secouait ses boucles et riait un peu trop fort. Un
soir, comme elle se cramponnait gracieusement à lui,
il la repoussa avec tant de force qu'elle dut se retenir à
la rampe pour ne pas tomber et demeura tout interdite
pendant qu'il fermait à clef la porte de sa chambre.
«Quelle fermeté d'âme! pensa-t-elle. C'est vraiment
quelqu'un…»

Depuis son enfance, elle habitait chez les Vasseur.

38

Sa qualité d'orpheline lui avait valu les chatteries des uns et des autres. On la trouvait ravissante et ses bizarreries amusaient tout le monde à ce point qu'au bout de dix ans il ne lui restait plus un geste qui fût un peu naturel. La tyrannie inconsciente de la famille lui imposait une attitude perpétuellement fantasque dont on ne souffrait pas qu'elle se départît, car on la voulait toute en caprices et en lubies, et ses remarques les plus banales faisaient sourire.

Ulrique seule gardait une mine ennuyée au milieu de la bonne humeur générale que suscitait la «petite Hedwige». Pour cette raison, elle attirait l'orpheline avec ce mystérieux empire que le mépris exerce sur les âmes indécises, mais lorsqu'elle voyait venir vers elle cette jeune fille trop blonde et trop rose qui semblait frétiller de bonheur comme un carlin, elle tournait la tête vers le mur ou quittait la pièce. Alors Hedwige éprouvait une sorte de choc intérieur et tout à coup elle n'avait plus envie de rire.

Elle était courte et un peu trop solidement bâtie pour jouer le rôle de lutin qu'on l'obligeait à prendre, mais fraîche et vive. La peau de son visage, une belle peau forte et saine, brillait dans les moments d'émotion, malgré les soins de Mme Vasseur qui tirait de son sac une houppe à poudre et transformait la jeune fille en pierrot quand l'occasion lui semblait bonne.

— Tu luis! s'écriait-elle en courant vers la jeune fille.

Hedwige tendait alors ses grosses joues innocentes en fermant les yeux.

Avec le même zèle qu'elle mettait à poudrer sa jeune parente, et sans beaucoup plus de réflexion, Mme Vasseur s'était mise à lui chercher un mari. À vrai dire, n'ayant jamais su se servir de ses yeux ni de sa raison, elle eût trouvé toutes les qualités requises au premier venu, mais la vieille étourdie connaissait malgré tout des moments de lucidité pendant lesquels il lui venait des doutes sur son propre jugement et elle se laissait guider par Ulrique. La principale intéressée ne se doutait pas de l'avenir qu'on lui préparait, car il allait de soi qu'on ne pouvait consulter une personne aussi peu sérieuse. «Je sais ce qu'il faut à Hedwige», disait Ulrique entre ses dents.

Ses yeux s'attachaient sur les uns et les autres avec une impudence glaciale et elle n'entrait pas dans un salon qu'elle n'y portât une gêne vague mais irritante qui se transformait insensiblement en haine. Elle avait pour les hommes le regard d'un sergent recruteur. Debout et la tête rejetée un peu en arrière, elle les examinait entre des cils alourdis de rimmel et les classait mentalement dans des catégories bien distinctes. La première, qui était aussi la plus nombreuse, groupait les vieillards, les malades, les chauves, les gras, les maigres et tous ceux qu'elle appelait d'un mot les impossibles. Venait ensuite une phalange confuse où tout entrait pêle-mêle qui n'était ni difforme ni trop chevronné. Cette partie de l'humanité était la seule vers laquelle Ulrique dirigeât son attention, car elle espérait qu'en cherchant bien parmi les «possibles», elle finirait par découvrir ceux qu'elle désirait voir à ses pieds. Comme toutes les personnes qui se croient cyniques, elle avait d'étranges naïvetés, continuant sans fin les songes de l'adolescence aux abords de la vingt-neuvième année et vivant moins sur terre que dans de lointaines régions où ses sens inquiets la ramenaient toujours. Attristée par la laideur des visages qui s'offraient à sa vue, elle se réfugiait dans une sorte d'Olympe intérieur. Peut-être n'en savait-elle rien elle-même ou n'en voulait-elle rien savoir, car elle haïssait la vérité et ne trouvait de paix que dans une méditation secrète et maladive. Par l'esprit, elle retournait sans cesse au grand troupeau de corps impudiques dont elle peuplait son cerveau, et pour cette femme éprise de chimères, la vie n'était réelle que dans la mesure où elle rejoignait un rêve précis. Cette circonstance ne se produisant pas aussi souvent qu'elle l'eût souhaité, il en résultait de tragiques ruptures d'équilibre dont rien ne paraissait au-dehors qu'une tristesse farouche et méprisante.

Chercher un mari pour la petite Hedwige l'amusa quelque temps. Ce n'était pas que le bonheur de sa cousine lui causât beaucoup de souci, mais elle estimait que cette espèce de chasse à l'homme la concernait d'une façon particulière. Elle promena donc son bel œil un peu myope dans les salons qu'elle considérait comme giboyeux. Choisir pour autrui n'offrait aucune difficulté. Ainsi qu'elle le répétait à sa mère avec ce curieux sifflement qui provenait du fait qu'elle ne desserrait pas suffisamment les dents pour laisser passer les *s*: «Je sais très bien ce qu'il faut à Hedwige.»

L'hiver passa et le projet du bal Renaissance fut laissé de côté alors que tout le monde s'y ralliait, au point qu'on discutait de savoir si le début du XVIᵉ siècle ne valait pas mieux que la fin pour l'élégance du costume. On alla même jusqu'à consulter Jean qui connaissait bien les détails vestimentaires de cette époque, et déjà l'infortunée couturière travaillait dans de la soie cramoisie qui lui brouillait la vue, quand Ulrique, voyant qu'on était enfin d'accord, décida qu'au fond tout cela était assommant et qu'une simple réception ferait tout aussi bien l'affaire. Il faut dire qu'elle avait rêvé à ce bal pendant des semaines et qu'elle avait habillé et déshabillé trop d'élégants en satin et en velours. Ce plaisir épuisé, il ne lui restait plus qu'un certain dégoût de la vie et un extrême dédain pour ce qu'elle appelait mentalement «la tribu de l'hôtel Vasseur»; car sa mère se voyait en Louise de Savoie, et Raoul, brusquement conquis, n'aspirait à rien de moins qu'à paraître en François Iᵉʳ. Alors, pensait Ulrique, là, vraiment cela devenait impossible. Pas de bal. Mme Vasseur pleura et se soumit. Raoul eut de fortes paroles et déclara qu'il ferait preuve d'autorité, mais, comme à l'ordinaire, il ne fit preuve de rien du tout. Pas de bal. La soie cramoisie servirait à recouvrir les coussins du salon.

Un dimanche d'avril, il y eut donc réception chez les Vasseur et le jeune homme destiné à Hedwige apparut assez timidement vers la fin de l'après-midi. Sans être beau, il présentait cet aspect de santé robuste qu'on voit au peuple. Sous d'épais sourcils, ses yeux clairs jetaient un regard sournois de côté et d'autre et sa bouche lippue s'entrouvrait parfois, non pour parler, car il ne savait jamais que dire, mais pour laisser voir des dents carrées d'une blancheur parfaite. Par un geste un peu gauche, il écartait de temps à autre ses cheveux bouclés dont les anneaux se mêlaient sur un front bas, ou bien il portait un doigt à son cou puissant comme pour se libérer de l'insupportable col dur. Il se tenait non loin de la porte et pouvait raisonnablement espérer qu'on ne le verrait pas quand il jugerait bon de partir. Près de quarante personnes bavardaient, en effet, autour de lui, mais Ulrique l'aperçut dès qu'il entra. « Quel charmant petit déménageur ! » pensa-t-elle. Et elle ondula vers lui.

Qu'il ne fût pas à sa place et en souffrît procurait à cette femme une satisfaction visible, rien ne lui plaisant comme les situations fausses. Elle constata que son invité provoquait non seulement une légère surprise, mais aussi une vague réprobation, comme s'il eût été mal élevé d'avoir le teint aussi vif et les épaules aussi larges. L'inconnu ressentait vivement ce muet reproche qu'on lui faisait : il émanait de toute sa personne un charme en quelque sorte animal dont il eut conscience, à cette minute, comme d'une tare infamante.

Ulrique négligea de le présenter aux vieilles dames qui s'écartaient sur leur passage et gagna avec lui le coin du salon où sa cousine répondait avec complaisance aux agaceries mondaines d'un général en civil. Elle interrompit ce badinage en pinçant le bras d'Hedwige.

— J'ai quelqu'un pour toi, chuchota-t-elle rapidement. Écoute mes recommandations : parle moins fort. Ne montre pas tes gencives en riant et poudre-toi sans en avoir l'air, de temps en temps.

— M. Gaston Dolange, fit-elle tout haut.

Quelques minutes plus tard, alors qu'elle bâillait ostensiblement à l'autre extrémité de la pièce, Ulrique aperçut Hedwige qui fendait les groupes et se dirigeait vers elle avec le visage d'une personne prise dans une bagarre.

— Qu'y a-t-il donc ? demanda-t-elle en entraînant sa cousine dans une embrasure.

— Ce monsieur… dont je n'ai pas saisi le nom… pourquoi me l'as-tu présenté ? Qui est-ce ?

— C'est le fils d'un commerçant de Nantes. Ton nez luit. Tu es tout essoufflée. Remets-toi et dis-moi ce qu'il y a.

— Je ne veux plus voir ce garçon.

— Ah ? Et qu'est-ce qu'il t'a fait ?

— Rien, dit Hedwige en frottant son visage avec son mouchoir. Il est très ennuyeux et... très laid.

Ces derniers mots furent prononcés d'une voix qui annonçait des larmes, mais Ulrique sut couper court à cette effusion.

— Ton front est d'un poli admirable, dit-elle en allumant une cigarette. Si j'étais toi, je ne l'astiquerais plus.

Le mouchoir tomba des mains d'Hedwige.

— Comment s'appelle-t-il ? demanda-t-elle.

« Il l'a rendue folle et elle a peur, pensa Ulrique. C'est inouï. Donnons à cette fille un nom qu'elle puisse soupirer dans sa solitude. »

— Gaston, fit-elle après une courte pause. Gaston Dolange.

Une gratitude immense se lut dans le regard d'Hedwige.

— Tu le trouves donc si vilain ? interrogea Ulrique.

Hedwige frissonna comme si on la tirait d'un rêve.

— Oui, dit-elle. Il ressemble à un jeune ogre. Je ne veux plus qu'il me voie.

Pendant près d'une minute, Ulrique la considéra sans mot dire, de cet air impassible qui la rendait à la fois haïssable et si belle, puis jetant tout à coup sa cigarette, elle saisit Hedwige par le poignet :

— Petite sotte, lui souffla-t-elle à l'oreille. Être beau, qu'est-ce que cela veut dire ? Il est bien plus que cela, le petit Dolange !

Les choses suivirent leur cours normal, c'est-à-dire que M. Dolange, imaginant peut-être qu'il avait déplu, ne reparut pas et qu'Hedwige se mit à éprouver toutes les langueurs d'amour dont il était question dans les romances que fredonnait la couturière. « Ceci promet de devenir fort ennuyeux, pensa Ulrique. Il va falloir que je repêche ce gros garçon. »

Elle était assez fière de son succès, malgré tout, et ne

s'ennuyait qu'à moitié en écoutant les confidences dont la régalait sa cousine, mais elle s'expliquait mal la réserve de M. Dolange. Qu'Hedwige n'eût pas réussi à le fasciner, quoi de plus normal ? Mais elle, Ulrique ? Elle ne voulait pas de lui et cependant elle attendait l'hommage d'une tentative inutile, une prière, muette ou non, un regard, quelque chose, une lettre, oui, une lettre ; pourquoi n'écrivait-il pas ? Les plus timides se risquaient à lui faire des déclarations. Lui, non. Bizarre. «Cela me contrarie un peu pour Hedwige», se disait-elle, secrètement dépitée. Et elle ajoutait : «Il doit être velu comme un ours».

— Ah ! tu m'agaces, s'écria-t-elle un jour qu'Hedwige fondait en larmes sous ses yeux. Est-ce ma faute si tu n'as pas su parler au petit Dolange ?

— Mais je ne savais pas que je l'aimais, fit Hedwige en se cachant la figure dans une étoffe de soie qui traînait sur une chaise.

— Comment ! Tu t'essuies les yeux et le nez sur mon écharpe !

— Je suis malheureuse, gémit la voix étouffée d'Hedwige.

— Tu es surtout ridicule, fit Ulrique en lui arrachant son écharpe.

Elle considéra la jeune fille d'un air méprisant et fut sur le point de laisser tomber une de ces paroles qui la faisaient redouter même de ses amies les plus chères : «Tu pleures, tu n'auras rien, pensa-t-elle en voyant ce dos courbé sous le poids du chagrin. Les victimes n'ont jamais rien.» Cependant elle garda le silence et par une sorte d'inspiration subite se dirigea vers un piano à queue qui occupait un angle de la pièce. Elle se jeta plutôt qu'elle ne s'assit sur le tabouret et se mit aussitôt à jouer. Quelques notes sourdes montèrent dans le silence, puis un accord large et ténébreux qui semblait venir de dessous terre, et bientôt la voix d'Ulrique se mêla aux vibrations profondes de l'instrument. Un chant étrange s'éleva, doux et funèbre à la fois, sans larmes, sans éclats, mais calme et dédaigneux dans le désespoir. Tout l'ennui de la vie passait dans cet harmonieux monologue, la longue plainte de l'âme qui n'aspire qu'à la mort et gémit dans son corps comme une emmurée.

Ulrique s'arrêta tout à coup. Elle ne savait pas pourquoi elle avait chanté ce morceau, elle ne savait pas non plus pourquoi elle s'interrompait ainsi, mais elle se retourna vers Hedwige qui l'écoutait avec attention et sourit.

— Va te coucher, ma petite Hedwige, lui dit-elle. Cette semaine, tu reverras ton Dolange. C'est moi qui m'en charge.

« la lettre triste »
et
« la lettre gaie »
la comédie muette de
Hedwige

IV

— Mes enfants, annonça Mme Vasseur avec cet infaillible instinct qu'elle avait de la bonne idée à contretemps, Hedwige va nous faire la lettre triste et la lettre gaie. Ou est-ce la lettre gaie et la lettre triste ? Ah, je ne sais plus… Quelqu'un aurait-il vu mes clefs ? Non, les voilà. Allons, Hedwige, nous écoutons. Vous allez voir, dit-elle en se penchant vers Mme Attachère qui passait la soirée chez les Vasseur, c'est vraiment très drôle. Cette petite a un don…

— Ta mère est une magicienne, dit Raoul à sa femme qui détourna la tête. D'un mot, elle nous transporte au fond de la province la plus reculée.

— Chut ! fit Mme Vasseur à l'autre bout de la pièce. Allons, Hedwige !

Bien à contrecœur, la jeune fille quitta sa chaise et vint se placer debout sous le lustre. Elle portait une robe de taffetas gris clair qui laissait nus sa gorge toute gonflée de soupirs et ses bras potelés dont elle ne savait que faire, car il lui semblait tout d'un coup qu'elle en avait six comme une divinité orientale. Sans être timide, Hedwige éprouvait le sentiment confus d'une malveillance éparse autour d'elle. Bien des fois, elle avait fait rire M. et Mme Vasseur en leur « faisant » la lettre triste ou la lettre gaie. C'était une sorte de *numéro* qu'une camarade de lycée, à Troyes, lui avait enseigné et qu'on affirmait être très comique. Dans sa provinciale ignorance, la pauvre fille s'exécutait avec une bonne grâce désarmante aussi souvent qu'on le lui demandait et se félicitait intérieurement des grands éclats de rire que provoquait sa petite comédie muette. À peine moins naïfs qu'elle, les Vasseur la trouvaient brillante. Par cruauté naturelle, Ulrique se gardait d'ins-

46

truire la jeune fille du ridicule dont elle se couvrait et l'encourageait plutôt à se donner en spectacle. Mais, depuis quelques semaines, Hedwige se doutait de quelque chose : elle trouvait que Raoul riait trop fort et le sourire glacial d'Ulrique la rendait perplexe.

Ce soir-là, sa tâche était de divertir l'invitée. Assise entre M. et Mme Vasseur, comme dans un théâtre, la mère du beau Georges Attachère montrait un visage rogue de vieux pirate tout basané par le vent et une maladie de foie. Des anneaux d'or passés aux oreilles et un mouchoir de soie noué autour du crâne accentuaient cette ressemblance involontaire. Son ventre tendait une robe semée de fleurs et elle s'éventait d'un grand geste viril, maniant avec énergie un bouquet de plumes d'autruche et faisant tinter à ses poignets des cabochons et des chaînes. Elle semblait résolue à ne point partager l'opinion des Vasseur sur les talents d'Hedwige et promenait devant elle un regard lourd et hostile.

La jeune fille commença par la lettre gaie. Elle tenait entre les doigts un papier imaginaire sur lequel sa jolie tête se penchait, et de temps à autre, elle riait doucement.

— Qu'est-ce qu'elle fait ? demanda Mme Attachère entre haut et bas. Jé comprends pas, ajouta-t-elle avec un accent d'Europe centrale.

— Elle feint d'avoir reçu une lettre amusante et elle en prend connaissance, expliqua Mme Vasseur.

— Si la lettre est amusante, pourquoi elle la lit pas tout haut ?

Cette question n'obtint pas de réponse. Hedwige continua de pouffer dans un morne silence, les épaules secouées de joie ; elle tournait une page, demeurait sérieuse pendant quelques secondes, puis repartait tout à coup d'un rire aigu qui agitait tout son petit corps ; enfin, vers la fin de la lettre, sa gaieté se traduisait par des glapissements de bonheur, mais cette gaieté n'eut pas d'écho, les Vasseur se sentant gênés par la désapprobation tacite de Mme Attachère.

« Ils n'ont pas compris que c'était fini », pensa Hedwige qui jeta quelques éclats de rire supplémentaires.

— C'est très bien, très drôle, fit M. Vasseur en applaudissant. Vous ne trouvez pas madame ?

— Je trouve que c'est très curieux, fit Mme Attachère d'une voix haute et coupante.

— N'est-ce pas ? murmura lâchement Mme Vasseur. Au fond, c'est un peu moins drôle que je n'aurais cru, mais il y a la lettre triste.

— Combien il y a de lettres en tout ? demanda l'invitée.

Mme Vasseur esquissa un geste vague et sourit comme pour excuser sa jeune parente qui déjà entamait la lecture de la lettre triste. Cette fois, Hedwige n'éprouva aucune difficulté à traduire des sentiments qu'elle n'avait pas à feindre. Elle imagina sans effort les quelques lignes dures et méprisantes qu'on pouvait lui envoyer en réponse à une lettre d'amour. L'illusion était même si forte qu'il semblait à la jeune fille qu'elle tenait ce papier entre ses doigts et ses mains se mirent à trembler. Le silence ne suffisait-il pas à M. Dolange ? Fallait-il donc qu'il poussât la cruauté jusqu'à exposer les raisons de son éloignement pour elle ? Il ne voulait pas d'Hedwige, il l'avait trouvée trop sotte et trop fière. Elle étouffa un gémissement de douleur au souvenir de sa maladresse, car pendant cinq bonnes minutes il s'était tenu debout devant elle sans qu'elle trouvât rien à lui dire, sans même que l'idée de sourire lui fût venue, et profitant de ce qu'il tournait la tête, elle l'avait fui. Pourquoi ? Elle n'en savait rien, mais des larmes, de vraies larmes roulèrent sur ses joues et vinrent mouiller ses lèvres ; portant son mouchoir à sa bouche, elle se mit à sangloter.

— Ça, c'est pas mal, proclama Mme Attachère qui se renversa de côté dans son fauteuil pour rire à son aise et ouvrit une large bouche, exhibant ainsi une rangée de robustes dents jaunes. Son rire bruyant sortait par saccades d'une poitrine volumineuse et, comme pour aider à cette opération, elle frappait du talon sur le tapis. Mme Vasseur fit entendre un petit bêlement de nervosité, mais son mari garda le silence. Quant à Ulrique, elle s'était insensiblement rapprochée de Mme Attachère et la considérait avec attention, cherchant à retrouver dans les traits de l'hilare vieillarde le visage de l'homme que Mme Vasseur avait failli épouser.

Cependant, Hedwige ne parvenait pas à arrêter le cours de ses larmes et se laissa tomber sur une chaise, en proie à une sorte de suffocation. Le rire énorme de Mme Attachère emplissait le salon et vibrait aux oreilles de la jeune fille avec la brutalité insistante d'une cloche. Elle se demanda quand cette affreuse gaieté prendrait fin et à quel moment on s'apercevrait que son chagrin n'était pas simulé. Ce qu'elle réprimait en elle depuis deux jours éclatait tout à coup comme un orage. Jamais elle n'avait souffert, jamais l'angoisse ne l'avait prise à la gorge comme ce soir, et elle perdait la tête, elle pleurait de désespoir et de honte devant cette femme qui se tenait les côtes. Et brusquement il lui sembla qu'elle devenait la proie d'une force irrésistible, qu'elle n'agissait plus par elle-même, mais qu'une volonté étrangère se substituait à la sienne. Elle cria. Le son de sa voix la surprit. Elle eut le temps de voir Ulrique se tourner vers elle, puis de nouveau elle cria et glissa de sa chaise sur le tapis comme au fond d'un gouffre.

Lorsqu'elle revint à elle, ses yeux rencontrèrent le visage immobile de Mme Pauque qui la considérait gravement. La lumière d'une veilleuse éclairait de grands yeux sombres et faisait briller sur un corsage de satin noir un collier d'améthystes, car bien qu'elle ne parût jamais au salon, cette femme singulière s'habillait tous les soirs comme pour une fête et allait au-devant de la nuit, parée de ses dentelles et de ses bijoux.

Hedwige ne comprit pas tout de suite où elle se trouvait. Elle respira la fine odeur de lilas qui flottait dans l'air épais de sa chambre et ce parfum lourd de souvenirs confus la rendit à fois triste et heureuse. Le calme et le mystère de cette pénombre la réconfortaient; elle aimait aussi la présence rassurante de cette femme qu'elle ne reconnaissait pas. Pendant quelques secondes, elle écouta la voix qui l'appelait avec douceur et elle se garda de répondre tout de suite, afin de prolonger l'instant merveilleux où elle ne souffrait pas, puis le souvenir de ce qui s'était passé au salon l'envahit lentement et elle se mit à gémir, rendue à son supplice familier.

— Mon enfant, dit la voix cajoleuse, essayez de dormir.

— C'est vous, cousine Hélène ? Oh ! je suis bien trop malheureuse pour dormir.

— Essayez. Ce sera toujours ça de pris sur...

— Sur quoi ?

Il y eut un silence et un cliquetis de pierreries pendant que Mme Pauque tourmentait ses colliers.

— Sur la tristesse, Hedwige, dit-elle enfin, sur la longueur des jours.

— Sur la vie, cousine Hélène. Quand je pense que j'en ai peut-être encore pour quarante ou cinquante ans, je me sens si lasse que j'ai envie de partir tout de suite.

— Chut, mon enfant ! fit Mme Pauque. Il ne faut pas dire cela.

Elle ajouta avec un petit rire tranquille :

— On pourrait vous entendre.

Hedwige ne répondit rien. Il y avait toujours, dans les plaisanteries de Mme Pauque, un sous-entendu obscur qu'il valait mieux ne pas éclaircir, mais pendant quelques minutes la jeune fille réfléchit aux paroles qu'elle venait d'entendre. Une pression de main la fit tressaillir et elle vit sa cousine quitter le chevet du lit où elle se tenait et se promener sans bruit dans la chambre. Tantôt Mme Pauque s'assurait que les rideaux étaient bien tirés ou que les bûches ne se consumaient pas trop vite, au fond de l'âtre ; ou bien, elle dérangeait des flacons sur la coiffeuse drapée de mousseline, et sa haute silhouette noire allait d'un coin à l'autre de la petite pièce, pareille à une ombre. Elle revint bientôt vers le lit et appliqua sur le front d'Hedwige un mouchoir imbibé d'eau de Cologne.

— Cousine Hélène, demanda la jeune fille tout à coup, qui pourrait nous entendre ?

— Est-ce que je sais ? chuchota Mme Pauque dont les longues mains froides caressèrent furtivement les joues d'Hedwige. Vous êtes trop curieuse, mon enfant. Il faut dormir.

Hedwige ne pouvait dormir. Trop de regrets la harcelaient, trop de pensées où elle revenait sans cesse avec un étrange besoin de souffrir, de raviver sa douleur. L'humiliation d'avoir pleuré devant une étrangère la tourmenta quelque temps, et de s'être évanouie en présence d'Ulrique lui parut encore plus grave. Elle se sentit rougir, mais bientôt cette scène honteuse s'effaça de son esprit comme pour laisser le champ libre à des images plus fécondes en tristesse, car son chagrin exerçait sur elle une fascination puissante. Elle ignorait les risques auxquels une âme plus expérimentée aurait eu recours pour se protéger de l'ennemi, elle cédait tout de suite et se livrait tout entière aux cruelles délices du souvenir. Vingt fois, cent fois, il fallait qu'elle évoquât dans la pénombre ce jeune homme qui n'avait rien à lui dire. Il était là, devant elle, et peu s'en fallut qu'elle n'étendît la main pour le toucher. Parfois, lorsqu'elle se sentait lasse, il disparaissait dans une sorte de brouillard. Elle le rappelait alors, avec le grand cri muet du cœur que les morts entendent, mais c'était un vivant qu'elle essayait de ramener auprès d'elle, ou tout au moins son double, cet être impalpable et sourd qui erre, le regard vide, dans les rêves de l'amour malheureux.

Pendant un long moment, elle demeura immobile et les mains croisées sur la poitrine, tout entière à la contemplation de cette image tyrannique. «Écoutez, murmurait-elle, je voudrais vous dire…» Mais elle ne savait ce qu'elle voulait lui dire; elle frissonnait sur son lit et croyait voir s'approcher d'elle une figure brune aux lèvres humides. Il lui semblait même qu'un souffle tiède caressait sa joue et qu'on l'appelait tout bas avec insistance. L'illusion devint si forte que la jeune fille prit peur et se leva tout à coup.

— Qu'est-ce que j'ai? fit-elle à voix haute. Est-ce que je vais être malade?

Elle se regarda dans la glace de la coiffeuse et se trouva laide; son nez et son front brillaient, comme à l'ordinaire. De tristesse, elle se laissa tomber sur la chaise et appuya sa tête sur la petite table, parmi les brosses et les boîtes à couvercle d'argent. Quelque chose se brisait en elle et pour la première fois de sa vie, elle envisageait le lendemain avec une espèce d'horreur. « Que font les autres quand ils souffrent ? se demanda-t-elle. Où trouvent-ils la force d'aller d'une heure à l'autre jusqu'à ce que la vie prenne fin ? »

À ce moment, la porte s'ouvrit et Mme Vasseur entra de son grand pas affairé, puis s'arrêta net au milieu de la chambre.

— Où es-tu ? fit-elle. Qu'est-ce que c'est que cet éclairage sinistre ? Hedwige ! Ah ! tu es là. Eh bien, comment vas-tu ?

— Très bien, murmura Hedwige en se levant.

— J'en étais sûre. C'est Hélène qui a installé cette veilleuse ici ? Je reconnais là son besoin de dramatiser les situations les plus banales. Moi, j'allume, ajouta-t-elle en tournant un bouton.

Une lumière blanche et dure jaillit au plafond et se répandit dans toute la pièce. Hedwige ferma les yeux.

— Voilà, fit Mme Vasseur. Je constate une fois de plus que tu luis horriblement, ma pauvre petite. (Et elle ajouta, reprenant une expression chère à sa fille :) Tu te sers d'une poudre dont un maçon ne voudrait pas pour faire son gâchis.

Tout en parlant, elle tripotait ses bras nus sous ses grandes manches de dentelle jaune et s'écria tout à coup :

— J'ai perdu mon sac !

Sa tête grise s'agita sur un cou décharné et elle tourna de droite et de gauche un long profil où l'œil noir s'écarquillait comme celui d'un vieux cheval pris de panique. Sans ajouter un mot, elle sortit dans un grand bruit de taffetas et laissa la porte ouverte.

« Je vais voir Ulrique, pensa Hedwige. Elle me dira ce qu'il faut faire. »

Cette résolution lui rendit courage. Elle se brossa les cheveux et se poudra soigneusement, car elle savait qu'un examen sévère l'attendait, puis elle se força à sourire devant la glace et conserva cette expression en quittant la pièce.

— C'est moi, dit-elle en entrant chez Ulrique, tu vois, je vais très bien.

Un profond silence accueillit cette bonne nouvelle. Assise de côté dans un petit fauteuil, Ulrique étudiait d'un air attentif des cartes à jouer étalées sur une table et ne répondit pas tout de suite à la visiteuse.

— Assieds-toi, dit-elle enfin avec un soupir.

Une petite lampe posée sur la table éclairait juste les mains de la jeune femme et le bas de son visage, car un abat-jour opaque emprisonnait la lumière qui heurtait le plafond sans atteindre les murs. Des meubles brillants comme du métal laissaient deviner leurs contours dans la pénombre et l'on distinguait, vaguement reflété dans une glace noire, le moulage d'une tête classique aux cheveux bouclés.

Hedwige s'était assise près de la cheminée où fumaient deux tronçons de bûches. Elle ne se décidait pas à ouvrir la bouche. Devant sa cousine, elle se sentait toujours affreuse et, même lorsqu'elle ne disait rien, coupable de quelque faute capitale contre l'intelligence ou le goût. Aussi se demandait-elle pourquoi elle était venue quand la voix d'Ulrique coupa le silence :

— Afin de nous épargner une conversation ennuyeuse, fit-elle en repoussant la table pour se croiser les jambes, je vais moi-même faire les demandes et les réponses ; car j'ai sommeil, ajouta-t-elle d'un ton plus bas quoique intelligible. Tout d'abord, est-ce que je sais ce qui me vaut cette visite nocturne ? Parfaitement. Tu veux que je te dise quand tu reverras M. Gaston Dolange.

À ce nom, Hedwige ne put se retenir de faire un geste.

— Ai-je des nouvelles de M. Dolange ? poursuivit Ulrique d'une voix rapide. J'en ai. Je lui ai donc écrit ou fait écrire par maman ? Pas du tout. Qui donc m'a renseignée ? Mon amie Arlette que tu ne connais pas, mais qui est liée avec une cousine de ce monsieur.

Ces paroles débitées presque d'un trait cachaient mal un certain embarras. Ulrique décroisa ses jambes et remua un peu dans son fauteuil. Il lui en coûtait d'avouer un échec, mais elle était impatiente de voir l'effet de ses paroles, et par un geste auquel Hedwige ne prit pas garde, elle prit la lampe et la posa sur la cheminée. Le visage de la jeune fille apparut alors, les yeux fixes et brillants, la bouche entrouverte. Quelques secondes s'écoulèrent, puis Ulrique alluma une cigarette et dit posément :

— M. Dolange est parti pour La Rochelle. Il s'établit là-bas.

— Ah ! fit Hedwige.

Elle ne bougea pas. L'air bourdonnait autour d'elle et des gouttes de sueur se mirent à rouler sur son front. À travers une sorte de brume, elle vit sa cousine se lever, arranger sa coiffure devant la glace, puis se rasseoir, prendre les cartes et les battre.

— Demain, fit Ulrique, je te donnerai un peu de ma poudre. Je ne sais comment tu t'y prends, mais tantôt tu ressembles à une boule de jardin et tantôt à un mur qu'on vient de recrépir. Tiens, ajouta-t-elle en lui tendant le paquet de cartes, bats-les et demande si mon mari va mourir bientôt.

Hedwige prit les cartes qu'elle battit de ses mains moites. Avec une docilité machinale, elle posa mentalement la question effrayante dont Ulrique importunait le sort presque tous les jours. Puis elle rendit les cartes à sa cousine qui les étala sur la table. La réponse fut non.

— Tu n'as pas suffisamment réfléchi à ma question, dit Ulrique. Tu as l'esprit ailleurs. Oh ! tu ne vas pas pleurer, hein ? Je te trouvais du cran, tout à l'heure.

Hedwige secoua la tête et s'essuya le front et les joues. Elle se leva, parut indécise un instant, puis gagna la porte en s'appuyant aux meubles.

« Elle exagère un peu, songea Ulrique en rebattant les cartes, la cigarette aux dents. Seule, il ne lui viendrait pas à l'esprit de marcher comme une aveugle dans une pièce du *Théâtre libre*. Malgré tout, elle doit souffrir. C'est curieux. »

Quand la porte se fut refermée, elle dit à haute voix : « Très curieux ! » et s'interrompit un moment, le regard immobile, puis elle étala de nouveau les cartes sur la table et fit un geste d'impatience : la réponse était encore non. Mais Ulrique recommença jusqu'à ce que les cartes lui eussent répondu oui, et satisfaite elle se coucha.

La chambre d'Hedwige se trouvait située au-dessus de celle d'Ulrique et il arrivait qu'au milieu de la nuit la jeune fille fût tirée de son sommeil par le son du piano. Elle ne s'en plaignait pas, elle aimait au contraire cette voix assourdie qui montait vers elle et lui parlait dans l'ombre, tantôt insinuante et douce, tantôt passionnée et batailleuse. Il semblait à Hedwige que ces chants continuaient ses rêves au lieu de les interrompre, et elle se sentait vite gagnée par une mélancolie délicieuse ou par une exaltation presque héroïque, suivant l'humeur de sa cousine. Avec la naïveté d'un cœur innocent, elle s'imaginait parfois que cette musique s'adressait à elle, mais une prudence instinctive l'empêchait d'en jamais rien dire. C'était son secret que ce dialogue nocturne entre elle et Ulrique. La tête encore tout embrumée de songes, elle écoutait avec ravissement ces questions vagues et tumultueuses que lui jetait la voix, et pendant quelques minutes elle avait l'illusion d'une grande richesse intérieure, d'un pouvoir mystérieux qui lui était donné sur tous les êtres. Ce sentiment confus, mais profond, aucune parole humaine n'aurait pu en donner une idée précise. La jeune fille connaissait alors cette joie particulière qui ressemble à un enivrement de l'âme. L'obscurité aidant, elle en venait à croire que les murs de sa chambre s'évanouissaient, puis qu'elle-même abandonnait son corps pour voler dans la nuit, à travers une immensité vide. Aucun vertige ne gâtait cet étrange bonheur. Elle allait où elle voulait et ne désirait rien que fuir. La seule crainte qui l'agitât était que le piano ne se tût avant qu'elle atteignît les gouffres du sommeil où le silence croulait dans un grand bruit de cataracte. Et si la musique prenait fin trop tôt, Hedwige en éprouvait un choc, pareille à la somnambule qui se réveille avec un soupir de frayeur.

Ce soir-là, toutefois, elle ne pensait guère à ces choses. Comme une bête malade, elle trébuchait vers son lit. Elle redoutait la nuit si longue à finir et se demandait d'où lui viendrait le courage d'affronter le jour qui allait poindre dans quelques heures, puis la nuit après cela, et cette alternance de lumière et d'ombre qui ne lui portait que du chagrin.

À présent, couchée sur son lit à plat ventre, la face dans l'oreiller et les poings aux tempes, elle essayait de ne penser à rien, mais les paroles de sa cousine tournaient au fond de sa tête : «... La Rochelle, où il compte s'établir.» Une heure plus tôt, Hedwige ignorait tout de ce départ et se croyait alors malheureuse. Folle! Elle aurait dû danser de joie à la seule pensée qu'ils habitaient, elle et lui, la même ville, mais maintenant que huit heures de voyage les séparaient, l'épreuve commençait vraiment, pour elle.

Se retournant sur le dos, elle murmura : «Huit heures de voyage.» Et ces mots prononcés d'une voix hésitante et altérée la surprirent comme si un inconnu lui eût parlé tout à coup à l'oreille. Elle porta la main à son épaule pour défaire sa robe et n'acheva pas plus tôt ce geste qu'elle tomba dans le sommeil.

Elle rêva que des gens se bousculaient autour d'elle dans une vaste pièce obscure et sonore. Des paroles confuses, des injures lui étaient jetées au visage et elle se frayait à grand-peine un chemin à travers une foule hostile quand subitement elle se retrouva dans sa chambre et couchée sur son lit : «J'ai rêvé», pensa-t-elle en allumant la petite lampe de chevet. Elle s'assit et se mit à ôter ses souliers qui lui faisaient mal. Soudain, son cœur se mit à battre plus vite : dans l'embrasure de la fenêtre, à moitié caché par le miroir de la coiffeuse, quelqu'un était assis sur une petite chaise basse et considérait Hedwige avec une attention extraordinaire. Elle demeura courbée en deux, n'osant bouger.

— Qui êtes-vous ? demanda-t-elle enfin.

La réponse lui vint aussitôt sans qu'elle entendît le plus léger bruit de paroles :

— Regarde-moi.

Levant les yeux, elle vit un homme pauvrement vêtu qui lui souriait. Il paraissait si humble qu'elle le prit d'abord pour un mendiant et se demanda comment il avait pu s'introduire dans sa chambre, mais elle n'éprouva aucune crainte. Au contraire, il y avait dans la présence de cet inconnu quelque chose qui la rassurait. Plusieurs minutes s'écoulèrent en silence, puis l'homme désigna une paire de ciseaux à ongles qui se trouvait sur la coiffeuse.

— Vous voulez mes ciseaux à ongles? fit Hedwige en essayant de rire. Comme c'est drôle! Je vous les donne.

L'homme ne fit pas un geste, ne remua pas un doigt, et les ciseaux disparurent. Il sourit avec douceur de la stupéfaction qui se lisait sur le visage de la jeune fille, puis regarda autour de lui. Ses yeux s'arrêtèrent sur un dessin à la plume accroché au mur dans un cadre doré. Hedwige comprit qu'il voulait aussi ce dessin. «Je n'y tiens guère, pensa-t-elle. Si cela lui fait plaisir, qu'il le prenne.»

Elle n'eut pas besoin de formuler son consentement, car à l'endroit où le dessin se trouvait une seconde plus tôt, le mur était vide. Cependant, l'homme ne semblait plus faire attention à Hedwige, et sans quitter sa place portait la vue d'un coin à un autre de la pièce. Par un geste à peine perceptible, il guida enfin le regard de la jeune fille vers une cape de velours grenat qu'elle avait posée sur un fauteuil, et attendit. Elle hésita. Avec son col d'hermine et son agrafe d'argent, cette cape, en effet, lui venait de sa cousine qui l'ayant portée cinq ou six fois n'en voulait plus. Aux yeux d'Hedwige, toutefois, rien n'était beau comme ce vêtement qui l'habillait comme pour un sacre et dont sa gaucherie naturelle s'accommodait assez mal. Elle croyait naïvement ressembler à Ulrique chaque fois qu'elle sentait sur ses épaules le poids de cette fourrure caressante et de cette étoffe somptueuse. Aussi feignit-elle de ne pas comprendre ce que voulait l'inconnu, mais il insista. «La cape, lui dit-il mentalement. — Non, fit-elle, vous allez trop loin.» Mais il regardait Hedwige d'un air si triste qu'elle céda tout à coup. Elle détourna les yeux de la cape en pensant: «Je la lui donne.» La cape disparut.

A présent, l'homme se tenait debout. Il était plus grand qu'Hedwige ne l'aurait cru et montrait une certaine assurance. Du doigt, il désignait les objets auxquels la jeune fille tenait le plus: des bijoux modestes de petite provinciale attachée à son bien, des souvenirs qu'elle chérissait comme une avare chérit ses sous. Et elle luttait avec l'inconnu, mais il l'emportait toujours avec sa façon à la fois persuasive et douce de demander ceci, puis cela : il lui fallait tout, en effet, les meubles, les livres, les lettres d'amour, et il semblait à Hedwige qu'elle devenait folle, car à mesure que ces choses disparaissaient, d'autres prenaient immédiatement leur place, une commode peinte qu'on lui avait donnée pour son douzième anniversaire, son lit de petite fille avec sa courtepointe jaune bouton-d'or et ses rideaux blancs, des albums d'images depuis longtemps détruits ou perdus, tout un charmant bric-à-brac dont la vue la faisait tressaillir, après tant d'années d'oubli. Mais à peine avait-elle le temps de reconnaître un jouet, une boîte de couleurs ou des perles de verre, que déjà on les lui enlevait, et chaque fois elle éprouvait la même surprise. Elle ne souffrait pas, cependant ; au contraire, elle connaissait depuis quelques minutes un étrange désir de donner plus encore, sans rien garder pour elle. Pour la première fois de sa vie, elle était vraiment heureuse ; un poids énorme glissait de ses épaules et elle hésitait sur ses pieds comme un enfant qui n'a pas encore appris à se tenir debout tout seul. Elle regarda autour d'elle. La chambre était vide, mais éclairée d'une lumière aveuglante, et Hedwige comprit alors qu'elle avait donné toute son enfance.

— Il ne reste plus rien, dit-elle. Je suis libre.

L'homme avait disparu. Pourtant elle entendit sa voix qui disait : « Non. »

Au même instant, Gaston se montra devant elle. La tête un peu inclinée de côté, il souriait d'un sourire cruel, mi-sérieux, mi-moqueur, déjà sûr de sa victoire. Ses dents luisaient, ses yeux bleus relevés vers les tempes se plissaient au-dessus des pommettes roses ; dans ce visage d'une laideur séduisante, tout respirait le bonheur charnel et la fureur d'aimer.

— Renonce à lui et tu es libre, dit la voix.

Hedwige sentit en elle une espèce de révulsion subite et violente.

— Non, dit-elle. Je ne peux pas. Je veux l'amour de cet homme.

À peine ces mot furent-ils prononcés qu'elle se retrouva dans sa chambre telle qu'elle la voyait tous les jours, avec ses rideaux, ses meubles, sa coiffeuse dont le miroir lui avait tant de fois renvoyé l'image d'une petite figure mélancolique. Les murs semblaient se rapprocher d'elle comme pour l'étouffer. Elle était seule, et avec un grand gémissement elle s'éveilla.

Se pouvait-il qu'elle n'eût pas dormi plus de cinq minutes ? Elle avait allumé la petite lampe et secouait sa montre qu'elle croyait arrêtée, mais les aiguilles ne mentaient pas : il était une heure et demie. Elle essaya de se rappeler son rêve et faillit y réussir. Son regard s'attacha sur la cape de velours, mais plus elle réfléchissait, plus les choses s'embrouillaient dans sa tête et il ne lui restait plus que l'impression d'un bonheur extrême suivi d'un coup violent et subit dont elle souffrait encore. « En tout cas, pensa-t-elle, la nuit est bien entamée. »

Elle s'assit sur le bord de son lit pour ôter ses souliers et, une main étendue vers son pied droit, demeura interdite : ce geste, elle l'avait fait dans les mêmes circonstances, mais quand ? Elle reconnaissait le silence épais de la petite chambre, la lumière touchant le bord de la cape rouge, et, dans son propre cœur, il y avait ce désespoir qui ne la quittait plus. Là s'arrêtaient ses souvenirs ; quelque chose dans sa mémoire butait contre une sorte de mur ; c'était comme si toute une partie de son être lui demeurait inaccessible et elle en éprouva un trouble secret. Elle ôta ses souliers et mit ses pantoufles avec le sentiment bizarre d'avoir rompu un charme, d'aller à droite alors qu'il aurait fallu se diriger vers la gauche, car, à présent qu'elle était debout, tout s'effaçait du mystère entrevu et elle redevenait une jeune fille ignorante et étonnée qui désirait simplement le bonheur de ce monde.

V

Jean dans la chambre de Hedwige

Les jours qui suivirent furent pénibles pour tous. La jeune fille souffrait, et elle souffrait, il faut le dire, sans discrétion. Du haut en bas de la grande maison, personne n'ignorait plus qu'Hedwige était éprise d'un garçon qui, malheureusement, ne voulait pas d'elle. Au reste, elle eût gardé pour la solitude de sa chambre ses explosions de chagrin qu'elle se fût encore trahie par son silence, ses soupirs, ses yeux rougis et son indifférence à tout ce qui n'était pas son absorbante tristesse. Les repas, surtout, étaient difficiles. Refuser les plats l'un après l'autre, boire d'un air contraint une gorgée d'eau, puis fixer la porte d'un long regard désespéré en émiettant son pain d'une main nerveuse, ne pas répondre aux questions qu'on lui posait ou tressaillir lorsqu'on lui touchait le bras, elle n'épargna rien à son entourage qui pût lasser la compassion et devenait rapidement ennuyeuse.

— Il faut essayer de réagir, murmurait M. Vasseur. Réagir ! Quel sens pouvait avoir ce mot ? Elle reconnaissait là le langage des personnes étrangères à sa douleur et à son amour, c'est-à-dire le monde entier, et elle éprouvait une satisfaction un peu vaniteuse à se sentir seule, toute seule. Parfois elle refoulait les larmes qui lui montaient aux yeux, mais cet effort était visible et elle le savait. Elle cachait, si l'on peut dire, ostensiblement son chagrin.

À vrai dire, cette façon de se donner en spectacle adoucissait quelque peu son tourment. Le simple fait d'être malheureuse la grandissait à ses propres yeux. Jusque-là, elle n'avait connu que les petites vexations et les médiocres plaisirs d'une existence égale, et voici que, tout à coup, sa vie se transformait en quelque chose de détestable, il est vrai, mais aussi de passionnant. Elle se sentait marquée par le sort et considérait avec une secrète pitié les humains placides dont le malheur ne voulait pas.

Ces pensées naïves la grisaient. Enfin elle devenait l'égale de la dédaigneuse Ulrique dont elle enviait les attitudes de souveraine mécontente et elle trouvait presque tolérables les repas qui lui permettaient de rivaliser d'ennui avec son modèle. La nuit, toutefois, rendue à elle-même dans sa solitude, et n'ayant plus personne à qui donner cette espèce de comédie lugubre, elle redevenait la proie de l'inexorable désespoir. Souvent, pour mieux souffrir, elle s'examinait dans son miroir et s'interrogeait sans fin sur ce que M. Dolange avait pensé d'elle et sur ce qu'il penserait d'elle, si, par d'impossibles conjonctures, il la voyait ainsi, à la lumière flatteuse de cette petite lampe qu'elle promenait autour de son visage. Assurément, elle paraissait jolie avec sa chevelure répandue sur ses épaules, ses yeux agrandis par le cerne des veilles. Ses joues perdaient leur rondeur et se développaient. Elle se découvrait une figure intéressante. Une fois, elle fit glisser à ses pieds sa chemise de nuit et considéra tristement son jeune corps que personne ne voyait jamais. À quoi lui servaient ces beaux bras ronds qui n'étreignaient que du vide dans des songes confus et décevants, cette poitrine d'une blancheur et d'un galbe si purs, ces flancs où elle rêvait de sentir quelque jour la douceur chaude d'une main qui ne fût pas la sienne, le poids d'une tête, la fraîcheur d'une joue ? Comment se pouvait-il qu'une action si simple ne fût pas possible ? Elle se figurait le jeune homme à ses genoux, mais, par une timidité bizarre, il répugnait à Hedwige de l'imaginer autrement qu'elle ne l'avait vu dans le salon de sa cousine, et sans se rendre compte du comique de la chose, ne lui donnait jamais d'autre nom que M. Dolange. Car elle lui parlait comme on parle à une personne présente, elle raisonnait avec ce fantôme, elle lui mentait quelquefois, quitte à s'en accuser ensuite. Ce jeu mélancolique la consolait un peu et l'effrayait aussi. Que penserait-on d'elle si l'on savait qu'elle parlait toute seule, dans le silence de l'aube ? Cette pensée la troublait parfois, gâtant son triste plaisir, puis les traits du jeune homme se reformaient de nouveau dès qu'elle fermait les yeux, et elle recommençait sans fin l'énervant dialogue. Avec une patience infinie, elle posait les mêmes questions de cent manières différentes, tendait de petits pièges, et, selon les exigences de son cœur, imaginait la conduite de M. Dolange. Le temps aidant, elle prêtait chaque jour une qualité nouvelle à ce personnage inaccessible et ne lui connaissait d'imperfection qu'une timidité enfantine. Des élans subits la transportaient. Elle aurait voulu tout à la fois être sa mère, sa femme et sa fille. Le désir en elle cédait brusquement la place à une tendresse déchirante. Pour bercer ce garçon comme un enfant, pour le servir, elle eût renoncé, croyait-elle, au bonheur physique. Puis de nouveau elle se représentait ses mains, sa bouche, et s'abattait sur son lit en sanglotant.

— Que vous êtes cruel avec moi ! gémissait-elle.

Une nuit qu'elle écrivait une de ces lettres qu'on n'envoie jamais, elle entendit frapper à sa porte. « C'est lui », pensa-t-elle. Pendant une ou deux secondes, elle crut vraiment à une espèce de miracle et demeura muette, les yeux attachés à la porte comme sous l'empire d'une force hypnotique, mais elle fut vite désabusée par la voix de Jean qui l'appelait doucement :

— C'est moi, ma petite Hedwige. Puis-je entrer ?

Elle ouvrit. Il parut hésiter un instant, puis gagna le milieu de la pièce et se tint debout près de la petite coiffeuse. Un imperméable usé et sali lui tombait jusqu'à mi-jambe ; à sa main pendait un chapeau tout déformé par la pluie. Les paupières baissées, il inclinait d'un air honteux un grand front livide que barraient des mèches noires.

— J'ai vu de la lumière sous votre porte, dit-il comme pour s'excuser. Je voulais vous dire bonsoir. Cela ne vous déplaît pas que j'entre ainsi chez vous ?

Elle fit signe que non et du geste lui indiqua un siège, mais il secoua la tête :

— Je ne veux pas vous empêcher de dormir, dit-il.

— Dormir ? répéta Hedwige comme si ce mot n'avait pas de sens.

À son tour elle secoua la tête d'un air tragique, mais se sentit gênée tout à coup par le regard aigu que lui lança son visiteur. Avec toute sa gentillesse et sa réserve, il n'était pas homme à se laisser duper et elle comprit instinctivement qu'il méprisait ces mines dont elle ornait son chagrin.

Au bout d'un instant, il s'assit gauchement sur le bord d'un fauteuil et posa son chapeau à ses pieds. Sa mise et quelque chose d'humilié dans son attitude lui donnaient l'aspect d'un pauvre.

— Hedwige, dit-il, je me demande pourquoi je suis venu frapper à votre porte. C'est extraordinaire, n'est-ce pas ? Il est une heure du matin et nous voilà assis l'un en face de l'autre, dans votre chambre.

Hedwige ne dit rien. Il poursuivit.

— Peut-être n'ai-je pas le droit de venir vous voir à cette heure. Sans doute me trouvez-vous désagréable, car je n'ai jamais rien fait pour mériter votre affection, mais la vie m'est quelquefois plus pénible qu'à d'autres, dans cette maison : cela excuse ma sauvagerie.

Hedwige eut un sourire contraint. Elle en voulait un peu à Jean d'interrompre la lettre qu'elle était en train d'écrire à Gaston Dolange, et puis, elle ne comprenait rien à ce que disait cet homme et le soupçonnait vaguement de s'acheminer vers une déclaration d'amour. Cette façon brusque et sournoise de pénétrer chez elle au milieu de la nuit pour lui faire la cour, comme cela cadrait bien avec l'idée qu'elle se formait de celui qu'elle appelait quelquefois son ours ! Soudain, son regard tomba sur les chaussures de Jean : une boue épaisse les recouvrait.

— J'ai marché pendant des heures, dit-il comme pour répondre à la question qu'elle se posait. Il a plu sans cesse. Je me sens très las et très seul, Hedwige. C'est pour cela que je voulais vous voir.

— Mon pauvre ours, murmura-t-elle.

Il l'observa un instant d'un air sceptique et glacial qui déplut à la jeune fille. Jamais cet homme ne lui avait paru plus secret, jamais non plus elle n'avait vu sur un visage humain cette expression de désespoir contenu qui l'embellissait étrangement. La lumière de la lampe éclairait les mâchoires vigoureuses, la bouche mince, mais les yeux noirs demeuraient dans la pénombre comme derrière un masque.

— Quelque chose m'a poussé vers vous, reprit-il. J'ai besoin de me confier, de parler à un être humain. Écoutez ce que je vais vous dire, mais ne m'interrogez pas.

Il posa les mains sur les genoux et pencha la tête en avant, puis d'une voix sourde et précipitée, il dit d'un seul trait :

— Tout à l'heure, à cinq minutes d'ici, j'ai failli être arrêté.

Hedwige se leva.

— Jean ! fit-elle.

— Oui, poursuivit-il, arrêté sur la voie publique, comme un voleur pris sur le fait.

Elle répéta :

— Pris sur le fait...

Il garda le silence, guettant l'effet de ses paroles sur ce petit visage stupéfait et terrifié.

— Que voulez-vous dire ? demanda-t-elle enfin.

— Je veux dire qu'un homme en qui j'ai reconnu trop tard un policier m'a suivi et abordé, et que, si j'avais perdu mon aplomb, je ne serais pas ici, Hedwige, mais au commissariat. Ce n'est pas une très belle histoire.

— Mais qu'aviez-vous fait ?

— Je vous demande de ne pas me poser de questions.

— Alors pourquoi me racontez-vous ce qui vous est arrivé si je ne puis rien y comprendre ?

— Précisément parce que vous ne pouvez rien y comprendre et que vous m'en garderez le secret, j'ai voulu vous faire cette confidence. J'ai quarante ans. Je suis un homme d'étude, tranquille, inoffensif. Cependant, tout à l'heure, j'ai senti que j'étais un malfaiteur au regard de la société, aux vôtres, Hedwige.

— Aux miens ?

— Oui. J'ai pensé à vous quand cet homme m'a

parlé. Il parlait en votre nom, pour vous défendre, vous, des gens de mon espèce. Il a examiné mes papiers, relevé mon nom. À l'heure actuelle, je suis parmi ceux qu'on surveille, et c'est ma faute.

Sans savoir ce qu'elle faisait, la jeune fille avait reculé jusqu'à son lit... Là elle demeura immobile. Jean la suivit du regard.

— Je vous ai scandalisée, fit-il tristement.

Elle répondit à voix basse :

— Non, Jean. Mais vous m'avez fait peur.

Pendant plusieurs minutes, ils gardèrent le silence. Jean baissa la tête et parut s'absorber dans une méditation. Hedwige ne bougeait pas. Par la fenêtre entrouverte arrivait jusqu'à eux le chuchotement du grand tilleul où jouait la brise et la jeune fille écoutait avec une espèce de gratitude ce bruit léger qui ressemblait au murmure innocent d'une fontaine. Elle n'osait dire à Jean de la laisser seule, mais elle aurait voulu qu'il disparût tout d'un coup, emportant avec lui son malheur qui ne la touchait pas. Il la terrifiait. Pour la première fois, elle remarqua la grosseur de ses mains et tenta d'imaginer toutes les mauvaises actions qu'elles avaient pu commettre : elles avaient volé ou frappé quelqu'un, ou peut-être tué. Dans l'esprit d'Hedwige, la crainte du danger prêtait une singulière vraisemblance aux suppositions les plus dures, mais elle était encore trop ignorante de la vie pour deviner juste. Ses genoux tremblaient. Elle s'assit sur le bord de son lit et ramena sur sa poitrine les bords de son peignoir.

— Jean, dit-elle enfin, il faut dormir.

L'homme releva la tête et planta sur elle un regard durci par la fatigue. Hedwige crut voir des larmes briller dans ses yeux.

— Vous n'êtes qu'une petite fille, dit-il avec lenteur.

Il ramassa son chapeau et vint près d'elle.

— Écoutez, Hedwige, fit-il. Ce soir, je ne vous ai rien dit de ce que je pensais vous dire. Le courage m'en a manqué. Pourtant j'aurais voulu dire toute la vérité à quelqu'un... à quelqu'un comme vous... pour voir. Quelqu'un de pur. Mais j'ai bien fait de me taire.

Elle rougit et détourna la tête, furieuse de ce qu'elle prenait pour un affront.

— Malgré tout, reprit-il, je m'en voudrais de ne pas vous donner un conseil. C'est à votre bonheur que je songe. Oui, il s'agit de quelqu'un à qui vous pensez beaucoup.

Hedwige tressaillit malgré elle.

— Lui-même, dit Jean avec un sourire amer. Je ne prononcerai pas son nom. Ce serait une sorte de sacrilège, n'est-ce pas ?

— Que voulez-vous dire, Jean ? L'avez-vous vu ?

— Le jour qu'il est venu ici, je l'ai aperçu d'abord par une fenêtre au moment où il traversait la rue. Je me suis glissé au salon...

— Pourquoi ?

Il hésita, pris de court par cette question directe.

— Pourquoi ? Oui, en effet, cela paraît insolite. Je ne mets jamais les pieds au salon quand il y a du monde, mais cela m'intéressait d'observer... cette personne, de la voir parler aux uns et aux autres...

— Mais pourquoi ?

La bouche entrouverte, il la regarda, subitement inquiet. Cependant il se ressaisit.

— Mettons cela sur le compte de la psychologie, dit-il d'une voix lente et presque railleuse ; en même temps il considérait avec une sorte de méfiance ces yeux d'enfant dans lesquels il essayait de lire une arrière-pensée.

— Je ne comprends pas, murmura Hedwige.

Une immense pitié s'empara de Jean. Elle ne comprenait pas, en effet, elle disait vrai. Lui mentait. Il baissa la tête.

— Vous allez me haïr, dit-il.

— Parlez, je vous en prie.

— Mon enfant, dit-il avec douceur, il vaut mieux pour vous que vous ne pensiez plus jamais à ce garçon. Non, ne me demandez pas pourquoi ! Je ne puis souffrir cette question sur vos lèvres. Mais je sais ce que je dis, Hedwige... ma pauvre Hedwige.

Elle demeura hébétée et tout à coup elle sentit monter en elle une colère terrible, la colère de la peur, car elle redoutait de savoir ce que savait cet homme, et

66

cependant, d'une voix rauque et brève qu'elle-même ne reconnut pas, elle lui cria brusquement :

— Je veux savoir !

Jean secoua la tête. Alors, elle le saisit par les revers de son manteau comme pour les déchirer. Il se laissa faire, ne bougea pas.

— Malheureusement, je ne puis rien vous dire, fit-il. Mais si vous souffrez, je souffre, moi aussi, et de la même manière que vous.

Les bras d'Hedwige retombèrent. La souffrance des autres ne l'intéressait pas. Et comment cet homme pouvait-il souffrir comme elle ? Dans tout ce qu'il disait, il y avait quelque chose d'inquiétant et de trouble. Elle considéra en silence ce visage sérieux et fermé, ces yeux immobiles qui tantôt la fixaient et tantôt la fuyaient, et l'envie lui prit de frapper cette bouche mince qui ne parlait pas, mais elle n'osa. Depuis un moment, elle éprouvait avec force ce qu'elle ressentait, mais faiblement, chaque fois qu'elle croisait Jean dans l'escalier et qu'en jouant elle lui prenait le bras : un étrange malaise, quelque chose de vague et d'inavoué qui ressemblait à du dégoût.

— Allez-vous-en ! souffla-t-elle en s'écartant de lui.

VI

Mme Vasseur pensait quelquefois à Félicie comme à une souris logée dans un mur. C'était l'image dont elle se servait pour décrire la couturière quand le nom de cette personne tombait dans la conversation. À vrai dire, pareil accident ne se produisait que le vendredi. Ce jour-là, en effet, Félicie devenait nécessaire, Félicie existait alors que, passé le seuil de l'hôtel, la vieille demoiselle se confondait dans l'esprit de Mme Vasseur avec la grande masse informe et ennuyeuse de l'humanité. Mme Vasseur trouvait même difficile de croire qu'un être aussi effacé pût avoir, comme elle, des soucis, quelques plaisirs, des vêtements à mettre le matin et à enlever le soir, un lit où reposer la nuit, des lettres à écrire et des notes à payer, comme elle. Elle aimait mieux, pour la vraisemblance, s'en tenir à sa comparaison favorite et se représentait Félicie comme une souris un peu plus grande que nature. Une souris paie-t-elle des impôts ? Va-t-elle au théâtre ? Souffre-t-elle quelquefois des dents ? Il plaisait à Mme Vasseur de développer cet amusant parallèle entre une bête et un être humain, et elle le faisait chaque vendredi matin, quand elle entendait le timide coup de sonnette de la couturière. Souvent, elle éclatait d'un rire nerveux en rencontrant celle-ci dans l'escalier, tant cette ressemblance avec une souris lui paraissait évidente.

Félicie ne comprenait rien à la gaieté de Mme Vasseur. Elle ignorait que sa tête grise, son dos cassé et sa démarche trottinante pussent sembler comiques et l'apparenter à un animal dont elle avait horreur, mais elle rougissait de honte et se plaignait amèrement à Blanchonnet des insolences du grand monde. Où était, lui demandait-elle, où était le temps où Mme la baronne venait s'entretenir avec sa bonne Félicie et décharger son cœur de ses petits ennuis ? Avait-il jamais connu de femme plus douce et plus simple malgré son titre et ses belles relations ? Se souvenait-il d'une seule parole blessante qui fût tombée de cette bouche aristocratique ? Mais Blanchonnet gardait un silence stupide et sinistre. Ce qu'il savait ne regardait personne. Et il semblait à la couturière qu'il effaçait un peu plus les épaules et jetait son buste en avant.

Certains jours, elle le haïssait. À d'autres moments, elle s'en croyait presque amoureuse et alors, effleurant de sa bouche la poitrine vide, elle donnait à cette grande poupée noire les baisers dont personne n'avait voulu. «Ah, mon Blanchonnet!» soupirait-elle. C'était tout ce qu'elle pouvait dire. Une fois, elle lui lâcha un coup de pied qui le fit tourner sur lui-même comme un valseur. Elle le maltraitait ou le cajolait, suivant son humeur. D'une manière inexplicable, il représentait à ses yeux toutes ses déceptions, toutes ses craintes, tous ses désirs et ce qui lui restait d'espoir. Tantôt elle le transformait en une personne surhumaine, à la fois meilleure et pire que tout le monde, sensible aux flatteries et, comme un dieu, capricieux et rancunier; tantôt elle le battait comme un chien et se vengeait sur lui de l'existence.

Les autres jours de la semaine, elle travaillait chez différentes personnes qui, elles aussi, lui fournissaient un mannequin, mais celui de Mme Vasseur se distinguait de ses frères et les éclipsait. Il était plus beau, plus luisant, plus fier, et il avait vu mourir Mme la baronne. Aussi le vendredi était-il attendu dans cette délicieuse inquiétude que procure l'amour. Un matin, elle arriva quelques minutes plus tôt que de coutume et se glissa dans la cuisine, Herbert, le valet de Monsieur, astiquait en sifflotant les chaussures de son maître. C'était un grand garçon roux et osseux, au visage effilé, au regard insaisissable.

— Où est Berthe ? demanda la couturière.

D'un geste de tête, il indiqua l'office.

La cuisinière était attablée devant un bol de café noir et tenait à contre-jour une enveloppe adressée à

Madame. Elle tressauta quand elle vit entrer la vieille demoiselle et peu s'en fallut que l'enveloppe ne tombât dans le café.

— Vous m'avez fait peur, dit Berthe. On ne vous entend jamais venir.

Félicie se laissa tomber sur une chaise et remonta un peu sa toque noire pour passer la main sur son front.

— Ça y est, fit-elle. J'ai eu mon rêve.

— Encore! s'écria la cuisinière.

Elle posa ses petites mains grasses et rouges sur son ventre et se mit à rire.

— Herbert! dit-elle à la cantonade. Voilà que Félicie a revu Mme la baronne.

— Vieille folle! fit Herbert sans préciser à qui s'appliquait cette épithète.

— Ne riez donc pas comme ça, fit la couturière. Cette fois, j'ai eu tellement peur que je n'ai pu me rendormir. Et ce matin, tout à coup, j'ai eu un pressentiment.

— Ça fait bien six semaines que vous n'en aviez pas eu, dit Berthe en avalant son café.

— Marquons celui-ci d'une croix sur le calendrier, dit Félicie. Vous verrez qu'il va arriver quelque chose. Elle m'a réclamé son coussin bleu.

Herbert entra, le poing coiffé d'une chaussure. Lui et la cuisinière échangèrent un clin d'œil pendant que Félicie ajustait son lorgnon sur son nez et avec de petits gestes raides faisait une croix sur un calendrier pendu au mur.

— Voilà, dit-elle en se retournant d'un air à la fois satisfait et épouvanté comme si elle venait de donner un ordre au destin. Quelqu'un va mourir dans la maison.

— Vous y tenez, dit Berthe en se carrant sur sa chaise, et elle joignit les doigts sur son ventre. Vous et la baronne, vous portez quelqu'un en terre tous les quinze jours. À qui en avez-vous, cette fois?

— Il y aura un malheur, fit la couturière avec une obstination mystérieuse.

Herbert laissa tomber sa chaussure et l'envoya d'un coup de pied dans la pièce voisine.

— Pas ici, dit-il avec un regard oblique. Ces salauds ont beaucoup trop de chance.

— Et d'argent, ajouta Berthe.

À ces mots, les petits yeux marron de la couturière se mirent à briller derrière son lorgnon et elle sentit bouillonner en elle une haine ingouvernable.

— Il y aura quelque chose, reprit-elle d'une voix qui s'étranglait.

Le ton dont ces paroles furent dites produisit une espèce de stupeur. La couturière s'appuya au mur et hocha la tête, partagée entre le ravissement de se savoir écoutée et la crainte de ce qu'elle allait dire. Il lui semblait, en effet, que les mots tombaient de sa bouche malgré elle et qu'elle parlait sans bien savoir ce qu'elle avait en tête. Tout à coup, son cœur battit à grands coups sous son corsage noir et son lorgnon se mit à trembler. Une espèce de vertige la saisit : elle crut voir le carreau de la cuisine vaciller sous ses pieds comme le pont d'un navire ; en même temps, un mot lui montait aux lèvres, un mot immense pareil à un long roulement de tambour dans un horizon de sang. D'un ton sourd, elle articula :

— La révolution !

Et elle se sauva.

Comme elle traversait l'office, elle entendit Berthe qui criait :

— Vous appelez ça un malheur !

Elle franchit l'antichambre aussi vite que ses courtes jambes le lui permettaient et jamais sans doute l'image dont se servait Mme Vasseur ne se trouva plus juste qu'au moment où la couturière gravissait les premières marches de l'escalier, car la vieille demoiselle se courbait en deux et montait sans bruit, agile et ratatinée dans ses vêtements couleur de charbon. Elle-même n'aurait su dire pourquoi elle allait si vite. On eût cru qu'elle se sauvait et peut-être, en effet, se sauvait-elle, emportant comme un trésor ce mot qu'elle venait de dire. Heureusement, personne ne la vit dans cet état d'exaltation. Elle gagna le troisième étage, ouvrit la porte de la chambre où elle travaillait et, toute hors d'haleine, courut au mannequin qu'elle frappa du poing.

— Blanchonnet, fit-elle, Blanchonnet, la révolution!

Puis elle regarda autour d'elle, interdite et un peu effrayée de ce qu'elle venait de faire. Tout était en ordre dans la petite pièce et le plus profond silence régnait dans la maison. À peine entendait-on le grondement lointain d'une voiture sur le boulevard, et plus près un appel d'oiseau dans le grand tilleul de la cour. Il faisait frais; la brise jouait avec le rideau de la fenêtre ouverte. Depuis deux cents ans, l'air et la lumière entraient ainsi dans cette chambre, et les révolutions n'y changeaient rien, mais la couturière se sentait un cœur nouveau depuis qu'elle avait prononcé les syllabes magiques. De toutes les rumeurs qui parcouraient la ville, elle avait retenu ce mot de révolution. Elle le répéta plus bas, puis elle ôta sa toque, affermit son lorgnon et tenta de se figurer que Madame se tenait devant elle. Dans cette circonstance exceptionnelle d'un renversement de régime et avec ce grand trouble dans l'âme, comment devait-on agir? Félicie n'osa croire qu'elle irait jusqu'à frapper Madame. Elle se contenta de frapper Blanchonnet qui vacilla. À ce moment, l'horloge vint rappeler à Félicie qu'en attendant le règlement de comptes général elle ferait tout aussi bien de soutacher la prétentieuse jaquette de Mlle Hedwige, comme on le lui avait ordonné.

Cinq minutes plus tard, elle cousait donc cette damnée soutache noire sur une serge bleu marine qui lui crevait les yeux. Elle travaillait avec un zèle où il entrait une bonne part de mauvaise humeur, piquant l'étoffe comme si elle eût souhaité lui faire mal. Parfois un soupir d'impatience gonflait sa poitrine étroite et elle maudissait les diaboliques caprices d'une mode surannée, car toutes ces vermiculures lui paraissaient hideuses: il y en avait sur les manches et par-derrière, à la hauteur des reins; il y en avait aussi devant, un peu partout. Félicie haussa les épaules. Se croyait-elle vraiment si jolie, cette pauvre Mlle Hedwige, pour tenir à des bêtises de ce genre? C'était Madame, il est vrai, qui la fagotait ainsi. Tout le monde savait, à l'office, que la jeune fille acceptait sans murmures les vêtements qu'on lui donnait à «finir». Que de vieilles robes la couturière avait élargies afin de permettre à Hedwige d'y tenir à l'aise!

Que de faux plis et de faux ourlets pour transformer cette provinciale en élégante, et avec quels sinistres résultats! Félicie prit Blanchonnet à témoin qu'on ne portait pas plus mal la toilette. Elle se leva tout à coup, jeta la ridicule jaquette sur ses épaules et avança vers le mannequin en essayant de remuer les hanches comme faisait Mlle Hedwige, mais la maigreur de son corps ôtait toute vraisemblance à cette imitation. Un rire muet secoua la couturière et, se haussant sur la pointe des pieds, elle passa la jaquette au mannequin.

— Toi, au moins, murmura-t-elle en le flattant de la main, tu as une taille ravissante.

Au moment où elle prononçait ces mots, la porte s'ouvrit très doucement et quelqu'un se glissa dans la pièce. C'était le petit garçon de la concierge, celui-là même qui avait donné au mannequin le nom bizarre de Blanchonnet. Sa figure ronde souriait au-dessus d'un tablier noir qui lui tombait jusqu'aux genoux. Il s'arrêta un instant, promena autour de lui le regard de ses grands yeux sombres comme s'il cherchait quelque chose, puis referma la porte.

— C'est toi? dit Félicie d'une voix un peu agacée. Je te préviens que je n'ai pas de temps à perdre aujourd'hui. Qu'est-ce que tu veux?

— Maman demande que vous lui arrangiez son corsage, dit-il en tournant autour du mannequin. Elle dit que vous en aurez pour une petite demi-heure et qu'elle vous donnera plus qu'à l'ordinaire.

— Plus qu'à l'ordinaire, marmotta Félicie en tirant sur les revers de la jaquette d'un air mécontent. Enfin, on verra.

Il y eut un silence pendant lequel Blanchonnet subit un examen rigoureux. Félicie traçait à la craie le dessin de la soutache sur le devant de la jaquette et ne prêtait aucune attention à l'air absorbé de son visiteur. Brusquement, celui-ci parut frappé d'une idée excellente.

— Félicie! s'écria-t-il. Si on jouait à faire semblant que Blanchonnet c'est Mme Pauque?

— Ah! tu vas laisser Blanchonnet tranquille, dit Félicie en étendant le bras devant le mannequin. Et tu m'empêches de travailler. Va-t'en!

— On lui réglerait son compte !

— À Blanchonnet ? Ah, non, par exemple !

— Vous ne comprenez jamais rien, Félicie. Pas à Blanchonnet : à Mme Pauque !

Si tentante que fût cette proposition, elle indigna Félicie qui n'y voyait pour Blanchonnet que d'infinis périls à courir. Tournant le dos au mannequin qu'elle fit mine de couvrir de son corps, elle ordonna au petit garçon de retourner à sa loge.

— Maman ne veut pas de moi, fit-il victorieusement. Elle balaie. Elle m'a dit de rester ici.

Félicie se retint de dire que la mère Goral ne manquait pas d'aplomb. Elle craignait la concierge comme elle craignait tout le monde, et si étrange que cela paraisse, elle craignait même cet enfant de douze ans qui faisait d'elle son souffre-douleur. Aussi garda-t-elle un profond silence tout en lardant d'épingles la jaquette de Mlle Hedwige. Plusieurs secondes s'écoulèrent, puis l'enfant disparut derrière une pile de cartons à chapeaux et Félicie l'entendit qui s'agitait en chantonnant dans son coin. Soudain, il dit d'une voix tranquille :

— Félicie, j'aime mieux vous prévenir que je vais vous tuer, vous et Mme Pauque.

Félicie détestait ces plaisanteries. Elle ôta son lorgnon d'une main qui tremblait un peu et répondit qu'elle se plaindrait à Mme Goral.

— Trop tard, fit la voix derrière les cartons à chapeaux. Vous traversez toutes les deux un désert infesté d'Arabes. Nous sommes au moins deux cents derrière ce rocher et dans une minute nous allons vous canarder sans merci. Il faut d'abord que vous descendiez un peu et que vous tourniez à droite. Alors, quand vous serez juste sous nos fusils, vous saisissez, Félicie ? Pan !

— Ce jeu est stupide, dit Félicie en tressaillant malgré elle.

— N'ayez pas peur, continua la voix, vous avez encore une demi-minute à vivre. C'est que vous marchez lentement, car il fait chaud. Tiens, Mme Pauque a déboutonné son corsage et elle s'évente avec son mouchoir. Elle a pris un fameux coup de soleil, Mme Pauque ! On dirait une négresse. Un instant, que je dise un mot à mes cent quatre-vingt-dix-neuf camarades. Vous comprenez, je ne veux pas qu'ils vous ratent.

— Deux cents hommes contre deux femmes! murmura Félicie en essayant de rire. Ce n'est pas très joli ce que vous faites là.

— Je n'y peux rien, répliqua Marcel. Vous le méritez. Que je regarde mon chronomètre… Il vous reste exactement dix secondes à vivre. Voulez-vous un verre d'alcool, Félicie? Un de mes hommes vous en portera un. Mais non, il n'est plus temps, et puis à quoi cela servirait-il? Allons, du courage, ma pauvre Félicie, ce ne sera pas long et peut-être ne sentirez-vous rien. Une!

— Assez! dit Félicie en frappant le plancher du talon.

— Deux! compta la voix.

— Marcel, je te promets que tu auras une gifle.

— Vous plaisantez avec la mort. Attention! Feu!

Ce dernier mot fut couvert par le fracas des cartons à chapeaux qui s'écroulaient et Marcel parut, une serviette blanche nouée autour de sa tête et, à la main, un long bâton qu'il brandit dans la direction de Félicie.

— Vengeance! cria-t-il en courant vers la vieille demoiselle.

Félicie lâcha pied immédiatement et gagna la porte, non sans protester qu'elle informerait Madame de ce qui se passait chez elle.

— Je m'en fiche, dit Marcel. Je vais achever Mme Pauque qui remue encore. Elle périra dans les supplices.

Saisissant Blanchonnet à bras-le-corps, il feignit de lutter un moment avec sa victime et contrefit les larmes et les supplications de Mme Pauque expirante.

— Inutile de m'implorer, criait-il. Tu vas y passer, ma vieille!

En un tour de main, le mannequin fut étendu sur le plancher et Marcel sortit de sa poche un gros canif à plusieurs lames.

— Oh, non! hurlait Mme Pauque d'une voix de fausset. Torturez plutôt Félicie, monsieur Marcel!

— Lâche! répondait le jeune bourreau. Nous allons commencer par te détacher un bras. Le tour de Félicie viendra plus tard, ajouta-t-il, si, comme je l'espère, elle vit encore.

— Marcel! cria cette dernière de la porte, je le dirai à Mme Vasseur. Laisse Blanchonnet tranquille!

Mais l'enfant n'écoutait pas. Tout en tirant la langue, il taillait un bras imaginaire qu'il lança à la tête de Félicie non sans pousser quelques rugissements.

— Elle perd connaissance, fit-il. Vite, du gros sel sur sa plaie pour la ramener à elle.

Horrifiée, mais pourtant curieuse de voir jusqu'où irait la férocité du jeune garçon, Félicie renonça à obtenir la grâce de Mme Pauque. D'une façon difficilement explicable, il lui semblait depuis un instant que la scène dont elle était le témoin revêtait peu à peu un caractère de vérité presque surnaturelle. Devenue la complice de l'enfant, elle considéra, immobile et muette, l'agonie bizarre d'une personne qu'elle n'aimait pas et qui, en ce moment, incarnait à ses yeux les torts d'une société tout entière. Un désir de vengeance montait dans cette petite âme obscure. Son exaltation de tout à l'heure la reprit soudain et elle se prit à murmurer d'incohérentes paroles de triomphe et de haine. Elle s'approcha un peu et mit son lorgnon.

— Tue-la, fit-elle à mi-voix.

— Pas si vite, dit Marcel. Il faut qu'elle se sente mourir.

La vieille demoiselle frissonna. Son imagination lui fit voir, à la place du mannequin, une Mme Pauque mutilée, dans sa robe de satin noir où le sang étalait de larges rubans cramoisis. Se pouvait-il qu'une scène pareille eût jamais lieu dans cette ville, que la révolution entrât dans cette pièce même, avec ses torches, ses piques et ses bras nus? Instinctivement elle arrondit les épaules, avançant la tête comme un animal qui prend peur, et comme s'il lisait la pensée de la couturière, l'enfant se leva d'un bond.

— Nous allons la guillotiner, annonça-t-il en plaçant sa chaussure cloutée sur la hanche du mannequin. Félicie, donnez-moi cette chaise!

Elle plaça le meuble à l'endroit que lui indiquait Marcel.

— Une autre là! commanda-t-il.

Elle obéit, gagnée à ce jeu et mit la seconde chaise en face de la première. Il y eut alors une courte lutte entre le bourreau et sa victime défaillante, et presque aussitôt Blanchonnet fut étendu à plat ventre, râlant et protestant d'une voix éteinte et entrecoupée.

— Sa tête est censément là, chuchota le tortionnaire en indiquant l'espace entre les deux barreaux d'une des chaises. Le couperet ici. Vous serez mon aide, Félicie, ajouta-t-il tout haut, d'un ton destiné à faire frémir une galerie imaginaire. C'est la première fois qu'on guillotine dans le Sahara, mais il faut bien commencer. Allons, Félicie, vous n'avez pas peur d'un peu de sang, je suppose. Ligotez-moi cette fripouille! Je vais m'assurer d'abord que tout fonctionne bien. Le ressort a été huilé. C'est parfait. Taisez-vous, madame Pauque. Vous méritez cent mille fois la mort et nous sommes trop bons. Nous devrions commencer par les pieds et vous découper en rondelles, mais ce serait contraire aux règlements. Vous êtes prête, Félicie? La foule s'impatiente.

Il imita le murmure confus du peuple en colère et à mi-voix poussa des cris de mort.

— C'est bon, mes amis, fit-il avec de grands gestes. Vous imaginez-vous que c'est si facile de couper la tête à ces enragées? Voyez comme elle se débat, cette gredine. Elle a essayé de mordre mon aide au passage. Tiens, voilà pour te calmer, cria-t-il en détachant un nouveau coup de pied à Mme Pauque qui se mit à hurler lugubrement.

— Pressons, pressons, reprit Marcel. À la fin, ça devient pénible. Félicie, asseyez-vous là sur ses pieds.

En même temps, il fit mine de retrousser les manches de son tablier noir et d'appuyer vigoureusement sur un bouton aux alentours d'une des chaises. Avec la langue il imita le bruit d'un déclic et fit: «Ploff!» pour indiquer que la tête roulait dans le panier.

Félicie ne put retenir un petit cri de frayeur et s'écarta. À ce moment, le garçon se retourna vers elle, les yeux brillants et les joues enflammées.

— À ton tour! cria-t-il.

La couturière ouvrit la bouche, mais la terreur la saisit à la gorge et elle ne put que bégayer des paroles confuses. Il lui sembla qu'elle venait de tomber dans un piège diabolique et que, sous prétexte d'une plaisanterie morbide, cet enfant exalté et vociférant allait causer sa mort. En même temps, la petite pièce s'obscurcissait autour d'elle. Par un geste instinctif, elle tendit les mains en avant et recula. Ses genoux tremblaient. De nouveau elle ouvrit la bouche, mais tout ce qu'il y avait en elle d'épouvanté et de poursuivi se traduisit par un gémissement qu'on entendait à peine. Elle se jeta de côté et prit refuge derrière une chaise, quand tout à coup elle vit Marcel se hisser debout sur Blanchonnet en agitant les bras. Un long craquement interrompit cette gesticulation, puis un autre craquement, bref comme un coup de fusil, celui-là, et l'enfant se trouva assis sur le plancher, près du mannequin dont le pied venait de se rompre.

Il y eut quelques secondes pendant lesquelles ni Félicie ni Marcel ne crurent à la réalité de cet événement.

— Blanchonnet! dit enfin la couturière d'une voix terne.

— Oui, Blanchonnet, fit quelqu'un derrière elle.

C'était Ulrique. Dans cette pièce basse de plafond, elle paraissait encore plus grande qu'à l'ordinaire, et plus intimidante aussi, plus belle et plus cruelle avec ses cheveux épandus sur ses épaules et ses pieds nus dans des sandale rouges. Un peignoir de soie blanche enveloppait sa poitrine orgueilleuse et ses longues jambes de chasseresse. De tout son corps s'exhalait un parfum d'ambre et de verveine comme pour la protéger de la triste odeur des humains. Elle fixa de ses yeux qu'agrandissait l'ennui un point situé au-dessus de la tête de la couturière et murmura d'un ton royal qui démentait le sens de ses paroles :

— Je suis stupéfaite, Félicie.

— Que Madame me permette de lui expliquer! s'écria Félicie en joignant ses petites mains grises.

— Je ne tiens pas du tout à savoir, dit Ulrique entre ses dents.

Elle lui tourna le dos et se dirigea vers la porte.

— Vous m'avez réveillée, ajouta-t-elle. Ma mère vous parlera tout à l'heure.

Au même instant parut Mme Vasseur qui demanda de quoi il s'agissait. Réveillée comme sa fille par le vacarme à l'étage supérieur, elle avait jeté sur sa chemise de nuit un peignoir mauve dont les manches flottaient en gesticulant autour d'elle. Ses cheveux gris qu'elle n'avait pas pris la peine de nouer ajoutaient à l'air un peu hagard qui lui était naturel et elle tournait le visage de côté et d'autre comme si une main invisible l'eût prise par son grand nez frondeur pour s'amuser d'elle. N'ayant pas écouté les explications que lui donnait sa fille, elle aboya :

— Je veux savoir !

Ulrique haussa les épaules.

— Comment oses-tu ? Comment ose-t-on ? demanda Mme Vasseur. Félicie ! Où est Félicie ? Et d'abord, pourquoi m'a-t-on appelée ?

Aucune de ces questions n'obtint de réponse, mais Félicie, cachée dans un coin, se laissa tomber sur une chaise et fondit en larmes. Du menton, Ulrique indiqua Blanchonnet qui gisait aux pieds mêmes de Mme Vasseur.

— Eh bien ? dit celle-ci. Je ne comprends toujours pas. Quelqu'un se décidera-t-il à parler ?

— Ce n'est pas ma faute, gémit la couturière. Je jure à Madame que ce n'est pas moi.

Entre ces deux femmes aux cheveux épars, elle perdit la tête et l'envie lui prit de se jeter à leurs genoux comme aux pieds de divinités adverses, mais la crainte de les faire rire l'en empêcha et elle se contenta de répéter que ce n'était pas elle.

— Je suppose que Blanchonnet s'est cassé tout seul, dit Ulrique en bâillant.

À ce moment, Marcel qui s'était dissimulé derrière un meuble à la première alerte, rampa vers la porte et disparut sans bruit.

— Blanchonnet ! fit Mme Vasseur qui comprenait enfin. Par exemple ! C'était ça, ce sabbat que j'ai entendu tout à l'heure ? Félicie, vous n'êtes pas folle ? Je suis sûre qu'elle est folle, ajouta-t-elle en se tournant vers sa fille. Je l'ai toujours pensé. Ne dis pas non. Mon Dieu ! s'exclama-t-elle en se souvenant qu'elle avait laissé ouvert le robinet de la salle de bains.

Et elle quitta la pièce aussi brusquement qu'elle y était entrée. Ulrique la suivit sans hâte.

Restée seule et les oreilles encore pleines du bruit de ces voix querelleuses, Félicie laissa passer plusieurs minutes sans oser faire un geste. D'un regard inquiet, elle considérait la porte comme si elle dût livrer passage à quelque apparition néfaste. Enfin elle quitta sa chaise et s'agenouilla près de Blanchonnet comme auprès d'un mort. Ce tronçon de bois qui sortait du mannequin lui parut horrible. Le cœur lui battait si fort qu'elle en eut mal et plaqua ses mains sur sa poitrine en murmurant une phrase qu'elle n'acheva pas. Ce n'était pas sa faute. Elle aurait voulu l'expliquer à Blanchonnet lui-même, mais il lui faisait peur. Il avait l'air d'un foudroyé et elle ne pouvait que redire son nom avec un mélange de pitié et de terreur, comme si elle eût craint qu'il ne lui répondît de sa voix de cauchemar.

Sans doute Madame allait-elle la remercier, rabattre le prix du mannequin sur ce qu'elle lui devait. Combien cela pouvait-il coûter, un mannequin ? Ah, la vie était trop méchante ! Si la couturière accusait ce petit démon de Marcel, qui la croirait ? La concierge serait là pour défendre son fils. Pendant une minute, Félicie cacha son visage dans ses mains et s'abandonna aux pensées folles qui tourbillonnaient dans sa tête. Alors son rêve de la nuit précédente lui revint à la mémoire. Les yeux fermés, elle vit distinctement le visage de la baronne, non point le visage aimable et indulgent que la couturière avait connu jadis, mais un visage d'outre-tombe avec un sourire maléfique. Et, malgré elle, Félicie regardait, parce qu'il y avait au fond de cette épouvante quelque chose qui la fascinait et parce qu'elle voulait savoir comment la baronne allait s'y prendre désormais pour venir vers elle sans le secours de Blanchonnet qui lui avait servi de véhicule.

— Voilà que je perds la raison, dit-elle en se levant tout à coup. Je ferais mieux de continuer ma soutache.

Mais le cœur lui manquait et, quoi qu'elle fît, elle travailla mal. Ses mains hésitantes cousaient de travers et elle s'aperçut bientôt que dans son trouble elle n'observait plus le patron qu'elle avait pourtant sous les yeux. Rendu actif par la peur, son esprit galopait dans de sinistres avenues. Blanchonnet sans jambes, mais surmonté d'une tête, avançait vers elle en ouvrant des bras avides comme pour étreindre ses genoux et la faire tomber. Félicie se mit à pleurer, non seulement sur cette vision qui la poursuivait sans relâche, mais sur sa vie entière, sur sa jeunesse privée d'amour, sur de longues années ennuyeuses qui aboutissaient à une catastrophe ridicule. Si on lui avait dit, alors qu'elle avait seize ans, que ce qui l'attendait au bout de la vie c'étaient des larmes dans une chambre solitaire, c'était cette petite vieille toute cassée, sèche et un peu bossue, et qui se lamentait, elle aurait préféré mourir sans attendre. Mais, à seize ans, elle croyait qu'on finirait par l'aimer, malgré sa mine souffreteuse et la gêne où vivaient ses parents.

Ce retour en arrière lui donna une espèce de choc, car elle n'était pas de celles qui remuent volontiers de vieux souvenirs ; elle ne se souciait guère que d'attraper le bout de la semaine, et tout à coup, par une intuition subite qui la troubla plus profondément que tout le reste, elle se demanda, avec ces innombrables bouts de semaine derrière elle, si cela en valait la peine, si cette lutte perpétuelle pour ne pas mourir de faim n'était pas pire que la mort.

VII

En descendant l'escalier derrière sa mère dont les tristes mèches grises volaient sur de maigres épaules, Ulrique décida soudain qu'elle allait partir. À la vérité, elle y songeait depuis plusieurs jours, mais sans bien savoir si elle le voulait ou non, ni pourquoi. Et brusquement, elle s'apercevait qu'elle ne pouvait plus souffrir la présence de Mme Vasseur. L'âge, les manies, les attentions mêmes de cette vieille personne lui donnaient sur les nerfs. Elle ne l'aimait pas. Il y avait longtemps qu'elle s'en doutait : à présent, elle en était sûre. C'était peut-être à cause de cet affreux déshabillé de Mme Vasseur. Il semblait à la jeune femme que, pour la première fois de sa vie, elle constatait la laideur de ce grand profil hagard, de ce cou de vautour, de ce corps décharné qui s'agitait vainement dans un peignoir sans élégance, un peignoir de concierge, pensait Ulrique. « Pour ne plus rencontrer ce peignoir, se dit-elle, je traverserais la moitié de l'Europe. »

Elle gagna la salle de bains et se glissa dans l'eau tiède comme dans un lit. Son regard satisfait allait de sa gorge à ses flancs, suivait le dessin des longues jambes. Ce corps magnifique, combien peu l'avaient vu ! Elle se remémorait en souriant les espoirs qu'elle n'avait découragés tout à fait qu'à la dernière minute, les hommages reçus et acceptés d'abord, méprisés ensuite, les comiques fureurs de ses victimes, la grossièreté des hommes…

La grossièreté des hommes, c'était là une sorte de thème où son esprit revenait sans cesse depuis l'affreuse nuit de noces. Quatre années de mariage n'avaient pu effacer la honte et le ridicule de se voir livrée par l'entremise de sa mère à un petit homme velu dont les approches lui faisaient horreur. Avoir servi au plaisir de cet imbécile lui semblait une injure qu'elle ne digérerait pas tant que son mari serait sur terre. C'était peu que de se refuser à lui et de lui donner à entendre qu'elle le trompait ; elle voulait plus, elle trouvait son mari trop patient et trop résigné. Certains jours, il lui venait le soupçon qu'il ne la désirait plus beaucoup et cette pensée la tourmentait. Quant à Mme Vasseur, Ulrique la punissait sans cesse de son choix malheureux, elle l'accablait de son mépris et lui tirait des larmes que la pauvre femme versait généreusement sur le fard qui couvrait ses joues flétries. Trop vaniteuse et trop adroite pour se plaindre de son mari, elle insinuait que Mme Vasseur était éprise de Raoul et que pour l'avoir près d'elle, dans sa maison, elle l'avait imposé à sa fille.

— Oh ! s'écriait Mme Vasseur lorsqu'elle avait compris, ce qui n'arrivait pas toujours.

— Qu'est-ce qui t'étonne ? demandait Ulrique. C'est tellement banal…

Elle pardonnait à Raoul sa sottise, ses fausses bonnes façons, ses platitudes et même son âpreté au gain ; elle ne passait pas sur sa laideur, ses jambes trop courtes, sa moustache, sa peau rousse ni son odeur que l'eau de Cologne ne corrigeait pas. Sans doute, elle s'était dédommagée par ailleurs, mais moins souvent qu'elle ne le laissait croire à sa mère à la fois admirative et scandalisée. Par ennui, par dégoût aussi, elle écartait de sa route des hommes dont une femme plus charnelle se fût contentée. Au fond, cette recherche du beau absolu dans un domaine où il semble rare n'était que de la froideur déguisée, mais Ulrique n'eût pas accepté une explication aussi simple et elle préférait se croire la victime de ce qu'elle appelait lourdement son sens artistique.

— Ils sont si laids, si communs, répétait-elle à son amie Arlette. Surtout quand… enfin…

Arlette levait un profil de goret couronné d'une frange blonde.

— Ma chère Ulrique, disait-elle, tu n'as qu'à fermer les yeux à certains moments. Tu y regardes de trop près. Moi qui suis antiquaire depuis cinq ans, je commence à me rendre compte que dans toute œuvre d'art il y a du toc. Cela n'empêche pas qu'il y ait de bons morceaux dans l'ensemble. Toi, tu refuses tout par méfiance des pièces rapportées. Tu as tort. Il te faut de l'authentique. Ça n'existe pas.

— Pas ici, dans cette triste ville.

Arlette haussa les épaules en riant.

— Tu vas encore me parler de tes voyages, disait-elle. Moi, c'est simple : je n'ai qu'un coup de téléphone à donner, froidement.

Elle racontait alors sa dernière bonne fortune. Ulrique faisait la moue :

— Le petit Gérard ? Avec ses yeux à fleur de tête…

— Globuleux, disait Arlette. Dis plutôt globuleux pour me le gâter tout à fait. D'abord il a des yeux comme dans un portrait de Clouet, et j'adore ça. Et puis, tu ne l'as pas vu comme moi…

Suivait une description dans un style exclamatoire qui faisait lever les sourcils à Ulrique, car elle jugeait sévèrement la vulgarité de son amie l'antiquaire et elle feignait de ne pas écouter quoiqu'elle entendît tout, et fort bien. La personne de Gérard fut peinte avec gourmandise et, pendant quelques minutes, il sembla, tant la bavarde choisissait bien ses termes, que le jeune homme se tînt dans l'arrière-boutique où avait lieu cette conversation malpropre, debout au milieu des meubles à moitié faux, des vitrines, des éventails, des portraits enrubannés.

— Mes compliments, dit enfin Ulrique. Tu ne t'ennuies pas.

— Il ne tient qu'à toi de t'assurer que je n'exagère en rien. Tu sais qu'il t'admire beaucoup, le petit Gérard, mais tu lui fais peur. Veux-tu que j'arrange quelque chose ?

— Es-tu folle, par hasard ? Je n'ai pas encore besoin qu'on arrange quelque chose pour moi.

— Ma chère, dit Arlette piquée au vif, tu faisais moins de manières quand je t'ai trouvé le petit Dolange.

— Gaston Dolange ! s'écria Ulrique. Je n'en voudrais pour rien au monde. J'avais quelqu'un en vue à qui il pouvait plaire.

« Futée », pensa l'antiquaire.

— D'abord il est affreux, ajouta Ulrique.

— Affreux, mais tout le monde en a envie.

Ainsi parlaient ces deux imbéciles. Le magasin d'Arlette donnait sur un des quais les plus élégants de la ville et recevait la visite d'une clientèle à la fois riche, cauteleuse et naïve. Des femmes bien habillées promenaient un regard distant sur le précieux bric-à-brac et sur l'antiquaire entre deux âges qui leur souriait de toutes ses rides. Dans ces moments-là, Ulrique se cachait au fond du magasin, derrière un paravent de Coromandel, car elle avait honte de son amie Arlette dont elle appréciait cependant la liberté de propos jointe à une extraordinaire virtuosité dans l'art de feindre. Secrètement aussi elle lui enviait une vie d'intrigues et d'excès. « Comme elle est commune ! » pensait-elle en écoutant ces récits qui se terminaient tous de même. Et rentrée chez elle, elle y repensait, ornant et corrigeant les descriptions d'Arlette de manière à transformer ces pauvres aventures charnelles en féeries mahométanes.

Une fois ou deux seulement, elle avait profité de ce qu'Arlette appelait chastement ses conseils, c'est-à-dire que vers la fin d'un après-midi, dans l'appartement d'une personne inconnue, elle s'était trouvée en compagnie de l'antiquaire et d'un ou deux jeunes gens beaucoup trop agréables à voir pour qu'ils fussent là par hasard et que même la glaciale Ulrique n'en éprouvât pas un certain trouble. Sans doute, ils avaient des intonations de faubourg et tenaient leurs tasses à thé comme des bols, mais leur sourire faisait tout excuser. Pendant plusieurs semaines, Ulrique se déroba, puis consentit à se laisser tenter, quitte, au dernier moment, à se ressaisir.

Dans le salon de Mme Vasseur ne passaient que des messieurs au triste physique, déformés par la table ou la vie de bureau. Ceux-ci, Ulrique ne les voyait même pas. Ce qu'on appelle un homme du monde présentait à ses yeux quelque chose de funèbre et de moustachu

(matchmaker)

qu'elle évitait assidûment. Cependant, elle était beaucoup trop jeune, trop belle et trop féminine pour recevoir ses amants des mains d'une entremetteuse. Plutôt que de recourir aux bons offices d'Arlette, en effet, elle aimait mieux s'enfermer dans sa solitude comme dans un palais et demander à la musique un peu de cette sombre joie qu'elle affectionnait.

Tout en frottant son corps de savon, ce matin-là, elle se demandait quand viendrait le personnage idéal à qui elle parlait quelquefois en secret. Elle lui prêtait ses goûts et le visage de ce grand Hermès bouclé qui ornait une niche, au repos du grand escalier. On l'eût bien étonnée en lui disant que c'était là des rêves de petite fille et qu'elle prolongeait indûment son enfance. Elle en venait à jalouser sa cousine qui, elle, au moins, pouvait se dire que son idéal existait, mangeant et buvant sur terre. Or c'était précisément à cause d'Hedwige et parce qu'elle pressentait un malheur qu'elle voulait partir, mais elle ne se l'avouait pas.

la petite révolution

Cet après-midi-là eut lieu un événement dont personne ne dit mot, car il ne paraissait pas croyable et les acteurs mêmes de ce petit drame doutèrent longtemps s'ils ne l'avaient pas rêvé. Avec un peu de réflexion, ils eussent compris l'un et l'autre que la chose devait se produire, mais ils n'étaient pas capables d'établir un lien entre plusieurs idées et de percevoir la nécessité de certains actes. Vers trois heures de l'après-midi, il arriva donc que la couturière croisa Ulrique dans le grand escalier et que là, sous les yeux de l'Hermès, sans raison apparente, sans provocation, elle la gifla.

La cause immédiate de ce geste était un verre de cognac que la cuisinière et le valet de chambre venaient de faire avaler à Félicie. Jamais la vieille demoiselle ne buvait autre chose que du vin coupé d'eau et le petit verre d'alcool suffit à lui tout seul à tourner cette tête grise. Il avait fallu de patients efforts, en vérité, pour convaincre Félicie que deux doigts de cette bonne liqueur ne lui feraient que du bien. Elle avait hésité, soupçonnant quelque chose. D'abord, ce cognac provenait de la cave de Monsieur. Le boire, n'était-ce pas voler? Et puis, Herbert insistait trop pour obtenir qu'elle y goûtât seulement et l'amabilité de cet homme sournois inquiétait Félicie. Depuis le début du repas, en effet, il n'avait d'attentions que pour elle, qui le trouvait assez bel homme, et tout à coup, il s'était mis à parler du grand soir. Or, quelques réserves qu'on pût faire sur la moralité d'Herbert, il fallait reconnaître que lorsqu'il parlait du grand soir, il parlait bien. Il ne s'échauffait pas ; au contraire : plus ce qu'il disait était terrible, plus il était calme. Ses informations lui venaient de source certaine et il les débitait sur un ton confidentiel, et modéré, sans gestes inutiles. Ses longs cils roux voilaient ses yeux glauques, sa main jouait négligemment avec un couteau, sa bouche en parlant remuait à peine, et du bout des lèvres il réglait son compte à chacun : aux ministres d'abord, à certains généraux suspects, au clergé en masse, à tous les possédants, à Mme Vasseur, à Mme Pauque, à Ulrique. Il savait ce qu'il disait, Herbert. Il regrettait qu'il dût y avoir des excès, car il était bon homme, mais, comme un prophète d'autrefois et avec un vocabulaire un peu différent, il annonçait à son petit auditoire que ça allait bientôt craquer.

Ce terrifiant discours plaisait à Félicie. Elle avait peur, mais délicieusement, et quand Herbert proposa de boire à la santé de la révolution, il sembla à la couturière qu'un petit frisson glacial lui courait sur la nuque.

À peine eut-elle avalé son cognac qu'elle sentit une chaleur voluptueuse dans tout son petit corps, et dans sa tête un agréable vide. Sans bien savoir pourquoi, elle se mit à rire. Herbert échangea un clin d'œil avec la cuisinière et Félicie comprit vaguement qu'on se moquait d'elle, mais n'en éprouva pas de colère. Le lorgnon de travers, elle fit un geste d'insouciance et sourit largement à ses compagnons de table.

Cependant deux heures sonnaient et des mètres de soutache attendaient que Félicie les transformât en élégantes vermiculures. Elle se leva donc et se dirigea vers la porte. Dès les premiers pas, elle eut l'impression qu'elle marchait trop droit et qu'il serait plus naturel et plus facile de marcher un peu moins droit.

C'est ce qu'elle fit aussitôt à la grande gaieté d'Herbert et de Berthe dont les éclats de rire l'accompagnèrent jusqu'au grand escalier.

Arrivée là, elle se jeta sur la rampe qu'elle saisit à deux mains et lorsqu'elle se fut assurée que la maison n'allait plus bouger, elle monta tout doucement en faisant : «Hop!» à chaque fois qu'elle levait le pied. De cette façon elle gravit la moitié du premier étage et se trouva enfin devant le grand Hermès bouclé qu'elle n'avait jamais osé regarder en face, car il faut dire qu'il était complètement nu, mais ce jour-là, Félicie se sentait tout autre et d'un geste hardi elle ajusta son lorgnon pour examiner l'œuvre d'art. Elle la trouva plutôt vilaine et partit d'un rire dédaigneux devant cet homme sans pudeur qui tenait bizarrement un petit enfant sur le bras.

Ce fut alors que passa Ulrique, entre le dieu grec et la couturière, de ce pas silencieux et hautain qui semblait le pas d'une statue en marche. Son regard immobile plongeait plus loin que les parois blanches, vers on ne sait quel féerique ailleurs, et sans doute ne vit-elle pas la petite personne vêtue de noir qui s'appuyait à la rampe. Et, tout à coup, la chose inexplicable se produisit : Félicie leva une main molle et atteignit Ulrique à la joue.

Par un mouvement simultané, les deux femmes s'écartèrent l'une de l'autre, comme si un engin de mort venait d'éclater à leurs pieds. Ulrique abaissa les yeux et considéra la couturière, mais ne comprit pas ce qui s'était passé. D'une part, elle ressentait quelque chose à la joue, de l'autre il y avait cette absurde Félicie qui la regardait d'un air d'épouvante, mais entre ces deux faits, quel rapport? Elle hésita une seconde, effleura ses sourcils du bout des doigts, et sans dire un mot continua sa route.

Pendant plusieurs minutes, Félicie demeura cramponnée à la rampe, pareille à une chauve-souris qui ne parvient pas à reprendre son vol. Elle soufflait, hochant la tête et murmurant des bouts de phrases sans suite qui ressemblaient tantôt à une prière, tantôt à des excuses. Un assez long moment passa sans qu'elle osât remuer, puis elle risqua un coup d'œil autour d'elle, ne vit rien, s'enhardit et grimpa en zigzag jusqu'au dernier étage.

l'arbre généologique de Naples Mme Vasseur

Hedwige gardait un souvenir pénible de sa conversation avec Jean et elle espérait qu'elle ne reverrait pas cet homme, tant ses paroles et sa mine l'avaient effrayée. Elle ne parvenait pas à reconnaître l'ami d'autrefois dans ce nouveau personnage au regard d'animal traqué, et c'était là ce qui la troublait le plus. Elle apprit donc avec une espèce de soulagement qu'il s'apprêtait à faire un assez long voyage, mais Mme Pauque qui porta cette bonne nouvelle à Hedwige se montra d'une grande discrétion et ne lui fournit guère de détails, bien qu'elle eût l'air d'une personne qui en sait beaucoup plus long qu'elle n'en dit ; il faut ajouter, cependant, que c'était l'expression habituelle de Mme Pauque.

— Pourquoi Naples ? demanda Hedwige.

— Mon enfant, répondit Mme Pauque en joignant ses mains chargées d'améthystes, pourquoi pas Naples ? Il a affaire dans cette ville.

— C'est très loin.

Mme Pauque abaissa les paupières et releva un peu le menton avec un demi-sourire.

— Justement, murmura-t-elle.

— Que je suis bête ! s'écria Hedwige. C'est cousine Emma qui l'envoie là-bas faire des recherches généalogiques sur la famille.

À ce moment, Mme Pauque eut un sourire encore plus fin et plus entendu que celui de tout à l'heure et se retira.

Hedwige ne se trompait pas, mais elle avait peu de mérite à deviner le pourquoi d'un voyage dont il était question plusieurs fois par an dans les discours de Mme Vasseur. Depuis longtemps, en effet, la vieille dame parlait de la Bibliothèque royale de Naples comme d'une espèce de caveau de famille où d'illustres arrière-grands-oncles dormaient côte à côte dans ce qu'elle appelait invariablement de poudreuses archives. Elle était sûre qu'il y avait là-bas de quoi justifier ses prétentions à une naissance exceptionnellement honorable selon ses vues. Secrètement, en effet, elle était inquiète de ce que sa fille pensait d'elle et du sang roturier qui peut-être circulait dans ses veines. Parfois elle se réveillait au petit jour et retournait ces choses dans sa tête. « Après tout, se disait-elle, ma grand-mère Frivolini n'était peut-être pas très bien. » Et elle ajoutait avec une humilité presque touchante chez cette orgueilleuse : « Il se pourrait, oh ! mon Dieu, que je sois un tout petit peu commune. » Aussi, en regardant son mari qui dormait innocemment à côté d'elle, se demandait-elle d'où pouvait venir que sa fille Ulrique eût l'air aussi distingué. « Pauvre Bernard, pensait-elle. Tu n'as pas l'allure qu'avait Georges Attachère. Quelle élégance ! Même le dédain revêtait chez lui les formes de la politesse. Que pouvait-il penser de toi, cet homme exquis ? » Un ronflement vulgaire et sonore était la réponse habituelle à cette question injuste.

Plus d'une fois, Mme Vasseur s'était ouverte à Jean de ce qui la souciait si fort. Que Jean la méprisât un peu, elle le devinait bien, mais il ne pouvait faire qu'elle et lui ne fussent cousins au second degré ; de plus, il lui devait de vivre chez elle à son aise, d'aller et venir comme il lui plaisait sans rendre compte à personne d'une vie quelque peu mystérieuse. Pour cette raison, elle se croyait permis de forcer sa porte et de lui proposer ce travail généalogique qu'il jugeait éminemment inutile. « Un arbre, répétait Mme Vasseur, il nous faudrait un arbre. Jean, vous feriez cela à ravir. » Il la regardait alors de son grand œil sombre où l'ennui brûlait comme une flamme.

— Ma chère amie, disait-il enfin en remuant des papiers, j'ai un livre à finir.

— Oh ! il y a dix ans que vous le finissez, votre livre ! Laissez-le dormir un peu. Vous êtes trop sérieux. Prenez donc des vacances. Faites ce petit voyage à Naples. M. Vasseur vous l'offrira.

Cette dernière phrase, Jean l'attendait avec un plaisir qu'il dissimulait à peine, car elle lui permettait de dire non au caprice de cette femme qui ne se montrait pas toujours délicate dans ses rapports avec lui et lui parlait quelquefois d'argent, ce qu'il ne pouvait souffrir.

— Je regrette, disait-il en feignant la tristesse.

Un soir pourtant, il alla trouver Mme Vasseur et lui déclara brièvement qu'il acceptait son offre. Il parlait vite, comme un homme pressé et, bien qu'il parût fort calme, une personne plus observatrice que Mme Vasseur eût compris qu'il se dominait, mais elle était tout à la joie de voir prospérer sa petite idée et ne prit pas garde à la pâleur extrême de son cousin.

— Au point où en est mon étude, expliqua-t-il, je me vois obligé de faire ce voyage. Plusieurs visites au musée de Naples me seront indispensables pour compléter mon iconographie de saint Sébastien.

— Bien entendu, fit Mme Vasseur qui ne comprenait pas un mot de ce qu'il voulait dire et ne pensait qu'à son arbre.

Il ajouta d'un ton où perçait la rancune :

— Comme je suis trop pauvre pour aller là-bas par mes propres moyens, j'entreprendrai volontiers ce travail dont vous m'avez parlé. Mes dépenses…

Elle lui coupa la parole en se jetant à son cou.

Il partit de bonne heure le lendemain matin, sans bruit, sans déranger personne, n'ayant pour tout bagage qu'une petite malle noire, une malle de pauvre.

Un peu plus tard, Ulrique s'en allait aussi, mais avec moins de simplicité : depuis l'aube, elle bousculait sa mère qui s'affairait autour de ses valises en peau de porc et des nécessaires en galuchat, brouillant les flacons, remettant dans les tiroirs ce qu'Ulrique se proposait d'emporter. Déjà Mme Vasseur pleurait sa fille et regrettait par avance ses façons autoritaires.

— Donne-moi au moins une adresse, gémissait-elle.

Mais Ulrique était intraitable sur ce point.

— Vous m'écrirez aux soins d'Arlette, répondait-elle entre ses dents.

Ce fut en vain que M. Vasseur joignit ses supplica-

Ulrique cache

tions à celles de sa femme car, s'il craignait sa fille, il l'aimait aussi d'une tendresse aveugle et se retira dans sa chambre pour dissimuler son chagrin lorsqu'il entendit la porte cochère se refermer sur la belle ingrate. Raoul, au contraire, montrait un visage épanoui. Quant à Hedwige à qui sa cousine n'avait pas dit au revoir et qui se croyait oubliée, elle s'en fut dévorer cette nouvelle tristesse dans la solitude d'un petit salon écarté.

Blottie au fond d'un large fauteuil de tapisserie, elle tira un peu le rideau de mousseline qui cachait les vitres et laissa errer son regard le long de la rue presque toujours déserte, bordée de vieux hôtels noirs. Cette vue un peu mélancolique la calmait ; elle en venait presque à aimer ce trottoir où ne passait personne, ces hautes façades salies par le temps et qui n'abritaient, semblait-il, que l'ennui ou les tristes joies familiales.

Tout à coup elle tressaillit. En face de l'hôtel des Vasseur, un homme immobile levait les yeux vers elle. Il était debout sur le trottoir et se tenait immobile. Elle se retira vivement à l'intérieur de la pièce mais cela lui parut aussitôt ridicule. Pourquoi cet homme la regarderait-il ? Sans doute ne la voyait-il même pas. À travers le rideau, elle se mit à l'observer. Il fumait une cigarette et tournait parfois la tête de côté et d'autre comme s'il attendait quelqu'un, puis il fit quelques pas devant la maison, jeta sa cigarette et plongea les mains dans ses deux poches avec la désinvolture d'une personne qui n'a absolument rien à faire, mais ses yeux ne quittaient pas l'hôtel et, de toute évidence, il guettait quelque chose ou quelqu'un. Il était vêtu de bleu sombre, ni bien ni mal. De taille moyenne, il portait une petite moustache courte qui soulignait le dessin d'une bouche épaisse et d'un rouge de viande crue. À part cela, il semblait fort banal : rien dans son aspect ne le distinguait des promeneurs qu'on voit par centaines et dont on oublie les visages aussitôt. Toutefois, Hedwige regarda cet homme pendant plusieurs minutes et ne l'oublia pas.

DEUXIÈME PARTIE

spring cleaning of Mme Pauque

Une fois par an, aux premiers beaux jours, la maison entière tombait sous la domination de Mme Pauque. Réservée jusque-là et presque timide, cette femme devenait alors énergique et agressive comme une machine qui n'a cessé de tourner, de battre et de broyer. Une espèce de dérangement printanier s'emparait d'elle. On la voyait dans les couloirs, le visage tendu, la bouche pleine d'épingles et les bras chargés de papiers, allant vers sa mission avec une inébranlable foi dans les vertus du camphre et de la naphtaline.

Tout cédait sur son passage. Elle entrait où elle voulait avec la liberté dont n'use que la mort. De sa main longue et sèche, elle plongeait au fond des armoires pour en tirer les vêtements sur lesquels son zèle allait s'exercer et, sur le tapis couvert de papier, étendait les robes, les manteaux et les pardessus, inertes victimes qu'elle s'apprêtait à ensevelir selon des rites fastueux. Avec une précision savante, elle laissait tomber dans les plis de la serge la mystique pincée de poudre qui sauve les tissus de la corruption. Cette cérémonie s'accomplissait dans un profond silence, troublé seulement par le léger cliquetis des chaînes qui ornaient la poitrine de Mme Pauque, et de temps en temps par un murmure de satisfaction annonçant que le salut d'un complet ou d'un manteau venait d'être assuré. Parfois elle s'agenouillait auprès de ces vêtements qui conservaient dans leurs attitudes quelque chose d'humain et elle touchait leurs épaules comme pour les rassurer ou glissait dans leurs poches, avec un air de piété sournoise, quelques boules blanches dont l'odeur flottait autour d'elle et s'attachait à sa personne. Ensuite, les manches étaient croisées l'une sur l'autre pour le long sommeil de l'été et de grands sacs de papier marron recevaient les étranges dépouilles qui allaient attendre la résurrection promise dans les ténèbres d'un placard.

Ce qui intéressait le plus Mme Pauque, c'était la ressemblance entre les habits et les toilettes qu'elle rangeait si solennellement et les personnes qui, par un long usage, leur avaient donné quelque chose d'elles-mêmes, et elle éprouvait toujours une légère émotion, bizarre, mais non désagréable, à voir étendus devant elle ces doubles mystérieux qu'on livrait à son bon plaisir : double de M. Vasseur et double de sa femme, double d'Ulrique, double de Raoul ; double de Jean, le plus humble ; double aussi de la petite Hedwige ; double enfin, plus troublant celui-là, de Mme Pauque elle-même, avec ses dentelles noires, ses robes pailletées de jais, son crêpe et tous ses falbalas funèbres.

Il n'était pas facile de découvrir ce qui se passait dans le cerveau de cette femme, ni quelle sorte de bonheur elle trouvait dans l'accomplissement de sa tâche, mais il arrivait parfois, lorsqu'elle se savait tout à fait seule, que des phrases coupées de longs soupirs s'échappaient de ses lèvres pâles. Elle parlait aux doubles. D'une voix basse et douce qui s'enflait tout à coup pour se perdre ensuite dans un murmure inintelligible, elle leur annonçait les coups du sort.

— Pauvre ! disait-elle en laissant tomber des pincées de camphre sur le veston de M. Vasseur. Trop court pour son poids, trop court. Mauvais. Dangereux.

Devant une toilette gris perle follement parsemée de roses blanches, elle hochait la tête pour dire oui d'abord et non ensuite, comme si elle répondait à des questions qu'une voix intérieure lui posait.

— Emma ! faisait-elle simplement d'un ton de reproche, car c'était la robe du soir de Mme Vasseur.

Avec son visage lisse, ses cheveux noirs et sa taille droite, elle paraissait à la fois jeune et vieille et se sentait un peu mystérieuse, non seulement aux yeux d'autrui, mais aux siens ; quoiqu'elle fût belle, douce et bonne selon la façon ordinaire de juger, elle n'attirait pas.

Elle pensait confusément à tout cela dans la penderie

attenante à la chambre d'Ulrique et saupoudrait de naphtaline une cape de velours noir que sa nièce portait quelquefois pour se rendre au théâtre. Depuis quinze jours,
Ulrique n'avait pas donné de ses nouvelles. Quelques
mots jetés en hâte sur une carte postale avaient informé
les Vasseur (et auparavant Mme Goral, la cuisinière, le
valet de chambre et Félicie) qu'il faisait à Nice une température admirable. C'était tout. Mme Pauque voyait
d'un mauvais œil ce voyage de sa nièce et augurait mal
de ce long silence, mais elle n'en disait rien, se conten-
tant de se taire avec une sorte d'éloquence sinistre
lorsque Mme Vasseur lui demandait pourquoi Ulrique
n'écrivait pas. Personne ne savait se taire comme
Mme Pauque, ni d'une façon plus alarmante. Elle excel-
lait à ne rien dire et à garder une immobilité de sphinx
quand on attendait d'elle une exclamation, un soupir,
un simple geste de la tête. Telle, en ce moment, était son
attitude devant l'orgueilleuse cape de velours qui s'étalait à ses pieds et qu'elle considérait longuement ; et,
sans quitter ce vêtement des yeux, elle se mit à frotter
ses mains l'une contre l'autre.

La sonnerie d'une pendule interrompit cette méditation où Mme Pauque s'absorbait au point de tressaillir
en entendant le bruit grêle du timbre qui annonçait
l'heure. Elle devint rose comme si on l'eût prise en
faute et se hâta de glisser la cape dans son cercueil de
papier pour la ranger ensuite avec les robes d'Hedwige et de Mme Vasseur.

Cette opération terminée, elle se ressouvint de Jean à
qui elle pensait du reste moins souvent qu'aux autres
membres de la famille, mais qui l'intéressait malgré
tout, et elle décida sur-le-champ de monter à sa chambre
et de porter à ses effets la bénédiction du camphre.
L'occasion de pénétrer chez lui ne s'offrait presque
jamais et ce voyage à Naples tombait à pic : elle n'aurait
pas à lutter avec cet homme ombrageux pour obtenir
qu'il lui confiât ses vêtements d'hiver. Montant donc au
dernier étage, elle ouvrit hardiment la porte.

Un léger frisson de plaisir lui parcourut la nuque
lorsqu'elle se vit dans la petite pièce où elle ne s'était
pas tenue depuis sa prime jeunesse, et elle regarda

autour d'elle d'un œil qui ne parvenait pas à rassasier sa curiosité. Pourtant, cette chambre n'avait rien que de fort banal : avec son lit de fer et sa fenêtre sans rideaux, on eût dit une chambre de bonne ; la table de bois blanc et la chaise de paille confirmaient cette impression. « Une chambre de bonne ou une cellule, pensa Mme Pauque. Oui, une cellule de moine. »

Cela lui parut d'autant plus vrai qu'elle n'avait jamais vu de cellule de moine, mais elle s'imaginait qu'on devait y trouver la même simplicité dans l'ameublement, la même rigueur, et ce décor austère lui sembla le reflet d'une personnalité attirante par sa bizarrerie. Car enfin, qui pouvait se flatter de connaître Jean ? Son extrême réserve, son goût, non, sa passion du secret le mettaient à l'abri des curiosités les plus opiniâtres, et quand on avait dit qu'il était sérieux, n'avait-on pas dit tout ce qu'on pouvait dire ?

Elle fit quelques pas dans la chambre et promena les yeux autour d'elle avec une sorte d'avidité contenue. Dans un coin, une armoire de pitchpin renfermait les vêtements qu'elle allait bientôt ensevelir dans ses aromates pharmaceutiques, et c'était vers cette armoire qu'elle se dirigeait quand son regard fut attiré par deux photographies qu'on avait fixées au mur avec des punaises, deux simples cartes postales, à vrai dire, et malhabilement coloriées.

La première représentait un sujet religieux, sans doute une scène du jugement dernier, car on voyait une foule d'hommes et de femmes nus qui marquaient leur effroi en se cachant le visage ou en gesticulant pendant que des démons aux ailes de chauves-souris s'affairaient déjà autour d'eux. Mme Pauque lut le nom de Signorelli au bas de la carte postale et jugea que cette œuvre témoignait de l'imperfection des artistes d'autrefois qui ne savaient pas encore dessiner correctement, ainsi que de leur esprit morbide et superstitieux. Pouvait-on peindre une scène plus laide, plus déplaisante, et d'une conception plus enfantine ? Et tous ces corps dévêtus… Elle se demanda si Jean n'était pas un peu fanatique.

La seconde photographie semblait moins rébarbative, quoique fort mystérieuse. Elle faisait voir, en effet, un jeune homme qui, le genou plié, prenait l'attitude d'un tireur à l'arc ; toutefois — ô surprise ! — il n'avait point d'arc, mais sur son visage renfrogné se lisait l'attention du guerrier qui entend bien ne pas manquer son but. De longs cheveux bouclés encadraient son visage. Pas un fil ne couvrait ses membres robustes. Au-dessous de cette image se lisait le nom de Michel-Ange que suivait celui de saint Sébastien.

— C'est original, fit Mme Pauque à mi-voix.

Elle ne se figurait pas saint Sébastien de cette manière. D'ordinaire, n'était-ce pas lui que l'on transformait en vivante pelote à épingles avec de longues flèches qui lui entraient dans la poitrine et dans les épaules ? Peut-être l'artiste s'était-il trompé. À la place de Jean, elle aurait choisi quelque chose de plus exact, mais elle se rappela qu'il méditait d'écrire un livre sur les représentations artistiques de saint Sébastien et peut-être ce document offrait-il l'intérêt d'une conception erronée. Vraiment, cela prêtait à rire.

— C'est cocasse ! murmura-t-elle.

Et, donnant libre cours à une gaieté discrète, elle jeta la tête en arrière et fit entendre un léger gloussement. « Ce Jean ! » pensa-t-elle, les yeux humides.

Redevenue sérieuse, elle ouvrit l'armoire d'où elle tira un pardessus qui lui fit hocher la tête, car il avait beaucoup servi, et un complet de serge bleue dont l'étoffe était lustrée par un long usage. Non sans un certain malaise, Mme Pauque décrocha ces vêtements et les étala sur le lit. Pour toutes sortes de raisons, elle n'aimait pas la pauvreté et ce que, mentalement, elle appelait des hardes ne lui parlaient que de cela. Le complet surtout lui parut minable. Le veston était, de toute évidence, celui d'un homme qui n'a pas réussi, non pas d'un mendiant, certes, mais d'un monsieur qui accepte des secours. Cela se sentait… Et ce pardessus trop mince, elle l'avait vu jadis, alors que le drap en était encore bon, sur les épaules de M. Vasseur ; à présent, il avait quelque chose d'humble et de honteux qui la gênait. D'une main miséricordieuse, cependant, elle laissa rouler quelques boules de camphre dans les poches fatiguées et s'apprêtait à déplier le sac de papier qu'elle avait posé sur la table quand un bruit de voix l'attira à la fenêtre.

Mme Goral, la concierge, se faisait entendre : son organe rude et profond comme un mugissement coupait la parole à un homme qui reprenait avec insistance une phrase dont les mots se perdaient dans l'espace et n'arrivaient pas aux oreilles de Mme Pauque. Celle-ci, doucement, ouvrit la fenêtre et coula un regard oblique sous sa longue paupière.

Ce qu'elle vit la fit tressaillir de surprise. Deux hommes se tenaient devant la concierge et Mme Pauque reconnut en l'un d'eux le boulanger qui fournissait la maison ; l'autre, de toute évidence, était son fils : mêmes cheveux d'or, même visage un peu sournois qu'on eût dit poudré de farine, mais alors que le père était large d'épaules et fort épais de taille, le fils, que Mme Pauque n'avait jamais vu, semblait presque un gamin malgré son pantalon de toile gris clair et l'air faraud dont il toisait Mme Goral.

Par un geste instinctif, Mme Pauque éleva une main qu'elle plaça sur sa poitrine et se pencha un peu, afin de mieux entendre.

— Puisque je vous dis qu'on veut seulement lui parler, répétait le jeune homme d'une voix qui se faisait haute et péremptoire.

— Pour la vingtième fois, il est en voyage, grondait Mme Goral. Si vous voulez que je fasse venir un agent...

À ces mots, Mme Pauque ferma brusquement la fenêtre. Elle n'aimait pas qu'on vînt faire du bruit dans la cour, surtout des fournisseurs, des gens du peuple avec leur accent batailleur. Cela ressemblait trop à un scandale, à ce qu'il y avait de plus horrible à ses yeux. L'émotion la fit très légèrement haleter. « ... Il est en voyage... » C'était de Jean qu'il s'agissait, mais qu'est-ce que cela voulait dire ? Pourquoi le boulanger et son fils voulaient-ils parler à Jean ? Entre ce monsieur studieux, réservé, tranquille et ces deux hommes rudes et bruyants, quel rapport y avait-il donc ? N'était-ce pas absurde ? Son grand œil inquiet se posa sur le saint Sébastien qui l'avait fait rire, un instant plus tôt, mais elle ne riait plus, à présent, elle ne voyait même plus l'archer vengeur qui semblait la viser.

Dehors, le bruit s'apaisait. Il y eut un dernier aboiement de la concierge et Mme Pauque crut saisir le mot de *police*, puis le silence se fit tout à coup, un silence qui ramena la paix dans le cœur de cette femme troublée. Risquant un nouveau coup d'œil par la fenêtre, elle poussa un soupir : la cour était vide. On pouvait croire que rien ne s'y était passé et Mme Pauque espérait que jamais personne ne lui parlerait de cette scène inexplicable, car elle était de celles qui préfèrent ne pas savoir.

D'une main soigneuse, elle plia sur le lit les vêtements dont les manches s'écartaient comme des bras de victimes et passa le bout des doigts sur les revers du veston et du pardessus ; plusieurs fois, elle fit ce geste qui la rassurait.

— Ce n'était rien, murmurait-elle, rien du tout.

Au moment de quitter la chambre, sa tâche faite, elle promena autour d'elle un long regard interrogateur, puis mue par un scrupule de femme tatillonne, revint vers l'armoire dont elle ouvrit la porte. Tout était en ordre. Dans le bas, au-dessous des costumes, des chaussures fatiguées prêtaient à ces vêtements une apparence inquiétante. Elle eut un sourire amusé et murmura :

— Ma parole, on dirait une rangée de pendus !

Et pour mieux juger de l'effet, elle inclina la tête vers la gauche, puis vers la droite, les paupières mi-closes.

Déjà elle faisait tourner la porte sur ses gonds, lorsque ses yeux tombèrent sur un paquet rangé au fond du meuble et soigneusement enveloppé de papier marron. Une grande étiquette blanche portait ces mots : «*Pour Hedwige quand je serai parti*».

— Tiens, fit Mme Pauque, tiens donc !

Et se baissant avec la souplesse d'une jeune fille, elle saisit le paquet qu'elle logea sous son bras, puis referma l'armoire, tout doucement, comme si elle se fût trouvée dans la chambre d'un malade. De même elle sortit sans bruit après avoir donné un tour à la clef qu'elle retira de la lourde serrure.

packet left for Hedwige

II

Dans sa chambre, à présent, près de la fenêtre et le visage crispé par l'attention, elle faisait glisser les feuillets sous ses doigts fins et osseux. L'une après l'autre, les pages furent posées dans un ordre parfait sur le guéridon d'acajou, et deux heures passèrent dans un silence que troublait seul le chuchotement du papier.

LA CONFESSION DE JEAN

Si c'est vous, Hedwige, qui lisez ces pages, mon calcul se sera trouvé juste et la chance nous servira. C'est, en effet, sur la curiosité de votre sexe que je compte pour vous faire violer mon secret. Comment vous informer autrement de ce que vous ne *devez* pas savoir et de ce que je n'ai pas le droit de vous dire? Mais puisque vous avez pris sur vous de négliger un avis que je vous donnais à contrecœur, apprenez donc la vérité et ne vous plaignez pas.

Il faut d'abord que je vous parle de moi. Qu'il m'en coûte, vous le concevrez si je vous dis qu'en traçant ces lignes j'engage mon bonheur. Reconnaissez dans les hésitations de ces premières phrases le tremblement d'un homme qui a peur. À la minute où je vous écris, le jour va poindre et ce qu'il reste d'ombre dans le ciel vacille comme un grand édifice qui va crouler. Un profond silence entoure cette maison où tout dort. Au jardin, pas une feuille ne bouge. C'est le moment où la vie paraît le plus triste à ceux qui n'ont plus d'espoir, c'est l'heure du néant. Alors le malade à qui l'on a menti toute la journée entend la voix qui chuchote : « Tu ne guériras pas. » Et l'homme qui compte sur des amis pour le sauver de la ruine dit tout haut : « Tu es perdu. »

Vous-même, Hedwige, peut-être ne dormez-vous pas. Cela me rapproche de vous... Vous saurez que j'ai été élevé durement. Mon père, le docteur Rollet, ne plaisantait pas sur ce qu'on nomme les bons principes, et me voyant trop chétif pour supporter la vie de collège, confia mon éducation à un homme qui répondait à ses théories moroses. Je me demande si vous vous souvenez de M. Boron. Du temps que vous veniez à la maison, il grisonnait déjà et accueillait chacun avec un bon sourire qui trompait les naïfs. Mais le vrai Boron, le Boron jeune, le Boron à l'état sauvage, vous ne l'avez pas connu. Quelque chose dans le regard de cet homme faisait de lui l'idole des femmes un peu mûres que la vie a déçues et qui espèrent, sans trop y croire, la venue d'un dominateur expérimenté. Sur la barbe de Boron, il y aurait une infinité de choses à dire, mais le temps me manque ; c'était une forêt de poils dorés et cuivrés qui couvrait ses joues roses et descendait jusque dans son col. Elle retenait l'attention plus qu'aucun trait de son visage ; on eût dit qu'elle menait une vie distincte et particulière et que, loin d'être la servante de Boron, elle gouvernait ce personnage. S'il ouvrait la bouche, elle ouatait sa parole, ses bâillements ou ses soupirs. Lorsque la colère s'emparait de lui et que, se tournant vers moi, il aboyait d'inoubliables insultes, elle s'agitait avec force et se hérissait. Ou bien, le soir, quand ma mère paraissait dans la salle à manger où nous travaillions, et qu'un Boron métamorphosé par l'éternel féminin essayait discrètement le pouvoir de ses petits yeux féroces et laissait couler de sa lèvre des phrases onctueuses, sa barbe, dont la lampe à gaz projetait sur le mur une silhouette fidèle, remuait avec une douceur complice et semblait dire, infatigablement : « Mais oui, Boron, mais oui... oui... »

Avec moi, au contraire, Boron se montrait d'une rigueur impitoyable. Je le redoutais, j'eusse rampé devant lui s'il me l'eût ordonné. Cependant, il était

Boron - cruel
à Jean

103

assez rare qu'il perdît le contrôle de lui-même et donnât de la voix, et jamais il ne leva la main sur moi, bien que, chaque jour, il menaçât de le faire. Nous touchons là à une bizarrerie dans la cruauté comme je n'en connais pas d'autre exemple. Boron, en effet, me menaçait avec la plus grande douceur, sur un ton uni et mélancolique. Il était d'avis, quand j'oubliais quelque date d'histoire, que nous en vinssions à ce qu'il nommait, en caressant une règle de bois noir, une méthode plus efficace pour stimuler les mémoires défaillantes. Ce remède ne me fut jamais administré. C'eût été un vrai soulagement que de recevoir cette correction sans cesse promise, mais Boron estimait, je pense, que la menace du châtiment opérait mieux que le châtiment même, en quoi il faisait preuve d'une certaine finesse. Peut-être ma mère lui avait-elle défendu de me frapper.

Pendant toute la durée de la leçon, je tenais les yeux fixés sur ces petites mains rousses qui fleuraient le savon à la violette, et j'écoutais cette voix égale qui récitait le cours et déplorait mon ignorance. Boron me trouvait stupide. «Petit saboteur», me disait-il quelquefois en me rendant mon cahier d'exercices. Il exigeait de moi une immobilité absolue en sa présence, allant jusqu'à m'interdire de tousser. Je me demande s'il n'était pas un peu fou.

Ma douzième et ma treizième années furent obscurcies par ces tête-à-tête quotidiens. Aujourd'hui même, je garde un souvenir triste et si tenace de toute cette époque que la seule idée d'ouvrir un livre ou d'écrire quelques lignes dans une salle à manger me déplaît. Par quelle aberration me hasardai-je un jour à provoquer la fureur de mon maître, c'est ce que je ne puis m'expliquer. Toujours est-il que dans une minute d'égarement, mettant à profit ma solitude, je traçai sur la dernière page de mon cahier d'arithmétique les mots suivants que je revois encore: «Je m'appelle Jean Rollet et je suis l'élève de Maître Ali.» Faible plaisanterie que je rougirais de rapporter, n'était l'effet qu'elle eut sur la personne qui en faisait les frais. Plusieurs semaines s'écoulèrent sans que Boron s'aperçût de mon espièglerie et je l'avais moi-même tout à fait oubliée, quand un matin d'avril, alors que j'étais assis en face de lui et qu'il feuilletait mon cahier, je vis tout à coup ses mains s'immobiliser, puis trembler comme si le froid les eût saisies. Je compris aussitôt et sentis quelque chose se serrer dans ma poitrine. Il y eut un assez long silence ; enfin Boron me demanda d'une voix qui s'étranglait un peu si je reconnaissais avoir écrit ces mots, et en même temps il me mit sous le visage le cahier dont les pages frémissaient entre ses doigts. Je me mis à pleurer de frayeur et n'osai dire non. Alors Boron se livra au plus complet accès de rage qu'il m'ait jamais été donné de voir. Je crus qu'il allait monter sur la table, mais il se contenta d'en faire le tour et de venir agiter sa barbe près de mon oreille en me criant, comme à un sourd, que je finirais en correctionnelle, qu'on me ferait asseoir sur un banc entre deux gendarmes et que je serais la honte de ma famille. Il développa ce thème avec l'espèce de talent que prête la colère et me fit un tableau si noir et si précis du cachot qui m'attendait que je pensai y être déjà. Par moments, sa voix s'élevait jusqu'à prendre des intonations féminines et semblait hésiter entre la parole et le chant, mais je ne songeai pas à en rire. Mes mains que j'avais posées sur mes genoux se glaçaient et je sentis un frisson parcourir ma nuque et mes membres comme aux approches de la fièvre. Tout ce que disait cet homme se frayait un chemin jusqu'au fond de moi-même et s'installait à jamais dans ma mémoire. En cette minute, malgré ma jeunesse et mon inexpérience, j'eus l'intuition que la vie ne me serait pas douce et que peut-être c'était elle, comme une prophétesse, qui me parlait par la bouche d'un énergumène.

Le lendemain de cette scène, je tombai malade et gardai la chambre pendant les quelques jours qui suivirent. À vrai dire, j'avais appelé cette maladie de tous mes vœux. Avec un sentiment de triomphe, j'entendis notre médecin m'interdire toute espèce de travail et me figurai la mine déçue de mon tortionnaire quand il se présenterait ce matin-là. Je ne devais plus le revoir. Ma mère, qui n'aimait pas ses façons, le remplaça par un jeune répétiteur dont les messieurs du grand séminaire vantaient le savoir et le sérieux.

Vous n'avez pas connu M. Pâris. C'était un garçon modeste et tranquille dont les yeux reflétaient une âme en apparence fort innocente. Il parlait peu, mais avec un souci du bien-dire qui trahissait une éducation religieuse. Sa courtoisie, sa douceur, ainsi que ses beaux cheveux noirs et ses joues roses lui valaient les compliments des dames pieuses, mais ne lui conféraient pas la moindre autorité sur les turbulents élèves du collège où il enseignait. Je crois qu'il souffrait de ne pouvoir inspirer plus de respect à ces enfants, toutefois il acceptait de porter sans se plaindre cette petite croix. On ne lui connaissait en ville aucune de ces vilaines liaisons qui inquiètent les familles et, par les personnes chez qui il logeait, ma mère apprit qu'il ne buvait que de l'eau et ne fumait pas. C'était en vain qu'on lui cherchait un défaut et ma mère ne fut pas longue à raffoler de ce parangon, mais mon père faisait quelques réserves, qui nous surprenaient de la part d'un homme lui-même austère jusqu'à l'hypocondrie. Je ne sais ce qu'il lui reprochait, sans doute sa jeunesse et sa douceur qu'il trouvait suspecte, et peut-être aussi était-il vexé du départ de Boron.

Pour ma part, je me rangeai à l'avis de ma mère. Après avoir subi le régime inhumain que je vous ai décrit tout à l'heure, comment n'eussé-je pas été sensible à la gentillesse de mon nouveau tuteur qui ne me reprenait qu'en souriant, dirigeait mon attention sans lui faire violence et ne visait qu'à m'instruire sans trop m'ennuyer ? Les fruits de tant de soin parurent bientôt aux yeux charmés de ma mère qui me voyait prendre goût à l'étude et reprochait à son mari son étrange scepticisme. «Tu vois», disait-elle, triomphante, en lui montrant mes cahiers. «Nous verrons», répondait-il. Six mois passèrent.

Je me rendais tous les dimanches à notre cathédrale pour y entendre la grand-messe. Assis à côté de ma mère, j'écoutais la voix suave de M. Pâris chanter avec une tendresse émouvante cette musique grégorienne dont il s'attardera toujours un écho au plus intérieur de moi-même, car j'ai oublié de vous dire que M. Pâris aidait notre premier vicaire à diriger la maîtrise et prêtait avec la meilleure grâce du monde le concours de son beau talent. Ô magie du souvenir! Voilà que je me mets à parler dans le style de ces paroissiennes qui jabotaient autour de nous à la sortie de la messe. Plus d'une, j'en suis sûr, était éprise de l'aimable ténor qui savait leur tirer des larmes en célébrant les joies du paradis et faisait battre le cœur féminin d'une émotion à la fois dévote et profane. Trop jeune encore pour savoir ce qu'elles voulaient à mon professeur, j'en devinais pourtant quelque chose et en éprouvais une fierté naïve. Il me plaisait que M. Pâris reçut les hommages de ces dames élégantes qui toutes s'accordaient à le trouver charmant. C'était l'épithète dont elles se servaient à tout moment pour exprimer ce qu'elles pensaient de lui, de sa voix, de ses bonnes façons et, je le soupçonne, de son visage. Un jour, je déclarai à ma mère que, moi aussi, je trouvais charmant M. Pâris. Cette opinion dans ma bouche dut lui paraître saugrenue, car elle partit d'un éclat de rire et me conseilla de trouver charmants mes problèmes d'arithmétique et mes figures de géométrie. Dieu sait pourquoi j'insistai. Je dis à ma mère que, par charmant, j'entendais beau, que les traits de M. Pâris me paraissaient beaux comme ceux d'une statue dans un jardin public. «Allons, Jean, répondit-elle, tu ne sais ce que tu racontes.»

Elle avait raison. Les mots que je venais de prononcer me parurent aussi bizarres qu'à ma mère, car je parlais souvent sans réfléchir et il m'arrivait de dire des choses dénuées de sens. En vérité, je ne savais ce que je racontais lorsque je comparais mon professeur à une statue, mais la *nouveauté* de ces paroles me frappa et, pour cette raison, je ne les oubliai pas.

J'atteignais alors ma treizième année. Surveillé sans relâche et frayant peu avec des camarades de mon âge, je grandissais dans une innocence parfaite. Mes parents choisissaient eux-mêmes mes petits amis: ils devaient être sages, pieux, et m'offrir l'exemple d'une bonne éducation. Nous jouions gauchement sous les yeux de ma mère qui nous reprenait lorsque nous parlions trop fort et ne nous quittait pas. À quatre heures, elle nous servait du sirop de grenadine et des confitures, puis des poignées de main étaient échangées et ma mère déclarait, le soir, que je m'étais bien amusé.

Avec le temps et les soins, ma santé devenait meilleure. Cependant il n'était pas question de m'envoyer au collège avant ma quinzième année et je restais l'élève de M. Pâris. Je ne m'en plaignais pas. Il me rendait attrayants les sujets arides et me communiquait ce goût de savoir que j'ai conservé par la suite et qui me sauvera quelque jour.

En même temps qu'il m'instruisait, M. Pâris s'efforçait de tourner mon esprit du côté de la religion et donnait une teinture de mysticisme à certaines parties de notre cours, par exemple, l'histoire de l'Église. Il y avait chez lui, je crois, ce qu'on pourrait appeler une nostalgie de la vie parfaite et beaucoup de personnes s'étonnaient qu'il fût resté dans le siècle.

Nous apprîmes (dans notre ville, on finit par tout savoir de ce qui ne regarde personne) que ce bon jeune homme s'était jadis destiné aux ordres et qu'un obstacle avait surgi. De cette vocation manquée lui restait quelque chose d'indéfinissable, mais que rendait à merveille un faux air de cléricature dans la coupe de ses vêtements. J'ai le regret de vous dire, Hedwige, que ses élèves l'appelaient Curé, et c'était là ce qui affligeait le plus le pauvre garçon, car on lui rappelait de cette manière qu'il avait trahi son idéal.

Un matin que je lui récitais un cantique de Racine, je vis les larmes couler sur ses joues sans qu'il parût en avoir conscience. Ce détail me revint à l'esprit beaucoup plus tard. Jamais je ne reçus la moindre confidence de M. Pâris en ces années-là, bien qu'il me marquât de l'affection. Sans doute me jugeait-il trop jeune. Je n'ai pas besoin de vous dire qu'il ne m'instruisit de rien de ce que les garçons apprennent si vite au collège, et que mon ignorance de certaines choses fut respectée jusqu'au scrupule. Du reste, il eût fallu, pour m'éclairer, se servir d'expressions que M. Pâris eût trouvées déshonnêtes et qui l'eussent fait périr de honte.

Pourtant, un après-midi que nous nous promenions dans le musée de notre ville et que nous traversions les salles de la Grèce archaïque, il ralentit le pas et jeta les yeux autour de lui. D'ordinaire nous passions un peu vite devant toute représentation de la nudité humaine, mais je crois que les statues qui se voyaient ici, M. Pâris les jugeait d'un art trop primitif pour être dangereuses. Nous regardâmes en silence les Apollons à la taille étroite, aux hanches puissantes, à la main tendue comme pour offrir ou pour mendier : avec leur chevelure annelée et l'éternel sourire qui retroussait les coins de leurs bouches, ils me semblaient presque effrayants et le petit catholique que j'étais encore reculait d'instinct devant ces démons. Sans doute avaient-ils humé la bonne odeur des sacrifices et le sang humain, peut-être, avait éclaboussé ces longs pieds minces où se dessinaient les os. La voix de M. Pâris interrompit ces réflexions. « Quelle curieuse race ce devait être, Jean. Des hommes bâtis pour la guerre ou la rapine, étrangers à la *mollitia*, bien différents de ce que nous sommes devenus, tous... oui, presque tous. » Je saisissais mal ce qu'il voulait dire. À mon sens, nous valions beaucoup mieux que les hommes de cette époque, puisque nous étions chrétiens. « Ils étaient fort religieux à leur manière », dit alors mon professeur. Je comprenais de moins en moins. Ces barbares allaient-ils à la messe ? Non. Alors ? Au lieu de rire comme eût fait un autre, M. Pâris se donna la peine de m'expliquer ce que pouvait être le culte pour un Grec de ces temps obscurs. « Qui sait, conclut-il, s'ils ne nous eussent pas trouvés grossiers, faibles et ignorants ? C'étaient des gens admirables. »

— Mais la religion, m'écriai-je. La religion, monsieur Pâris !

— Eh oui, la religion, fit-il avec un soupir.

Ce fut tout ce qu'il répondit. Nous rentrâmes sans échanger une parole.

À quelque temps de là, je me promenais avec mon père sur le quai qui longe la Saône. Il avait fait une journée splendide et le soleil se couchait derrière les hautes maisons en bordure du fleuve. C'était l'heure qu'affectionnait mon père, qui pourtant ne fut jamais

promenade avec son père

109

porté à la rêverie. Vous qui l'avez connu sévère, vous serez étonnée d'apprendre que le passage de la lumière à la pénombre lui procurait une sorte de griserie heureuse. Si j'avais une faveur à lui demander, je choisissais ce moment-là, guettant la brève minute d'indulgence dont j'étais presque seul à savoir le secret, car dès que la nuit tombait et qu'on allumait dans les rues, il redevenait l'homme triste et rigide dont je ne puis me souvenir avec la moindre tendresse.

Depuis un moment, nous nous étions arrêtés pour contempler le ciel couleur de flamme. Toute la ville se parait de rouge et le visage même de mon père s'incendiait comme au voisinage d'un vaste brasier. D'ordinaire, nous allions sur l'autre rive pour regarder le coucher du soleil et ce changement d'itinéraire me surprit sans que j'osasse en demander la raison. Du reste, je ne savais pas trop pourquoi on ne se promenait guère de ce côté-ci. Je le sais maintenant.

Quoi qu'il en soit, je voyais mon père jeter les yeux autour de lui, baisser la tête, plonger la vue sous les arbres. Que cherchait-il ? Enfin la lumière s'évanouit et l'ombre se faisait de plus en plus épaisse, quand il me saisit le bras comme pour me dire de ne pas bouger ; en même temps, il ôta son chapeau et fit un large salut à quelqu'un que je ne vis pas tout d'abord.

— Bonsoir, mon ami, dit-il sur un ton de politesse railleuse. Vous ne vous attendiez pas à me trouver ici, je pense.

— Monsieur Rollet !

Je reconnus la voix de M. Pâris, mais hésitante, effrayée.

— Ne vous troublez pas, poursuivit mon père qui se rapprocha du jeune homme et le regarda dans les yeux. L'endroit où nous sommes ne jouit pas d'une excellente réputation chez les honnêtes gens, mais il faut pourtant qu'il ait quelque charme pour qu'on vous y trouve *tous* les soirs. N'est-ce pas ?

Un profond silence fut la seule réponse à cette question.

— Mais dites quelque chose, fit mon père.

Oh ! oui, dites quelque chose, monsieur Pâris ! Vous

vous perdez en vous taisant. Puisque mon père vous demande ce que vous faites là, répondez sans bredouiller que vous prenez le frais, comme tout le monde, comme lui, car enfin, est-il défendu de se promener à cette heure sur la rive de la Saône, et n'y sommes-nous pas, mon père et moi ? Mais vous n'ouvrez même pas la bouche pour vous expliquer, pour vous défendre. Vous demeurez immobile comme un condamné à mort contre un mur. Vingt fois par la suite, j'ai revécu cette scène pénible et, du fond de mon cœur, je vous ai supplié de dire quelque chose, monsieur Pâris. Mais non, vous n'avez rien dit, vous ne direz jamais rien à mon père.

Celui-ci attendit encore un instant, puis il se redressa en jetant la tête de côté et, me prenant par la main, s'éloigna sans ajouter un mot. Nous rentrâmes. Dans l'antichambre, il lança son chapeau et ses gants sur un canapé et appela ma mère. Elle parut, toute blanche devant la mine de mon père. Je reçus l'ordre de monter à ma chambre et m'éloignai pour revenir, quelques minutes plus tard, coller mon oreille à la porte du salon où mes parents s'étaient enfermés.

— Sur la foi d'une lettre anonyme, c'est injuste, disait ma mère.

— Cette lettre disait vrai.

— Quelle preuve en avez-vous ?

— Le silence de ce personnage qui n'a pas trouvé la force de dire un mot. Ça a été comme un coup de tonnerre pour lui, ces questions que je lui posais.

— Il est timide et vous lui avez fait peur, voilà tout. Et puis, il est indigne d'agir sur les conseils d'un monsieur qui n'a pas le courage de signer sa lettre. N'aviez-vous pas honte d'aller rôder sous les arbres du cours dans l'espoir d'y surprendre ce pauvre garçon en train de faire le mal ? De votre aveu même, il ne faisait rien.

— Toute son attitude l'accusait. Son silence avouait tout.

— Vous brisez sa carrière.

— Je le regrette, mais je suis pour la propreté morale, je ne veux pas que mon fils coure le risque d'une contamination.

— Est-ce pour cela que vous l'avez emmené avec vous dans cet endroit supposément mal famé ?

— Je ne suis pas d'humeur à répondre à vos questions, dit mon père en élevant la voix.

— Eh bien, fit ma mère sur le même ton, car elle ne craignait pas son mari, c'est donc moi qui ferai la réponse à celle-ci. Vous l'avez emmené avec vous pour qu'on ne puisse pas vous soupçonner de ce dont on accuse M. Pâris. Dans toute cette affaire, vous vous montrez d'une petitesse que je ne vous connaissais pas.

— Je vous ordonne de vous taire.

— Je me tairai d'autant plus volontiers que je vais quitter cette pièce où vous pourrez crier à votre aise, tout seul.

À ces mots, je me sauvai.

Le soir venu, bien qu'il fût l'heure de me coucher, mon père me fit entrer dans son bureau et, d'une voix douce qui ne lui était pas naturelle, commença par me dire de ne pas m'effrayer, ce qui, bien entendu, produisit l'effet contraire. Dans cette pièce tout en rideaux de velours, en fauteuils de peluche et en tapis de laine, obscure et mystérieuse comme une grotte, il m'était interdit de mettre les pieds et je m'assis au bord d'une chaise en considérant d'un œil inquiet cet homme qui passait pour bon et qui pourtant me faisait peur. Je voudrais vous donner une idée de ce bureau, parce que ce fut là, je crois, que se décida mon sort. C'était une pièce haute et étroite où nul bruit n'arrivait de l'extérieur, car elle donnait sur une petite cour déserte. D'une manière indéfinissable, elle semblait une projection de l'âme de mon père. Avec ses meubles lourds, ses grands portraits ennuyeux, ses tentures sombres, elle avait quelque chose de confortablement austère comme certaines chapelles privées où les riches vont faire leurs dévotions. Tout était triste et sourd entre ces murs. On y éprouvait une espèce de suffocation morale que les mots ne peuvent rendre. Peut-être, dans l'esprit du docteur Rollet, sa profession demandait-elle ce décor et cette atmosphère.

J'étais troublé avant que mon père ouvrît la bouche et me comportais déjà en coupable, bien qu'on ne m'eût

le bureau-une projection
de l'âme de mon père

encore accusé de rien. Il s'assit en face de moi, tout près, puis il me dit une ou deux choses insignifiantes destinées, je pense, à me rassurer. Ensuite il m'interrogea sur mes jeux, sur mes distractions quand j'étais seul, sur la position que j'adoptais pour m'endormir, sur mon réveil. Je répondais de mon mieux, ne saisissant pas le lien entre ces questions. Brusquement, il tira sur ses grandes manchettes amidonnées et me demanda le sujet de mes conversations avec M. Pâris lorsque nous nous promenions tous les deux. Je ne savais pas mentir, et d'ailleurs, pourquoi aurais-je menti ? Mais qu'il me répugnait d'avoir à tout raconter de ces moments heureux, de nos bonnes flâneries autour de la cathédrale et dans les petites rues dont il me disait l'histoire ! Quelles petites rues ? J'en nommai plusieurs. Étions-nous parfois entrés dans un café ? Jamais. M. Pâris détestait les cafés. Avait-il tenu devant moi des propos libres ? Je ne savais ce que c'était que des propos libres. Mon père n'insista pas. M. Pâris m'avait-il jamais fait voir des images, des photographies de personnes déshabillées ? Non. Je comprenais de moins en moins. Regardait-il le monde dans la rue ? Se retournait-il quelquefois ? Je n'en savais rien, je ne le croyais pas, c'était une chose que je n'avais pas observée.

Il y eut un long silence, puis mon père enveloppa mes mains dans les siennes d'une manière caressante et me dit plus doucement :

— Jean, je vais te poser une question très sérieuse. Tu réfléchiras avant de me répondre, car de ta réponse et de la sincérité de ta réponse dépend l'avenir de ce jeune homme. M. Pâris t'a-t-il jamais parlé du corps humain, de la nudité du corps, du corps d'un homme nu, par exemple ? Ne te hâte pas de répondre. J'attendrai une heure s'il le faut. Réfléchis, mon enfant.

Baissant les yeux, je m'efforçai de trouver en moi la réponse à une question qui me semblait puérile, mais mon cerveau se butait. En ce moment, j'avais honte de mon père et de sa curiosité dont je ne saisissais pas le sens. J'aurais voulu qu'il se levât et me dît en riant que tout cela n'était qu'une plaisanterie, mais non, il lui fallait une réponse. Tout à coup, je me souvins de ma conversation avec M. Pâris dans la salle des Antiques. Oui, certes, nous avions parlé de la nudité humaine ! Avec la précipitation d'un accusé qui veut en finir, je racontai à mon père notre visite au musée. Il m'écouta jusqu'au bout, le regard brillant derrière ses lunettes, la bouche un peu plus pincée qu'à l'ordinaire.

Lorsque j'eus achevé mon récit, décrit les Apollons, rapporté les propos de M. Pâris à leur sujet, mon père se dressa subitement et rejeta mes mains comme un objet malpropre.

— Ainsi, fit-il en aspirant avec force, ce monsieur s'amuse à promener un garçon de quatorze ans dans la salle des Antiques. On feint de vouloir instruire son élève et on sème les mauvaises pensées dans une tête ignorante. Les débris d'un culte honteux, rassemblés dans une salle que l'on devrait fermer, sont mis par ce jeune homme au service de je ne sais quels desseins. Ce qui offense la pudeur est présenté comme admirable. J'écrirai cette nuit à la direction du musée pour qu'on interdise la salle des Antiques aux enfants. J'écrirai également au directeur du collège où ce malfaiteur répand ses idées, si tant est qu'il borne là son audace. Je demanderai qu'un conseil de discipline examine sa conduite. Au besoin, je ferai une déposition publique et mon fils portera témoignage avec moi.

Il dit encore beaucoup de choses que j'ai oubliées. Sa voix qui tremblait un peu ne s'élevait pas au-dessus d'un ton neutre et sourd, car mon père se gouvernait toujours et sa colère se traduisait par une sorte de grandiloquence glaciale qui s'adressait à lui-même plutôt qu'à moi dont il paraissait oublier la présence. Pendant de longues minutes, il parla d'une faute dont j'ignorais jusqu'à la nature et déclara que M. Pâris n'était ni plus ni moins qu'un criminel, ce qui ne m'éclaira pas, mais augmenta le trouble où ce discours me jetait. Je me figurai que mon professeur avait pris une somme d'argent dans la caisse du collège et qu'il faisait partie d'une bande de voleurs dont le lieu de réunion semblait être un des cours qui bordaient la Saône. Quant aux Apollons du musée, je ne concevais pas qu'ils provoquassent tant d'émotion, mais j'étais encore très enfant.

Pourquoi mon père en avait-il à ces statues? Je me le demandai. Ce qui me chagrinait le plus était que je ne devais plus revoir M. Pâris. L'idée me traversa l'esprit d'implorer à genoux la grâce de mon professeur, mais je n'osai. Hedwige, la colère des «justes» est un spectacle intimidant et je tremblais devant mon père. Sa vertu m'épouvantait.

Peu de jours après cette scène, je fus placé dans une institution dirigée par des prêtres. J'y restai longtemps. Il n'est pas nécessaire que je m'étende sur ces années, parce qu'elles intéressent le spirituel beaucoup plus qu'autre chose et ce récit vous fera voir assez tôt que ce n'est pas toujours l'idéal religieux qui a gouverné ma vie. Sachez pourtant que la religion absorba ma prime jeunesse et poussa en moi des racines si profondes et si tenaces qu'elle faillit me faire prendre le chemin du monastère, ce qui eût été une erreur insigne. Je vous scandalise peut-être en parlant ainsi. C'est l'effet ordinaire de la vérité.

Voisinant avec des habitudes de piété dont j'occupais le plus clair de mon temps libre, se développait en moi une force instinctive dont j'ignorais tout et qu'à mon insu je réprimais. Mon innocence faisait de moi la risée de mes camarades. Je ne savais rien de ce qu'ils savaient tous, mais dans leurs plaisanteries je devinais la présence de ce qu'on nomme le mal, aussi fuyais-je leur compagnie pour me cacher dans les coins les plus obscurs de notre chapelle où je rêvais à la vie parfaite et aux saints anachorètes. De toutes les vertus exaltées par mon confesseur, la pureté me paraissait la plus belle. Elle exerçait sur moi une espèce de fascination bizarre et dangereuse. Je la voulais comme d'autres veulent la gloire ou la richesse, mais j'eusse été bien empêché de la définir, sinon comme la définissait mon catéchisme. Je suppliais le Ciel de m'accorder cette grâce mystérieuse et j'étais prêt à voir le péché contraire à la vertu dans tous les regards qui croisaient le mien comme dans toutes les paroles qui frappaient mon oreille chatouilleuse.

115

Enfin, au début de ma quinzième année, il se trouva quelqu'un parmi les «grands» pour m'informer sans détours des aspects les plus simples de la procréation. Niais et timide comme j'étais, je reçus un choc violent de cette révélation. Il me sembla que l'humanité entière se déshonorait en se perpétuant. Mon esprit se refusait à voir mes parents dans les attitudes que me décrivit mon éducateur en riant de mon air penaud. Je fus atterré. Comment, me demandai-je, respecter des gens qui se livrent à de tels plaisirs ? Seuls les prêtres et les religieux demeuraient hors d'atteinte au mal et je déplorai intérieurement qu'hommes et femmes ne fussent pas cloîtrés jusqu'au dernier dans des trappes.

Je m'étais proposé de glisser rapidement sur mes années de collège, mais à mesure que j'avance, elles m'apparaissent si importantes dans le développement de mes idées que je ne regrette pas de m'y arrêter un peu. Soit lenteur d'esprit, soit froideur naturelle, je n'éprouvais aucune curiosité à l'égard de l'amour physique dont on parlait tant au collège, j'essayais même d'oublier ce que j'en avais appris, mais je sentais au-dedans de moi-même une sorte de blessure. À vingt-cinq ans de distance, je trouve bien ridicules ces effarouchements, et j'espère que vous pensez comme moi, mais il est certain que j'ai souffert et que cette souffrance a porté ses fruits.

La piété m'offrit le refuge que je cherchais. Je multipliais les exercices de dévotion et communiais chaque jour, fatiguant mon confesseur de mes scrupules et cherchant jusqu'au fond de mon cœur une ombre de péché dont il me fût loisible de charger ma conscience. Si j'avais gardé la foi de mon enfance, c'est ici que je vous parlerais du démon. Comment expliquer autrement qu'au plus fort d'une crise religieuse qui dura trois ans et faillit me chasser du monde, naquit en moi une passion toute profane, exigeante, opiniâtre ? J'aimais Dieu. J'aimais aussi d'un amour violent une de ses créatures les moins intéressantes, et je n'avais pas honte de cette rivalité sacrilège, il semblait même que, de ces deux amours contradictoires, l'un servît à nourrir l'autre. Assurément, je ne me rendais pas compte de ce qui se passait en moi, car je mêlais le nom de la personne aimée à toutes mes prières.

Je ne sais si vous lisez beaucoup de romans, j'espère que non, mais si vous faites de ces lectures surestimées, il est temps que je vous instruise d'une des petites ruses littéraires les plus en vogue. Sachez donc que, lorsqu'un écrivain entretient son lecteur d'une *personne* dont il est épris, d'une créature incomparablement belle et bonne, d'un être unique et délicieux, sachez, ma bonne Hedwige, qu'il s'agit d'un homme. Cela tient à une lâcheté particulière aux gens de lettres.

Ainsi j'allais donner dans le travers commun et vous parler, moi aussi, l'insipide langage de la peur. Je préfère vous dire que j'étais épris d'un de mes camarades. Un peu plus âgé que moi et beaucoup moins intelligent, il ne se distinguait en rien des élèves que je voyais chaque jour, sinon par un air morose, une sorte de bouderie perpétuelle qui faisait saillir sa lèvre inférieure et rapprochait ses sourcils. Il travaillait fort mal. Les railleries et les menaces des professeurs pleuvaient sur sa tête indifférente dont j'admirais en secret le profil volontaire. Ses amis, choisis parmi les plus grossiers de la classe, étaient de ceux qui se moquaient de moi et je n'osais pas même le regarder en face. Je crois que, dans l'espace de trois ans, je ne lui adressai pas plus de deux fois la parole, et ce dont je suis sûr, c'est qu'il ne me répondit pas.

Ces amours de collège, avec leur naïveté, leur bonne foi désastreuse, je les trouve aussi dignes de notre attention que les aventures sentimentales de la maturité. À quinze ans, le cœur vierge donne ce qu'il a de plus sincère, de plus vrai. J'aimais comme je pouvais, d'un amour profond et silencieux qui ravagea la première partie de ma jeunesse. Personne à la maison ni au collège ne soupçonnait ce que je portais en moi. Comment aurais-je pu, du reste, parler de ce que je ne comprenais pas ? Je souffrais chaque fois que je voyais Philippe, mais je recherchais cette souffrance que je prenais pour du bonheur.

Ce sentiment si fort et si pur, on m'eût bien étonné en me disant qu'il était coupable. Il eût fallu d'abord m'expliquer que j'étais amoureux et que s'éprendre d'une personne de son propre sexe constitue un de ces péchés innommables qui crient au Ciel. J'ignorais tout cela. Je croyais qu'un homme ne peut être amoureux que d'une femme. Tous les samedis, j'allais vider mon sac aux pieds de mon confesseur, m'accusant de vétilles, cherchant en vain dans mes actions ou mes pensées quelque faute contre la pureté. Le lendemain, je communiais. On nous disait que nous pouvions communier à l'intention de quelqu'un et j'usais de cette permission, au profit de qui, est-il besoin de le dire ?

Je quittais la sainte table bouleversé, le cœur battant et la figure baignée de larmes, mais heureux et ne souhaitant rien d'autre que de mourir dans un moment pareil. Peu à peu, l'idée se formait en moi que j'étais appelé, mais je touche à un sujet trop délicat et trop pénible pour n'avoir pas le droit de me taire. *Secretum meum mihi*. Qu'il vous suffise de savoir que je traversai plusieurs années et achevai ma rhétorique sans rien connaître du trouble charnel ordinaire à cet âge. Philippe suivait les mêmes cours que moi. Je dirais avec plus d'exactitude que je suivais les mêmes cours que lui. Chaque automne me le rendait plus beau, plus doré par le soleil provençal du village où il passait ses vacances. À quoi bon décrire ce que j'éprouvais en le regardant ? J'essayais d'obtenir de moi de ne pas diriger la vue de son côté, de vaincre une émotion cruelle et délicieuse qui me détournait de mon travail et de ce que je nommais encore, dans mon aveuglement, ma vocation.

Enfin, la dernière année touchait à sa fin et la séparation était proche. Philippe resplendissait de jeunesse et de grâce, et son visage mécontent se déridait quelquefois pour sourire. Je voyais alors ses dents briller entre ses lèvres et ses prunelles s'éclairer d'une joie que je ne connaissais pas, la joie de vivre, la joie du corps. Levant vers lui cet œil tremblant dont parle le poète, j'osais presque le regarder en face pour fixer dans ma mémoire le détail de ces traits que je ne reverrais plus. Oh ! j'eusse fait bon marché de mon avancement spirituel si l'occasion m'eût été fournie de toucher de la main cette joue lisse et dorée qui m'empêchait de dormir! C'est vous dire à quel point la foi chancelait dans mon cœur, mais, à cette époque, je n'en savais rien. Je ne voyais pas l'obscurité s'épaissir autour de moi. Je me figurais être pieux et même bon, alors qu'au-dedans de moi quelque chose commençait à mourir.

Le dernier jour arriva. Personne ne travaillait plus et nous échangions des adresses. Tout le monde était fort gai et moi-même je m'efforçais de sourire, de me croire heureux. Dans le brouhaha de la sortie, je me frayai un chemin jusqu'à Philippe à qui je tendis la main. Il dédaigna de la voir et n'entendit rien des paroles confuses que je bredouillais. Ce fut tout. Je rentrai chez moi avec le sentiment que la vie prenait fin. Une tristesse dévorante s'installa en moi et je ne tentai pas de la vaincre. Je priais mollement, ne sachant plus ce que je devais demander au Ciel ni comment l'intéresser à mon chagrin. À la vérité, toute mon ignorance ne m'empêchait pas de flairer quelque chose d'insolite dans ce penchant que je ne confiais à personne.

Cependant, le temps venait de songer à mon avenir. J'avais dix-sept ans. Mon père me destinait à la profession médicale, pour laquelle je ne me sentais nulle aptitude. Ma mère, que j'avais mise, deux ans auparavant, dans le secret de ma vie intérieure et de cette vocation religieuse, me voyait déjà au premier rang de notre clergé, mais mon confesseur nous avait commandé à tous deux un silence absolu, jugeant qu'il valait mieux attendre encore avant de tout dévoiler à mon père. Peut-être soupçonnait-il la faiblesse de mon caractère et voulait-il me mettre à l'épreuve. Enfin, nous étions tous les trois dans une sorte de pieuse conspiration et je grandissais entre une femme exaltée et un prêtre attentif qui veillaient jalousement sur mon âme.

Que ces souvenirs me sont pénibles! (Je m'étais promis de n'en point parler, mais cela est plus fort que moi. Quand je pense à ma vie spirituelle, elle m'apparaît sous la forme de je ne sais quel terrible avortement. Mes relations avec l'Église ont été faussées par un échec dont je ne me suis jamais tout à fait remis. Heureux les cœurs purs dont Dieu a bien voulu!)

Mais avançons. Un jour que je faisais des recherches à la bibliothèque municipale, le hasard me mit entre les mains un petit volume d'aspect modeste et sérieux que je feuilletai d'abord avec indifférence, puis avec une curiosité croissante. C'était un essai sur un problème moral de la Grèce antique. Je compris intuitivement qu'il devait y avoir dans ce livre bien des choses contraires à la pureté et le remis en place, mais le lendemain matin, après un débat intérieur dont je vous passe le détail, j'étais de retour à la bibliothèque. En moins de deux heures, j'avais lu les cent douze pages qui composaient cet écrit.

Il faudrait, Hedwige, beaucoup plus de talent que je n'en ai pour vous donner une idée de ce que je ressentis et de la transformation soudaine qui s'opéra en moi. À bien y réfléchir, ce mot de transformation me paraît inexact. Parle-t-on de transformation quand un homme s'éveille? Il me sembla n'avoir vécu jusque-là que dans un rêve et que, pour la première fois, je prenais conscience du monde extérieur. Car le sujet du petit livre que je tenais entre les mains, c'était moi-même, et c'était mon histoire que je lisais, mais mon histoire embellie et, si je puis dire, glorifiée. J'appris, en effet, que de grands hommes avaient souffert de passions analogues à la mienne et que, par elle, je m'apparentais à eux. Je sus quel nom donner à mes sentiments pour Philippe, j'osai m'avouer enfin, dans une sorte de stupéfaction, que j'étais amoureux.

Par bonheur pour moi, l'auteur se gardait de porter un jugement dont mon équilibre eût souffert, car il eût suffi qu'il parlât de dépravation pour me jeter dans une crise dangereuse. J'ajoute qu'il passait rapidement sur l'aspect physique de la question, si rapidement même que je n'y compris rien. Omission beaucoup plus grave, il négligeait de dire (mais cela n'était pas son sujet) que cette même passion dont brûlèrent des cœurs parmi les plus généreux du monde s'était répandue jusqu'à nos jours sur toute la surface de la terre.

La conclusion que je tirai de cette lecture fut des

plus singulières : j'imaginai que, par une bizarrerie de mon destin, je me trouvais être le seul héritier de cet amour platonique dont le nom même m'égarait. Ainsi, ma place n'était pas à L., au XXᵉ siècle, mais en Grèce, aux beaux jours du bataillon sacré. J'en éprouvai un orgueil mélancolique. Demeurer chaste ne m'inquiétait pas, car j'ignorais encore la violence du désir charnel, mais être voué à un amour incommunicable me paraissait au-dessus de mes forces. J'écrivis une lettre à Philippe, véritable déclaration d'amour, mais ne trouvai pas en moi le courage de la jeter à la boîte.

Vous croyez sans doute qu'ayant les yeux ouverts ou entrouverts je renonçai à mon projet de quitter le monde. Nullement. Un écrivain janséniste compare notre âme à un renard qui, chassé d'un terrier, se réfugie en un autre. J'ignorais tout de la vie, mais je savais l'art de me mentir à moi-même. Rien ne m'obligeait de faire à mon confesseur l'aveu d'un amour dont mon catéchisme ne parlait pas, et je me tus comme lui. Cependant, ma conscience trouva le moyen de me rattraper, car on peut malmener sa conscience, mais on ne la *roule* jamais. Je m'aperçus, en effet, dans l'espace de quelques semaines, que je m'étais dépris peu à peu de tout ce qui faisait jadis ma consolation. Je priais sans élan et bâillais aux offices. Un jour que je descendais à la crypte d'une église où l'on célébrait la messe du mercredi saint, je m'arrêtai sur une marche, frappé tout à coup de cette idée que la grâce de la foi m'était retirée et que je me condamnais sans raison à une existence ennuyeuse et stérile. J'aurais dû rentrer aussitôt chez moi et dire à ma mère ce qu'il en était, au lieu de quoi j'appelai tentation ce sursaut du bon sens et me joignis aux fidèles dont j'imitai les mines recueillies.

Je ne sais ce qu'il serait advenu de ma prétendue vocation, si les événements n'eussent empêché qu'elle ne fructifiât. Dans la solitude de nos vieilles églises, que de fois n'ai-je senti sur mes poignets comme le frottement d'une manche de bure ! Car il n'est si grande apostasie que le moine ne continue à vivre à côté du pécheur. Ces deux existences parallèles s'empoisonnent l'une l'autre, mais je vous tiens le langage du chrétien que je ne suis plus, et pourtant… Cela me fait ressouvenir d'un vers que je vous citerai en n'y changeant qu'un mot :

— *Avez-vous oublié que vous ne croyez plus ?*

Quoi qu'il en soit, le destin fit que mon père mourut subitement cet été-là. Il avait cinquante-six ans et nous laissait, ma mère et moi, dans une gêne que nul ne pouvait prévoir. Personne ne soupçonnait, en effet, qu'il avait engagé presque toute sa fortune dans des spéculations malheureuses. Sa parole prudente, sa mine raisonnable et circonspecte avaient trompé tout le monde. Il nous restait peu de chose. Le fisc se chargea de nous en dépouiller et je me trouvai à dix-sept ans dans une pension des plus modestes où j'occupais avec ma mère une chambre qu'un paravent coupait en deux. Nous n'étions pas faits pour le chagrin, ni surtout pour les privations. Que la piété de ma mère ne lui fût pas d'un très grand secours en cette circonstance, je le concevais assez bien, et me joignis à elle pour accuser le Ciel d'une rigueur excessive. La religion a peu d'attraits quand le ventre est vide et qu'on frissonne dans une pièce glaciale. Sous sa forme actuelle, le christianisme n'a rien à dire à ceux qui ont faim. Mais passons. À l'entrée de l'hiver, j'eus une entrevue avec mon confesseur en présence de ma mère. Il s'agissait de mon avenir. Ce prêtre eut l'honnêteté de nous laisser entendre que ma vocation ne lui paraissait pas vraiment sérieuse et j'eus le courage de lui donner raison. Ma mère pleura et me demanda ce que je comptais faire pour gagner ma vie. Je n'en savais absolument rien.

Quelque temps plus tard, il se trouva qu'un cousin de mon père se ressouvint de nous. À cette époque, M. Vasseur (c'était son nom) n'avait pas encore fait fortune et les billets qu'il nous envoya durent lui coûter beaucoup. Avec une délicatesse dont les personnes plus *distinguées* font rarement usage, il nous donna d'excellents conseils et proposa de me faire venir à Paris où un pharmacien de ses amis se déclarait prêt à accepter mes services.

Je quittai sans regrets ma mère et ma ville natale. Depuis quelque temps, en effet, il me semblait vivre

finds Jean a job @ the pharmacy

dans un mauvais rêve et j'accueillis avec joie ce changement d'existence. Sans doute, la situation qu'on m'offrait était modeste et cadrait mal avec l'idée que je me formais de moi, mais la perspective d'aller vivre à Paris arrangeait tout cela. Un employé de M. Vasseur m'attendait à la gare et me conduisit à un petit hôtel du quartier de l'Europe où je déposai ma valise, puis nous nous rendîmes sans tarder à la pharmacie de M. Grondin.

C'était une grande boutique peinte en noir avec des chaises Henri-II pour les clients qui devaient attendre et un comptoir du même style. Un buste d'Hippocrate entre deux grands bocaux vert et rouge conférait à cet endroit un air à la fois savant et respectable. Je fus reçu par M. Grondin lui-même qui me tendit deux doigts avec bonté et me sourit dans la plus belle barbe blanche qui ait orné un visage humain. Ce grand vieillard corpulent respirait une majesté dont le spectacle me parut presque insoutenable. Sa calvitie patriarcale, sa redingote et la rosette qui ornait ce vêtement suranné, tout en lui m'intimidait, et il s'en aperçut, car il eut la condescendance de me pincer doucement le lobe de l'oreille pour me rassurer.

Mes fonctions étaient des plus simples. On me donna un panier, une bicyclette, et j'allais porter à nos clients les drogues dont ils pensaient avoir besoin. Ainsi j'avais étudié les mathématiques et l'allemand, fait les humanités avec succès, trempé dans la métaphysique et la philosophie, absorbé une dizaine de volumes sur la théologie (et grandi en me répétant : *Tu es sacerdos in aeternum*) pour sonner humblement à des portes de service et tendre à des domestiques goguenards mes flacons enveloppés de papier blanc. Parfois, un petit pourboire m'était offert que j'acceptais toujours parce que je n'osais pas le refuser. Seul, je pleurais. J'étais un imbécile, Hedwige. J'aurais dû me dire qu'au regard de Dieu je valais peut-être mieux dans mon tablier de livreur que penché sur des ouvrages où s'agitait la question de l'être et de l'essence. Mais, pour tirer profit de mon état permanent, il eût fallu du courage et du bon sens, et je n'étais que vanité.

Cependant, je m'habituais à Paris et finissais par m'y plaire. M. Grondin me laissait libre à partir de sept heures du soir et je courais les rues sans savoir où j'allais. Une ou deux fois par mois, je recevais la visite de M. Vasseur qui me prévenait toujours de son arrivée par un petit mot calligraphié. Jamais il ne restait longtemps. Il me parlait avec gravité de choses insignifiantes, température ou politique, évitait avec soin de me faire la morale, et me glissait en partant une pièce d'argent dans la main. Un soir, au bout d'un assez long silence, car nous n'avions presque rien à nous dire, il me conseilla de «faire attention aux femmes». Je rougis fortement et il me quitta sans rien ajouter.

J'en arrive maintenant à ce qu'il m'en coûte le plus de vous confier. Il faut pourtant que je vous instruise de tout si je veux que vous me compreniez bien. Une nuit que je regagnais mon hôtel, je fus abordé par un inconnu. Nous étions dans une rue déserte et je crus d'abord qu'il en avait à mon argent, mais sa mise correcte et ses façons courtoises me firent bientôt changer d'avis. Il me demanda si j'avais l'heure, et comme je lui répondais que non, que ma montre était restée sur ma table, il sourit de ma simplicité et me proposa d'aller boire quelque chose avec lui dans un café voisin. Pourquoi n'aurais-je pas accepté? Ce monsieur si poli m'inspirait confiance. Il paraissait quarante ans et, bien que son visage fût ridé, l'expression en était aimable. Au café, nous bûmes de la bière, et dix minutes ne s'étaient pas écoulées que l'inconnu savait déjà mon nom, mon adresse et la ville d'où je venais. Il me fit des compliments sur ma mine, me trouva une jolie figure et des mains d'artiste. Ce mot d'artiste me chatouilla agréablement et je me mis à parler de notre musée, étalant mon petit savoir. Puis, la bière me montant à la tête, j'entamais le récit de ma première jeunesse et de mes aspirations religieuses, quand mon nouvel ami tira sa montre, car il se ressouvenait tout à coup d'une visite qu'il avait à faire, paya nos consommations et me fixa un rendez-vous pour le lendemain à pareille heure et au même endroit.

J'y fus en avance de quinze minutes, je remontai, puis

124

redescendis la rue sur toute sa longueur, j'eus le loisir d'examiner chaque maison et, pour passer le temps, je comparai la laideur de l'une à la laideur de ses voisines. Des choses très fines me vinrent à l'esprit que je m'efforçai de retenir afin de briller dans la conversation, tout à l'heure. Cette conversation, je l'imaginai de bout en bout, vive et sérieuse tour à tour, parfois si amusante que j'en riais tout seul, parfois grave et profonde, agitant de vastes problèmes. D'où vient l'homme ? Où va-t-il ? Cependant le temps s'écoulait et je commençais à croire que l'inconnu avait eu peut-être un accident, ou qu'il m'avait peut-être oublié. Mais non, ce n'était pas possible. M'étais-je trompé d'heure ? Par scrupule, j'attendis encore vingt minutes, appuyé à un réverbère, puis dix autres pendant lesquelles je fis les cent pas. Enfin, aux environs de minuit, je rentrai chez moi, déçu, triste, et surtout fort humilié.

Plusieurs semaines passèrent. Je me rendais parfois à l'endroit où j'avais lié conversation avec l'inconnu, mais ce dernier ne reparut jamais. Pourtant, si naïf et si peu observateur que je fusse, je ne manquai pas de remarquer un va-et-vient suspect dans le square où aboutissait la petite rue que j'avais pris l'habitude de hanter. Des gens de toute espèce venaient s'asseoir sous les platanes et se parlaient à mi-voix dans la pénombre. On voyait des messieurs bavarder sans façon avec des hommes à casquettes. Quelque chose me retenait de prendre place sur un banc, comme tout le monde, mais je rôdais par là, suivi, je le sentais, par vingt regards attentifs. Le cœur battant, je me contraignais quelquefois à demeurer immobile, au pied de la statue d'un grand philanthrope qui veillait de son fauteuil sur la bizarre assemblée. J'étais partagé entre l'horreur de ce que je devinais et une curiosité sans mesure. Ce qu'on appelle le sens catholique n'est pas chose vaine. Si je perdais la foi, je conservais du moins une sensibilité religieuse et flairais le mal avec un instinct infaillible. Une disposition naturelle à dramatiser me faisait voir dans ce petit square ni plus ni moins qu'une ouverture sur l'enfer, et qui donc, je vous prie, ne se risquerait un peu à jeter un coup d'œil de ce côté-là ?

Je tremblais donc tout le temps que je demeurais au pied de cette statue. Il me semblait que mon sort se jouait en cet endroit, et peut-être n'avais-je pas tort. Il me semblait aussi que je tremblerais plus encore si quelqu'un m'adressait la parole, et ce fut ce qui se produisit. Par une belle nuit de juin, alors que j'étais à mon poste, un jeune homme s'approcha de moi et me demanda fort poliment du feu. Son chapeau rabattu jetait une ombre sur sa figure et je n'aurais su dire si ses traits étaient agréables, mais sa voix produisit sur moi une impression singulière, à la fois douce et inquiétante. Aussi mon premier mouvement fut-il de fuir et, pourtant, quelque chose de plus fort que la peur m'obligea de rester et de répondre à l'inconnu. Il s'efforçait, tout en parlant, d'examiner mon visage, quand tout à coup, il me demanda si je n'étais pas de L. Je me troublai comme un criminel et répondis aussitôt que non, qu'il se trompait. Un court silence, puis il hocha la tête et murmura d'un ton incrédule :

— Vous n'êtes donc pas Jean Rollet.

À ces mots, je faillis me trouver mal. L'inconnu avait prévu ce cas, sans doute, car il passa son bras sous le mien avec une autorité discrète et me conduisit à pas lents jusqu'à la petite rue déserte. Là, il ôta lentement son chapeau et me regarda. J'étouffai un cri. C'était M. Pâris.

— J'ai bien changé, n'est-ce pas ? fit-il tristement.

Je crois que je lui aurais sauté au cou, si j'avais osé. Au lieu de quoi, je lui pris les mains et les lui serrai en m'écriant :

— Mais non, monsieur Pâris, vous êtes le même.

Je mentais. Les belles joues de M. Pâris s'étaient creusées et ses yeux, qui faisaient jadis rêver nos dévotes, luisaient à présent d'un éclat presque tragique, comme si la faim eût allumé le regard tantôt fixe et tantôt fuyant. Je remarquai avec stupeur que ce pauvre visage était frotté de rouge aux pommettes.

Il s'écoula quelques secondes pendant lesquelles je ne sus que rire sottement, par nervosité, je pense, et M. Pâris écouta ce rire dans le plus profond silence. Enfin, il me toucha la main et me fit signe de le suivre.

126

Je ne songeai pas à résister : il avait encore à mes yeux l'ascendant du professeur et lui désobéir me paraissait impossible.

Il habitait, non loin de là, une petite chambre au dernier étage d'une maison toute noire. En entrant chez lui, je fus saisi par la terrible tristesse qui régnait entre ces murs, il me sembla presque la voir, tant elle existait avec force, pareille à une colonne de fumée lourde et opaque, venue des profondeurs du monde, empoisonnant tout.

M. Pâris me fit asseoir sur un divan recouvert d'une étoffe en loques et se dirigea vers une cuvette qu'il emplit d'eau froide pour se débarbouiller. Ses longues mains délicates frottèrent ses joues avec une sorte de brutalité haineuse, comme s'il eût voulu arracher cette peau fine de son visage avec le fard qui la recouvrait. Il se lava si longtemps et si minutieusement que je crus qu'il perdait l'esprit. Pendant près de cinq minutes, il plongea et replongea sa figure dans la cuvette avec une obstination qui m'eût paru comique en d'autres circonstances, mais, depuis un moment, M. Pâris m'inspirait une pitié mêlée de crainte. Lorsqu'il eut achevé sa toilette, il tourna vers moi un regard fiévreux.

— Que faisiez-vous dans ce square ? me demanda-t-il.

Je lui dis que je n'en savais rien, que je prenais le frais. Sans tenir compte de ma réponse, il se mit tout à coup à parler, mais d'une voix que je ne lui connaissais pas, une voix nette et coupante où je ne retrouvais ni la délicatesse ni la réserve d'autrefois. Il parla de mon père dont il avait appris la mort, il parla de la pénible scène sous les platanes du cours, et brusquement il exhala toute sa rancune en une seule phrase.

— Votre père a tué en moi ce qu'il y avait de bon.

Je ne répondis pas. Il poursuivit :

— À cause de lui, on m'a chassé de chez moi, de notre ville où j'étais bien, et c'est contre mon gré que je suis venu ici. J'y ai gagné durement mon pain, j'ai fait des traductions, j'ai donné des leçons particulières, et puis j'ai couru après le plaisir. Vous ne pouvez pas savoir ce que cachent ces mots : courir après le plaisir, la tristesse des avenues sans fin le long desquelles on erre toute la nuit, pendant des années, les déceptions, les dangers, la solitude. Mettez toutes les rues du monde bout à bout, elles conduisent à l'enfer, oui, elles font croire à l'enfer. Je ne suis pas de ceux qui réussissent, de ceux qui attirent, je n'ai eu que des aventures médiocres, juste ce qu'il en fallait pour que je ne renonce pas à ma passion et me tenir en haleine. J'ai été pris dans des rafles, détroussé par des malfaiteurs. Cela n'est rien. Ce que je redoutais plus que tout, c'était de revenir ici, de retrouver cette chambre, honteux et démoralisé, sachant bien que demain je la quitterais de nouveau, plein de futiles espoirs. Une seule fois, la chance m'a souri. Un homme est venu à moi, plus beau que tout ce que je rêvais. Comme moi, il était seul dans la vie, il m'a offert son amitié, il m'a dit qu'il m'aiderait, que nous habiterions ensemble, mais je ne l'ai pas cru, je n'ai pas osé le croire, je l'ai blessé, et il a disparu... Il a disparu.

À ce moment, il se tut et frappa la table de son poing. Je le regardai sans savoir que dire. Ses allusions à une vie que je ne connaissais pas, ce discours violent et obscur coupé de soupirs terribles et de gestes de fou, tout cela me glaçait. Il s'en aperçut et fit un effort sur lui-même pour retrouver son calme.

— Je n'aurais pas dû vous parler ainsi, dit-il d'une voix plus basse et plus égale. Il y a des moments où l'angoisse me domine, où je ne puis plus obéir qu'à la peur. Je suis comme un chien qu'on a trop battu et qui s'enfuit en hurlant quand on lève la main. La malchance m'a brisé, elle me tient, elle ne me lâche plus. Je ne dors pas, et j'ai faim. Une fois, j'ai pris de l'argent...

Malgré moi, je fis un mouvement. Ces mots réveillaient en moi les premiers doutes que j'avais eus sur l'honnêteté de M. Pâris. Il comprit mon erreur et son visage s'empourpra.

— On m'a offert de l'argent et j'ai accepté, dit-il.

Quelques secondes passèrent, puis il ajouta une parole étrange.

— Je regrette que ce ne soit pas votre père qui

m'écoute en ce moment. Je lui aurais dit comment je l'ai gagné, cet argent.

Son œil flamba tout à coup.

— Ce serait curieux si vous deveniez comme moi, fit-il, si, vous aussi, vous gagniez de l'argent de cette manière.

Je pris mon chapeau et me dirigeai vers la porte. M. Pâris ne bougea pas. Il se tenait debout, une main sur la hanche, dans une attitude moqueuse. Trois minutes plus tard, j'étais dans la rue, ne sachant pas bien ce que M. Pâris avait voulu dire, ni pourquoi j'étais parti, mais le cœur me battait et je crois que je courus tout le long du chemin jusqu'à mon hôtel.

Le lendemain, je reçus une lettre dans laquelle mon ancien précepteur me demandait pardon de la manière la plus humble. Il me suppliait de le revoir et me fixait un rendez-vous pour le jour même en m'assurant qu'il ne me voulait que du bien et qu'il croyait pouvoir m'être utile. Je demeurai confondu de surprise et, je l'avoue, grisé d'orgueil. C'était la première fois de ma vie qu'un de mes aînés sollicitait une faveur de ma part, et je n'eus garde de la refuser.

Il faisait beau. Nous décidâmes de nous promener et bientôt nous longions le quai de la Seine qui fait face au Louvre. La douceur de l'air, les effluves de la nuit d'avril, le charme de ce paysage avec ses lumières qui tremblaient dans l'eau, tout cela agissait sur moi plus encore que la parole de mon compagnon. Je me sentais heureux sans raison précise. M. Pâris avait à cœur d'effacer la mauvaise impression de la veille et glissait dans ses propos des compliments adroits sur mon intelligence, sur l'étendue de mes lectures, et aussi sur ma mine. J'aurais eu ma place, selon lui, à la cour de Laurent le Magnifique, parmi les élèves des plus grands humanistes dont le savoir illustrait Florence. Il me voyait vêtu de rouge, avec une chaîne d'or sur la poitrine et les cheveux flottant sur les épaules. Oh! il m'en conta bien d'autres et je le quittai, au quai de Bercy, un peu las, mais enchanté de la bonne opinion qu'on avait de ma personne.

Le surlendemain, il plut à verse. M. Pâris m'attendait, l'air très soucieux, dans un petit café pauvre où, disait-il avec un clin d'œil qui n'expliquait rien, le patron le connaissait. Je commandai une bière et mon compagnon un *Pernod*. La bière, une fois de plus, me monta très vite à la tête et je fus pris bientôt d'une gaieté absurde qui me faisait rire de tout. M. Pâris, au contraire, buvait dans un profond silence et regardait d'un air hostile la pluie qui coulait sur les vitres. Une demi-heure passa. Nous étions les seuls clients et le patron nous observait du coin de l'œil, appuyé à l'embrasure d'une porte. C'était un grand homme chauve et blême qui agitait ses clefs au fond de sa poche. Je lui trouvai soudain quelque chose de si déplaisant que je proposai à M. Pâris d'aller ailleurs, mais il refusa d'un ton brusque. Tout à coup, il se pencha sur la table et appuya le front sur ses bras repliés comme pour dormir, mais il ne dormit pas, il se mit à pleurer doucement avec cette espèce d'obstination qu'on voit aux enfants malades.

À ce moment, le patron vint vers nous. J'étais tout à fait dégrisé et, si je l'avais pu, je crois que je me serais enfui, mais l'homme chauve mit les deux poings sur notre table d'une manière si menaçante que je demeurai immobile.

— Payez, dit-il.

Par bonheur, j'avais touché mon mois cinq jours auparavant. Je tirai donc d'une main tremblante une pièce de deux francs de mon porte-monnaie. C'était plus qu'il n'en fallait pour payer ma bière, mais le patron me fit un signe de tête pour désigner M. Pâris.

— Ça fera douze francs en tout avec le service, dit-il. Il a eu deux *Pernods* avant que vous n'arriviez.

Douze francs! Je répétai ce chiffre d'une voix étranglée et tendis à l'homme tout ce qu'il me restait : dix francs. Il me foudroya du regard, puis m'arracha cet argent des mains.

— Filez tous les deux! dit-il.

Et il se mit à nous injurier entre ses dents, mais aucun des termes dont il se servit ne m'était connu. Cependant, M. Pâris avait quitté son siège et se dirigeait vers la porte, mais d'un pas si mal assuré qu'il glissa sur le dallage et s'étendit à nos pieds de tout son long. Je l'aidai de mon mieux à se remettre debout en le prenant sous un bras et le traînai plutôt que je ne le conduisis jusque dans la rue. Il s'appuyait sur moi, marchant comme un homme qui n'aurait plus qu'un reste de vie dans les pieds.

Sous la première porte cochère que j'avisai, nous nous abritâmes et je relevai moi-même le collet de mon compagnon. Celui-ci bredouillait quelque chose en agitant la main devant lui par un geste vague et puéril. Soudain, le comique de la situation m'apparut avec force et je ris de tout mon cœur en secouant M. Pâris.

— Rappelez-moi le nom de votre rue, lui dis-je. Je l'ai oublié.

Mais il semblait que cette défaillance de mémoire déterminât chez lui un phénomène semblable, car il me répondit aussitôt :

— Moi aussi.

Nous ne pouvions rester là. Je me dirigeai sans grand espoir vers une longue avenue qui bordait un cimetière. La pluie crépitait dans les platanes sous lesquels nous avancions.

— Au moins, dis-je à M. Pâris, rappelez-vous le chemin. Sommes-nous loin de chez vous ?

Il dit alors d'une voix distincte :

— Je ne veux plus jamais revoir cette chambre.

L'impatience me saisit et je le menaçai de le laisser là, mais il me serra les mains et se remit à larmoyer :

— Si vous saviez... répétait-il.

Je le fis asseoir sur un banc.

— Tout à l'heure, dit-il, j'avais rendez-vous, oui, rendez-vous avec quelqu'un... un jeune homme d'une grande beauté... des yeux gris clair et un visage très brun... un cou...

Il porta les mains à sa gorge.

— Vous rappelez-vous, à Rome, dans la chapelle Sixtine... Qu'est-ce que je vous disais ?

— La chapelle Sixtine, continuez, lui dis-je, intéressé tout à coup.

— Oui, dans la chapelle Sixtine, à droite d'un prophète, il y a aussi un jeune homme qui a ce teint, ces yeux et ce cou… Voyez-vous ce que je veux dire ?

Si je le voyais ! Je le voyais tous les soirs, accroché au-dessus de mon lit, dans un mince cadre de bois blanc.

— Voilà, fit M. Pâris en se prenant la tête dans les mains.

— Comment, voilà ?

— J'avais donc rendez-vous avec ce jeune homme et… il n'est pas venu.

Je consultai ma montre.

— À quelle heure devait-il venir ?

— À dix heures, au café où… où nous étions.

— Mais vous aviez rendez-vous avec moi dans ce même café, à dix heures et demie !

Il tourna vers moi un regard trouble.

— Si vous croyez qu'on vous aurait attendu ! fit-il simplement.

Et il se mit à rire d'un rire qui me donna envie de le gifler, mais j'avalai mon dépit de mon mieux. Une idée folle se glissa dans ma tête.

— Comment s'appelle-t-il ? demandai-je.

— Je n'en sais rien. Il est allemand.

— Avez-vous son adresse ?

— Non.

Les mains à plat sur les genoux, la tête de plus en plus basse, comme s'il allait s'endormir, mon compagnon ne prenait pas garde aux gouttes d'eau qui roulaient sur sa nuque jusque dans son col. Je le considérai un instant avec un mélange de pitié et d'horreur. Cet air hébété, cette attitude de vieillard me paraissaient indignes. « Je l'admirais autrefois, pensai-je. Aujourd'hui ce n'est plus qu'un pauvre ivrogne. »

— Pâris ! lui criai-je en le secouant rudement par le bras.

Il leva la tête avec lenteur et dit :

— Monsieur Pâris.

— Essayez de vous rappeler au moins quels endroits il fréquente.

— Il fréquente… la rue, comme moi.

— Mais quelle rue ?

132

— Toutes les rues.

Et il esquissa du bras droit une sorte de moulinet qui fit voler son chapeau sur la chaussée. La colère bouillonnait dans mon cœur et avec elle un sentiment qui lui ressemblait et que j'éprouvai dans toute sa force pour la première fois : le désir.

Sans ajouter un mot, j'abandonnai M. Pâris sur son banc et me mis à courir tout droit devant moi.

Que cherchais-je ? Je n'eusse osé l'avouer à personne. Qui m'aurait cru si j'avais dit que je cherchais un jeune homme dont j'ignorais tout, sinon que ses yeux étaient gris clair et sa peau brune. Le plus extraordinaire fut que je retrouvai ce jeune homme. Je ne le retrouvai pas une fois, mais cent. D'année en année, je le croisai sans cesse sur mon chemin, plus jeune ou plus âgé, plus petit ou plus grand, allemand, suédois ou américain — ou français, mais le même toujours, parce que je ne cherchais que lui, avec son profil court, sa nuque large, sa démarche élastique et dansante. Ce qui manquait au pauvre M. Pâris, je l'avais à un degré incroyable : la chance, une chance fidèle, obstinée, provocante. J'en eus l'intuition la nuit même que je quittai M. Pâris sur son banc, car une heure ne s'était pas écoulée qu'on m'aborda aux alentours d'une gare pour me demander un renseignement banal. J'eus l'audace incompréhensible de répondre par un compliment qui fut accueilli avec une stupéfaction amusée. Mon interlocuteur arrivait de je ne sais plus quelle lointaine ville du Nord. Il me fit un sourire qui me souleva de bonheur. Je n'ai pas besoin de vous dire, en effet, que ce jeune homme était à mes yeux le plus séduisant qu'il m'eût été donné de voir, et j'eus par la suite quelque raison de croire qu'il ne m'en voulait pas de mon impertinence.

Alors commença pour moi une vie nouvelle, à la fois difficile et délicieuse, car le plaisir encourage un certain goût de luxe et d'indépendance, et j'étais pauvre, mais, d'autre part, le sort favorisait mes entreprises et j'essuyai fort peu d'échecs dans le domaine que je m'étais choisi. Il suffit de quelques semaines pour faire de moi une personne tout autre — je le croyais du

133

moins. Le temps donné à la lecture me semblait perdu et je me lamentais intérieurement sur les heures que je passais bien malgré moi dans l'arrière-boutique de M. Grondin, alors qu'il faisait beau et que, dans tels endroits que j'avais appris à connaître, le bonheur attendait. Mes rêves d'autrefois furent vite oubliés pour des réalités plus positives. Par une transformation soudaine, tout ce qui sommeillait en moi depuis des années s'éveilla. Je savais intuitivement où je trouverais ma proie et ce qu'il fallait faire pour ne pas la manquer. Sous une apparence innocente qui me permettait toutes les audaces, je cachais un instinct de ruse et de calcul et, dès qu'il s'agissait de mentir, une fertilité d'esprit en quelque sorte inépuisable venait à mon secours. Surtout, j'excellais à faire le naïf et à provoquer chez des inconnus le désir d'abuser de mon ignorance, de m'initier, s'il faut tout dire. Servi par une jolie figure et des manières copiées sur celles de M. Pâris, je m'insinuai dans la vie d'une infinité de jeunes gens dont certains s'attachaient à moi d'autant plus que je ne me vendais pas.

Il faudrait du temps et un talent que je n'ai pas pour vous donner une idée de ce que fut ma vie entre ma dix-huitième et ma trentième année. Il faudrait aussi que vous fussiez un homme et que je n'eusse pas le scrupule de vous respecter. Qu'il suffise de savoir que je me liai avec des garçons de toute espèce, bons et méchants, riches et pauvres, mais tous à peu près conformes à l'idéal physique qui s'était imposé à moi. Cette quête de la beauté me fut salutaire, en ce sens qu'elle me sauva du vice pur et simple et me garda de tomber dans une débauche où tout semble bon qui ne se refuse pas.

Je ne voudrais pas vous scandaliser, Hedwige. Mon propos n'est que de vous instruire et il est nécessaire pour cela que je vous apprenne ce que je pense de moi. L'écrit que vous tenez entre vos mains n'est pas une confession, car une confession suppose un remords et je n'éprouve aucun remords. Aujourd'hui, à l'âge de quarante ans, je n'ai envers mon destin qu'un sentiment voisin de la reconnaissance. La passion qui s'est ancrée en moi peut vous sembler bizarre et répugnante. À moi, elle paraît belle. Elle m'a enrichi plus que ne l'eussent fait les tranquilles amours de l'homme à femmes, elle a aiguisé mon intelligence et développé dans mon âme timide le goût du risque et de l'aventure. La réprobation de ce qu'on appelle les honnêtes gens a vite cessé d'être pour moi un épouvantail. J'ai appris à jouer au plus fin avec le plus fort, au plus léger avec le plus lourd. Résultat beaucoup plus important, j'ai détruit en moi toute estime pour un ennemi sans intérêt, je sais à présent ce que valent les défenseurs de la vertu : ils se recrutent pour la plupart dans la foule immense des adultères.

Cependant n'allons pas trop vite. M. Vasseur ne fut pas long à s'apercevoir qu'un changement s'opérait dans ma façon d'être et, me supposant une liaison avec une femme, risqua deux ou trois conseils d'une naïveté charmante. Je me gardai d'en sourire. La délicatesse et l'humanité de M. Vasseur m'attachaient à lui et forçaient mon respect. Pour rien au monde, je ne lui aurais dit à quoi j'occupais mes loisirs, diurnes et nocturnes. Mais quoi, il ne me demandait rien. Par acquit de conscience, il glissait çà et là de discrètes allusions aux « dangers de la capitale » et ne me quittait jamais sans me remettre un peu d'argent « pour faire le garçon ».

Les choses allaient de ce train depuis plus d'un an et M. Grondin lui-même m'accordait une olympienne bienveillance, car si je courais la nuit et le jour, j'étais malgré tout fidèle à mes heures de travail. Enfin il arriva un moment où je fus tenté au-dessus de mes forces. Le hasard mit sur mon chemin un Anglais qui se toqua de moi parce que je lui rappelais un portrait de je ne sais plus quel mauvais peintre de son pays. Je vis bien que j'avais affaire à un insensé, mais il était beau et je ne lui résistai pas. De plus, Hedwige, il était riche et m'offrit trop de choses dont je mourais d'envie pour ne pas me séduire tout à fait. Je crois qu'il avait à cœur de corrompre l'amusant petit étranger qui se laissait si facilement éblouir par des chemises de soie et des stylographes d'or.

Il n'eut pas de peine à me persuader que je gaspillais

ma belle jeunesse dans la boutique de M. Grondin et me pressa de tout planter là pour le suivre en Angleterre. Je n'hésitai que pour la forme. Les propositions de mon nouvel ami me grisaient à un tel point que je ne songeai même pas à laisser, en partant, un mot pour M. Vasseur. Trois jours plus tard, je vivais un rêve délicieux. J'avais une chambre dont les fenêtres donnaient sur une avenue de chênes où jouaient des écureuils... Mon séducteur était le propriétaire d'une vaste et vénérable demeure, vénérable par l'âge sinon par ce qui s'y passait, et il se montrait d'autant plus grand seigneur que son père devait sa fortune — j'appris ce détail un peu plus tard — à la fabrication de tout ce qui peut rendre une salle de bains confortable et vraiment moderne.

Pendant une semaine je menai une vie inimitable où les plaisirs le disputaient aux plaisirs. Malheureusement, mon hôte était d'une humeur capricieuse et il y eut un sinistre lundi matin où l'on m'apporta sur un plateau d'argent un indicateur de chemin de fer et une enveloppe contenant un billet de cinquante livres. Cet affront, je l'avalai comme je pus, et j'empochai l'argent. Oui, Hedwige, j'empochai l'argent.

De retour à Paris, je courus chez M. Vasseur. Il me gronda un peu, avec un sourire, ne me posa aucune question, ne s'étonna même pas de me voir si bien habillé et promit de me trouver une situation conforme à mes goûts. J'ai négligé de vous dire que, dans l'année qui venait de s'écouler, M. Vasseur s'était considérablement enrichi. Il habitait à présent une vieille maison sur le quai Voltaire et, assez malheureusement, il m'offrit une chambre à côté de la sienne. « Tu es artiste, me dit-il. Où trouveras-tu jamais une plus belle vue ? » Et il me montrait d'un geste le Louvre et le Pont-Royal comme pour m'en faire cadeau, mais, devant ma mine consternée, il éclata de rire et me laissa libre d'agir à ma guise. J'élus aussitôt domicile dans un petit hôtel où l'on ne surveillait guère les allées et venues.

Cependant il fallait que je travaille. Retourner chez M. Grondin, il ne pouvait en être question. Je passai une semaine à m'interroger sur ce que je voulais faire.

Ma soif de plaisir s'étanchait un peu et tout ce qu'il y avait de sérieux en moi reprenait, par moments, le dessus. J'aimais la peinture et les livres. À mes heures perdues, c'est-à-dire quand je ne courais pas, je m'amusais à dessiner. Un jour, j'allai trouver M. Vasseur et lui annonçai que je me destinais aux arts. Il ne leva pas les sourcils, ne m'interrogea pas, ne fit aucune objection; il dit simplement : «Je suppose qu'il te faudra une palette, des couleurs et tout le tremblement. C'est bien. Tu iras de ma part chez mon ami Grobard, le décorateur; il te donnera d'excellentes adresses.» Et il me remit un billet de banque.

Le lendemain, j'étais de retour. Une visite au Louvre m'avait découragé. Peut-être valait-il mieux essayer la littérature. M. Vasseur trouva cette idée intéressante. «Il y en a qui réussissent, dit-il. Personnellement, je n'y entends rien. Mais va donc de ma part chez Peudepièce qui vend du papier derrière Saint-Eustache. Il ne te volera pas.»

J'achetai quatre mains de papier écolier chez M. Peudepièce et, pour tracer les premiers mots du livre que je méditais, me rendis à la Mazarine. Je tenais en effet à commencer mon œuvre dans le plus beau décor possible et rien ne me plaisait comme ces murailles de livres et les hautes croisées qui regardaient couler la Seine. J'aimais aussi le silence de cette bibliothèque et le petit bruit tranquille des feuillets qu'une main studieuse tournait de temps en temps. Les coudes sur la table, et mon papier blanc étalé devant moi, je me recueillis avec le sentiment qu'une vie nouvelle s'ouvrait à cette minute. Puis je trempai ma plume dans l'encre et j'écrivis en haut de la page un mot en lettres moulées : *Le Malfaiteur*.

Ce n'était pas là ce que je pensais écrire, Hedwige. Je me proposais, en effet, de donner au monde un aperçu général sur la peinture depuis Apelle. Et ce titre bizarre était venu sous ma plume, je ne savais comment, ni d'où. Je dois pourtant à la vérité de dire que la serge verte qui recouvrait la longue table me rappelait le bureau de mon père et d'une façon plus précise la scène qui avait eu lieu dans cette pièce au sujet de mes promenades avec M. Pâris.

«Pourquoi, me dis-je alors, ne pas raconter l'histoire de M. Pâris? Quel roman! Le malfaiteur, ce sera lui.»

Cette idée m'enchanta. Je me promis d'envoyer le jour même un petit mot à M. Pâris que je n'avais pas revu depuis plus d'un an et qui me fournissait, à son insu, un si riche sujet. En attendant, il s'agissait de savoir quelle forme donner à mon livre. Serait-ce un roman à la première personne? Pourquoi pas? J'écrivis donc : «Je suis né en…»

À ce moment, d'une intonation secrète, mais distincte, une voix intérieure me dit : «Le malfaiteur c'est toi.»

Pendant un moment, je demeurai confondu. Que mes goûts fussent semblables à ceux de M. Pâris, je n'en doutais point, mais que, dans l'esprit de mon père, j'eusse sans doute fait figure de malfaiteur au même titre que M. Pâris, cette idée si simple et si logique ne m'était pas encore venue. J'avoue qu'elle ne me chagrina pas, j'y découvris même quelque chose d'exaltant, car, avec mon père, c'était la société entière qui me reniait et je me trouvais avoir contre moi l'armée des honnêtes gens. Plus tard j'ai souffert de cet état de choses, mais, ce matin-là, j'acceptai de grand cœur d'être persécuté toute ma vie pour l'amour du beau.

Je continuai donc la page commencée, mais au lieu d'écrire l'histoire de M. Pâris, je racontai la mienne et comme mon enfance m'ennuyait un peu, je sautai délibérément par-dessus pour aborder le sujet brûlant *in medias res*. Un esprit d'apostolat m'animait, je voulais être vrai, je voulais porter témoignage et prendre la défense de ceux qui n'osent pas parler. Il me semblait honorable de m'exposer aux insultes d'un lecteur que je supposais féroce et borné; pour cette raison, je fis fi de toute politesse et relatai crûment des aventures dont je tirai gloire. Plusieurs feuillets furent noircis de la sorte quand la même voix que tout à l'heure me posa la question suivante : «Pourquoi écris-tu ceci?» — «Pourquoi? Pour la gloire, pour être publié!» — «Tu porteras donc ce manuscrit à un éditeur, et sans faiblir tu lui diras : Voilà ma confession, imprimez-la ! Tu auras ce courage ? » — « Mais certainement. » — « Ce monsieur chauve et rassis ayant donc pris connaissance de ton ouvrage et levé les sourcils un certain nombre de fois te renverra ton livre avec un petit mot glacial, si tant est qu'il prenne la peine de l'écrire. Est-ce là ce que tu prévois ? » — « Pas du tout, fis-je alors en posant mon porte-plume. L'éditeur en question, sensible aux qualités exceptionnelles de cette œuvre, ordonne à ses imprimeurs de tout laisser pour ne s'occuper que de mon livre. » — « Bien. Ton livre ayant paru dans ces conditions presque miraculeuses, il affronte à présent les critiques. Bon. Les critiques ayant passé condamnation au nom de la morale, voici ton *Malfaiteur* déféré à un tribunal plus large et plus indécis, le public. Cette mère de famille vient de faire un peu légèrement l'achat de ton livre dans une gare ; elle s'installe dans un coin de son compartiment et coupe les pages du volume. Comme elle se rend à Castelnaudary avec son petit garçon de onze ans et qu'elle n'a absolument rien à faire qu'à surveiller son mioche, la voilà dans de bonnes dispositions pour te lire. Dès la page 2, tu lui parles de ton Suédois. »

— « Oui, oui. » — « Te souviens-tu exactement de ce que tu dis ? » — « Mais bien entendu. » — « Veux-tu que nous relisions ensemble cette page-là ? » — « C'est inutile. » — « À merveille. Il se trouve que cette dame a deux autres fils au collège. Elle croit d'abord n'avoir pas compris ce qu'elle a lu. » — « Elle n'est peut-être pas très intelligente. » — « Quoi qu'il en soit elle relit quelques lignes, ferme ton livre, puis ouvre la fenêtre, et malgré une interdiction formelle et bien connue, envoie ton *Malfaiteur* se promener sur le remblai. » — « Un livre qu'elle a payé trois francs ! Jamais. » — « Tu as raison. C'est une impulsive, mais à la seconde même où elle allait lâcher prise, elle a pensé à ses trois francs. Nous la voyons donc de nouveau en train de lire ta confession. » — « Y prendrait-elle goût ? » — « Pas tout à fait, mais elle vient de tomber sur le passage où il est question des bienfaits de M. Bernard Vasseur. Et elle se dit : "Bernard Vasseur, mais je ne connais que ça. Qui donc m'a parlé de lui ? Parbleu, c'est mon amie Violette. Elle était liée avec sa famille alors qu'elle habitait Lyon. Est-ce que par hasard…" Bref, elle n'est pas plus tôt chez elle que la voilà ficelant ton livre pour l'envoyer à Violette. » — « À mon tour. Violette est une Parisienne cultivée, jeune encore, plutôt jolie, curieuse, un peu sensuelle. Ce livre l'enchante. » — « J'allais le dire. Comme elle est aussi malicieuse, elle écrit : Tiens ! en face du nom de M. Bernard Vasseur, dans les pages du livre, et elle envoie le *Malfaiteur* à ton bienfaiteur. » — « Cette histoire me paraît peu probable. » — « Crois-tu pouvoir cacher à M. Vasseur que tu as écrit un livre ? » — « Je n'y songe pas. » — « M. Bernard Vasseur ouvre son courrier et voit ton nom sur la couverture de ce livre. "Ça, c'est un peu fort ! Quel cachottier que ce petit Jean ! Je lirai cela ce soir à mon retour du bureau." Le soir, il rentre, se souvient du livre au moment où il va se coucher et en commence la lecture au lit. Par hasard, il a ouvert ton livre à la page 6. As-tu présent à l'esprit ce dialogue avec un peintre danois aux alentours de la gare du Nord, par une nuit d'avril un peu tiède ? » — « Laisse-moi tranquille ! » — « Il n'est pas en mon pouvoir de te laisser tranquille que tu n'aies répondu à toutes mes questions. » — « Eh bien, oui. Je me souviens d'autant mieux de ce dialogue que je viens de l'écrire. » — « Veux-tu le relire en te figurant que tu es M. Bernard Vasseur, négociant ? » — « Sous aucun prétexte. » — « Aurais-tu peur ? » — « Question absurde. » — « Sois tout à fait sincère avec toi-même, puisqu'il ne s'agit que de toi-même. Te sens-tu l'envie de continuer ce livre ? » — « Peut-être pas aujourd'hui », fis-je en rassemblant mes papiers.

À ce moment, Hedwige, j'entendis le plus distinctement du monde une voix murmurer : « Encore un qui flanchera tôt ou tard. » Je ne fis pas un geste, mais le sang bourdonnait dans ma tête. « Oui, fit une autre voix au bout d'un instant. Il m'en a tout l'air. »

Cette fois je me levai, et si brusquement que mes voisins en tressaillirent. Je vis alors, à quelques pas de mon fauteuil, deux employés de la bibliothèque qui se parlaient à mi-voix devant une vitrine entrouverte. L'un d'eux montrait du doigt le tasseau qui soutenait l'extrémité d'un des rayons. Je sortis d'un pas rapide et, rentré chez moi, déchirai mon manuscrit.

Ainsi se termina ma carrière d'écrivain. J'éprouvais d'une façon pénible le sentiment de mon insuffisance, je craignais qu'un jour l'audace ne me manquât d'affronter des milliers d'inconnus avec cet aveu sur les lèvres. Cet échec, ce renoncement à moi-même marqua l'origine de ma déchéance. Je fus obligé de convenir que j'avais honte de ce que j'étais, car s'il ne m'en coûtait pas de faire le fanfaron avec des gens qui partageaient mes goûts, je bravais difficilement le mépris et la malveillance des hommes prétendus normaux. Comme beaucoup de garçons élevés selon les idées bourgeoises, je retrouvais en moi le désir de sauvegarder ces trompeuses apparences, si chères à la bonne société, le souci de ne pas contrevenir aux lois, le regret indéracinable de n'être pas comme tout le monde, et par-dessus tout une crainte mystérieuse et profonde du scandale.

Dans un pays plus indulgent que le nôtre, mon caractère n'eût pas gauchi comme il l'a fait. Je ne me serais pas laissé prendre dans l'engrenage d'un mensonge compliqué, j'aurais gardé l'estime de moi-même que l'habitude de dissimuler m'a fait perdre ; car on ne peut demander à un homme de jouer un personnage durant toute une partie de sa vie, si l'on veut qu'il reste sincère. C'est là le plus dur châtiment de l'individu qu'un penchant sexuel met au ban de la société ; il en est réduit à feindre ou à faire un éclat, et si le cœur lui manque de se déclarer, il est injustement contraint à vivre en hypocrite. Mais je ne veux pas reprendre à mon compte ce stérile débat. L'homme comme moi perdra toujours son procès contre la société, quelque brillante que soit sa défense. C'est en vain qu'il retrouvera dans des coteries les personnes bavardes et insouciantes qu'une sorte de complicité l'oblige à voir, il sentira toujours qu'il est l'exception et moralement seul au sein d'une humanité hostile.

Hedwige, il m'est arrivé bien des fois d'éprouver ce que je viens de vous dire. Des années après la guerre, je me trouvais sur une place de Scandinavie, par une

141

chaude journée de juin. J'étais assis sur un banc. À mes pieds mêmes, des jeunes gens étendus sommeillaient dans la lumière triomphante, presque tous immobiles dans le voluptueux engourdissement de midi. J'en comptai vingt dont la beauté me parut sans défaut ; la vigueur unie à la grâce n'offrait rien de plus achevé et, si vous voulez bien prendre ce mot dans son acception païenne, de plus divin. Une Grèce idéale revivait sous mes yeux. Mais les mots ne disent rien de ce qu'on voudrait leur faire dire. Vous à qui ces choses demeurent malgré tout étrangères, comment vous ferais-je comprendre l'enivrement que peut produire le spectacle d'un beau visage ? Amoureuse, c'est-à-dire envoûtée par un seul homme, comment sentiriez-vous la force d'un désir multiple, innombrable ? Je savais pourtant que ce désir n'était pas tout à fait vain et que ma faim s'apaiserait bientôt, mais dans ces minutes où je goûtais par avance le bonheur à venir, quelque chose se glissa, ce quelque chose d'amer dont parle Lucrèce et qui empoisonne la joie de tout homme capable de réfléchir. Tout à coup je fus triste, triste de porter en moi des désirs de jeune homme alors que mon corps vieillissait, triste de mon visage enlaidi par le plaisir, triste surtout de ma grande solitude. Oui, j'étais seul. Pas un de ces garçons qui n'eût choisi sa place près d'une femme avec qui je les entendais échanger à mi-voix des propos accompagnés de sourires. Qu'importait que par besoin d'un peu d'argent, par caprice, ou par simple gentillesse, l'un d'entre eux prêtât son corps, sa jeunesse, sa fraîcheur au monsieur étranger qui le regardait avec tant d'insistance ? Cela ne diminuait en rien l'espace qui me séparait de ces inconnus et ils se moquaient de moi, sans doute, dans leur langue que je comprenais mal. Je demeurais à leurs yeux la personne inavouable qui rôde autour de la chair fraîche et promène ses louches désirs dans les endroits où les garçons se déshabillent. Que vous parlais-je de la Grèce, tout à l'heure ! Elle était loin, la Grèce et son humanité !

« Pourquoi, me demandai-je, la nature nous a-t-elle voulus ainsi, nous autres ? En nous gratifiant d'instincts semblables à ceux du plus grand nombre, elle nous eût épargné bien des souffrances ; par exemple, elle eût fait de moi ce que je ne suis point, un animal sociable, apte au bonheur facile de son milieu. Mais la nature se conduit parfois en anarchiste. Ne dirait-on pas qu'elle choisit certains individus afin de les pousser à la révolte ? Non point contre elle, comme on l'a dit, mais contre les mœurs, ce qui est tout autre chose. »

Eh bien, tant pis, ma bonne Hedwige, et peut-être tant mieux ! Si la vie nous est plus dure et le bonheur plus malaisé qu'à d'autres, les difficultés nous servent malgré tout. Pour ma part, vers ma dix-huitième année, j'acceptai à ma honte le compromis le plus facile, celui de me taire quand parler me semblait dangereux et de laisser croire ce qu'elles voudraient aux personnes dites bien-pensantes. Ma famille et les amis de ma famille me prenaient pour quelqu'un de sage et d'un peu terne ; je passais à leurs yeux pour un bon jeune homme. « À quoi sert de les heurter, me disais-je, en les instruisant de ce qu'ils ne veulent point savoir ? Mes habitudes ne les gênent pas. Ce qu'on appelle des histoires de femmes les inquiéteraient bien plus. Et puis je les ferais souffrir en leur avouant ce qu'ils considéreraient comme une tare. Laissons-les dormir et digérer en paix ! Surtout, ne nous affichons pas. »

S'afficher ! Rien ne me choquait plus chez les hommes de mon espèce que cette manière d'informer le public de leurs goûts en se montrant avec des garçons trop beaux et trop bien habillés. On ne me voyait nulle part. Je ne désirais pas faire parade de mes conquêtes aux regards de personnes que cela pouvait scandaliser, et quand même j'aurais éprouvé le besoin de cette satisfaction vulgaire, ma pauvreté me l'eût interdite. M. Vasseur, en effet, me tenait plus court depuis qu'il s'était aperçu que je ne me décidais ni pour un métier ni pour un autre. « Songe à l'avenir, me disait-il. »

Sur ces entrefaites, la guerre éclata et je m'engageai. L'idée ne m'effleura pas que peut-être je n'en reviendrais jamais et je me battis ni mieux ni moins bien que tout le monde. Mais ne craignez pas que je vous ennuie plus longtemps, Hedwige. Je vous ai parlé de ma jeunesse pour vous faire comprendre ce que je suis devenu. À mon retour du front et guéri d'une petite blessure qui m'épargna sans doute d'être tué, je ne songeais qu'à rattraper de mon mieux ces quatre années d'abstinence. Sans doute cet aveu vous paraîtra cynique et vous en éprouverez, je pense, un vertueux dégoût, mais on s'expose à de telles aventures quand on jette les yeux sur un manuscrit défendu.

Avoir vingt-deux ans à l'armistice et le penchant que vous savez c'était une chance dont je profitai sans scrupule, l'époque étant on ne peut plus favorable aux plaisirs que je recherchais. Pendant plusieurs mois, en effet, il sembla que la police nous eût oubliés ou, par un incroyable caprice, nous accordât toute licence. Paris n'était pas encore la ville austère d'aujourd'hui ; il y régnait une insouciance délicieuse dont on a presque perdu le souvenir. Ajoutez à cela le plus étonnant mélange de races qu'on ait vu dans la capitale depuis 1815, des soldats de tous pays, avides de distractions, une indulgence à peu près générale, une façon de tout prendre gaiement, comme dans une fête où tout est permis parce que cela ne peut pas durer, comment n'aurais-je pas abusé de ces choses, moi, à qui la guerre avait volé quatre ans de ma jeunesse ? Je fus heureux, mais heureux d'une manière éhontée, avec cette énorme gourmandise de mon âge et le souci constant d'exténuer mes désirs.

Enfin quand le dernier corps expéditionnaire eut quitté la France et que la fringale de bonheur fut quelque peu assouvie dans le monde, je me retrouvai un peu éberlué en présence d'un M. Vasseur qui me disait comme autrefois : « Il faudrait pourtant songer à l'avenir », et me glissait un chèque dans la main. Je pris rapidement l'habitude de recevoir ce chèque et M. Vasseur, presque aussi vite, l'habitude de me le donner. Il arriva même un jour où, par délicatesse, M. Vasseur cessa de me parler de l'avenir, car il m'avait jugé. Il savait que je ne ferais jamais rien. Avec le sûr coup d'œil de l'homme d'affaires, il avait reconnu dans mes attitudes, dans mon regard et dans mes propos, l'exquise sensibilité du raté. Mais il m'aimait. Je crois qu'il voyait en moi un autre Don Juan et qu'au fond, secrètement, il m'enviait mes excès. Quelle stupéfaction c'eût été s'il avait pu savoir que jamais dans ma vie je ne m'étais approché d'une femme! Je lui laissai le soin de se figurer les choses comme il lui plaisait.

Mais je commence à prendre en horreur ce récit qui parle de tout ce que j'ai perdu et me fait voir ma vie sous un jour si faux. Car je n'étais pas tout entier un homme de plaisir. Avec le temps, les premières rides, les insuccès multipliés, la vanité de mon existence m'apparaissait peu à peu; il y avait un arrière-goût amer à ma débauche. J'en arrivais à cette constatation décevante qu'entre toutes mes aventures n'existait aucune différence profonde. Sous des costumes inter-changeables, je retrouvais toujours le même corps et les mêmes émotions. Hedwige, les premiers baisers sont les seuls qui soient purs de toute tristesse, ceux qu'on donne par la suite ont déjà la saveur de l'ennui, et l'amour charnel finit par ressembler à un excellent livre qu'on a lu trop souvent.

Que de fois je fus tenté de le refermer à jamais, ce livre insipide! Mais une libération de ce genre ne nous est pas souvent permise. Pourquoi? Parce qu'aux diffi-ciles comme moi la recherche de la beauté offre de si grands déboires qu'une heureuse rencontre a quelque chose de presque miraculeux. Je suis tenu en haleine par l'extrême rareté de l'aventure parfaite. Quel prix n'accordera pas à un verre d'eau fraîche l'homme qui meurt de soif dans le désert? Pourtant ce n'est que de l'eau, dira-t-on. Mais renoncer à la chair quand la chair nous est offerte de tous côtés, quand l'instinct génésique devient l'objet d'une publicité obsédante et que la rue, la scène, les journaux et les livres ne vous permettent pas d'oublier que la femme est ce qu'il y a de plus désirable au monde, ah, quelle satisfaction ce doit être de dire un adieu définitif à l'humiliant délire où nous jettent les sens!

Je sais bien que je me contredis, car tout à l'heure je me plaignais d'un éternel *déjà vu*, et maintenant je tiens le langage d'un homme que la privation fait souf-frir. La nature humaine a parfois d'inexplicables bizarreries ; je désire âprement ce qu'au fond je ne désire plus. Le corps a pris l'habitude d'un plaisir que quelque chose en moi déteste ; mais laissons cela.

N'attendez pas de moi que je vous dise comment s'écoulèrent les années qui suivirent ; il me semble que j'en serais incapable. Les noms, les dates se brouillent dans ma tête et je n'ai pas tenu le registre de mes aventures. Une rencontre en amenait une autre. Pour me créer à moi-même l'illusion du nouveau, je m'étais mis à voyager dans ces pays du Nord vers lesquels m'emportaient mes rêves. Arriver à la chute du jour dans un village de bois, alors que, blotti au fond d'un traîneau qui glisse sur la neige, on écoute le frémissement des grelots et que dans le ciel pur et glacial brille l'étoile du soir, vous dont le nom a la blancheur mystérieuse de l'hiver, Hedwige, ce bonheur d'enfant vous est-il sensible ? Peut-être ; je me crois plus près de vous depuis que je vous sais amoureuse.

Les retours étaient pénibles. Par l'effet d'une crainte grandissante, je me sentais chaque fois plus vieux et plus marqué. Vis-à-vis de M. Vasseur, ma situation devenait trop gauche pour pouvoir durer, et pourtant elle dure encore. En vain, je parlais à cet excellent homme d'un ouvrage d'art que je méditais d'écrire et qui exigeait des recherches dans les grandes collections d'Europe, malgré tous ses efforts, il n'était pas dupe : « L'essentiel, me dit-il un jour, c'est que tu aies une vie intéressante. » Enfin il décida malgré l'opposition de sa fille que j'occuperais définitivement une chambre dans la maison. Ulrique et moi, nous nous détestâmes dès la première heure. Ce fut quelque chose de comparable à ce qu'on nomme le coup de foudre. Tout m'exaspérait chez cette femme trop belle, ses façons dédaigneuses, son adoration d'elle-même, jusqu'à son nom que j'aimais avant de la connaître, à cause du choc barbare de ses consonnes et de son éclat septentrional, mais que j'appris à haïr par la faute de ce qu'il désigne à présent, ce regard morne, ce corps délicat et traître, cette voix qui se brise avec d'exquises lassitudes au milieu d'une phrase. Pourtant, elle a fini par devenir son nom, elle

146

en a fait quelque chose qui est elle-même, le hennissement d'une cavale en rut.

Vous savez, bien entendu, qu'elle s'appelle Jeanne et que, pour paraître singulière, elle a posé sur son front ravissant et stupide cet ornement qu'elle a volé à une reine du Nord enveloppée d'hermine dans son traîneau de givre. Je voudrais toutefois vous dire du bien d'Ulrique car, elle et moi, nous sommes semblables. Nous partageons les mêmes dégoûts, nous rêvons, sans qu'elle le sache, au même visage lisse et pur, nous recherchons l'un et l'autre une espèce de beauté violente, à la fois chaste et voluptueuse, que nos régions ne connaissent pas. Avec cette admirable impudeur qui est chez elle une forme de mépris, et d'une voix qui couvrait le murmure de tout un salon, elle confiait un jour à plusieurs mères de famille dont la lourdeur et l'innocence les apparentaient à des génisses, que l'idéal d'une femme difficile et intelligente est une brute, et, ajoutait-elle, pour parfaire le scandale, une brute à la peau de satin.

Horrible et délicieuse Ulrique ! Elle est brave, alors qu'avec les années je deviens prudent ; malgré quoi, je me reconnais tout en elle. J'aime sa hauteur, sa façon de mourir de soif plutôt que de boire d'une eau corrompue, son avidité froide et cette espèce de glacial délire qu'elle nourrit en elle. Ne croyez pas qu'elle me plaise. Je la fuis, vous le savez, et ne la vois jamais que le désir de la frapper ne m'agite, mais enfin nous nous accordons dans le plus intérieur du cœur.

Environ l'époque où nous allâmes tous habiter, à Lyon, ce magnifique hôtel que Mme Vasseur jugeait seul digne de sa fille, Ulrique se mit en tête de m'observer comme on observe, par ennui, un animal un peu répugnant. Elle ne fut pas longue à deviner mes goûts et, loin de me condamner, fit, moralement, un pas dans ma direction. Moralement aussi, je gardai une immobilité absolue et feignis de ne point voir le demi-sourire de complicité dont elle me gratifia, un jour que sa mère parlait ingénument d'un joli danseur polonais. Ulrique m'en voulut plus que vous ne sauriez le croire, ma bonne Hedwige, mais elle dédaigna de me trahir.

Depuis ma vie s'écoule comme elle peut. Je ne suis pas plus malheureux ici que je ne l'eusse été à Paris, car la province n'est pas plus vertueuse que la capitale ; elle est plus discrète, voilà tout. Ma mère mourut peu de temps après que je fus revenu dans ma ville natale. Jusqu'au bout, elle me vit tel qu'elle voulait me voir. Je l'accompagnai à la messe, en effet, et l'entretins fidèlement dans le pieux mensonge qui la faisait vivre, car de savoir qu'elle avait donné le jour à un *monstre* eût certainement abrégé sa vie. Pensez de ma conduite ce qu'il vous plaira ; votre morale n'est pas la mienne. Enfin, si vous êtes curieuse d'apprendre le sort de M. Pâris, sachez qu'il a été renversé par une voiture, dans une rue de la capitale, alors que vraisemblablement son attention était distraite par quelque beau visage, et qu'il est mort deux jours plus tard en juin de l'année 1914, dans un profond étonnement. Telle est la justice du Ciel. Les bonnes personnes qui m'ont instruit de cette nouvelle n'ont pas manqué de dire qu'il avait eu une fin exemplaire. Elles ignoraient tout du personnage et ne se souvenaient plus que de sa voix caressante et de son regard liquide. Paix à son âme !

Chère Hedwige, voilà plusieurs semaines que j'ai laissé dans son tiroir ce manuscrit que je n'avais pas le courage de finir. Sans doute devrais-je vous le remettre dans l'état où il est ce soir, et n'y rien ajouter qui puisse vous faire mal, mais il faut que vous sachiez la vérité entière.

J'ai relu ces pages, elles m'ont désespéré. Que mes fanfaronnades ne vous égarent pas. La volupté dissimule parfois ce qu'il y a de triste et d'amer dans la vie, mais il faut une âme plus innocente que la mienne pour se laisser prendre à ces duperies. Au fond de tout il y a la mort ; elle est dans le rayon de soleil qui nous chauffe et dans chaque battement de notre cœur. Composons donc avec elle et détachons-nous peu à peu de ce qu'elle exigera bientôt. Voilà ce que je me dis depuis quelque temps à mes heures de découragement, mais je ne me tiens pas toujours le même langage.

Je ne vous ai point parlé du livre que j'écris, de crainte que vous n'en souriiez, comme cela est arrivé à Mme Vasseur. Et puis, je ne suis pas sûr que vous compreniez. *Grosso modo*, je me suis proposé d'étudier l'iconographie de saint Sébastien à travers les siècles. Quoique de très anciennes peintures nous le montrent barbu, vous n'ignorez pas qu'il était fort beau et que, grâce à un de ces tours d'adresse dont l'Église est coutumière, il a supplanté Apollon lui-même dans la religion du menu peuple. Aussi nous apparaît-il, en général, sous les traits d'un jeune homme aimable et voluptueux, non d'un martyr à la mine ascétique. C'est le dieu ressuscité sur les autels chrétiens ; aux premiers temps de l'Église, l'amant d'Hyacinthe et de Daphné a donc reçu les prières naïves que les petites gens adressaient à leur Apollon local ; il ne reçoit plus aujourd'hui que l'hommage silencieux de quelques solitaires férus de bonne peinture.

Vous seriez bien étonnée si je vous mettais sous les yeux la liste de toutes les toiles qui représentent le martyre du jeune officier de Narbonne. J'en ai compté près de mille. L'immense popularité de ce sujet ne s'explique guère si l'on n'admet qu'il exprime quelque chose de plus profond qu'une pitié convenue ou qu'une admiration calme et raisonnable de la beauté masculine. Entre les évêques chamarrés comme des idoles et les Apôtres lourdement drapés, que ce jeune homme nu a une grâce étrange ! Je ne vous parle pas de l'athlète supplicié de Mantegna qui rit de douleur sous la morsure du fer, ni du saint neurasthénique de Crivelli dont le corps de séminariste n'a jamais connu la joie, mais bien du garçon au visage arrondi, aux membres délicats comme ceux de Dionysos, portant avec modestie une petite flèche piquée dans son flanc brun. Les mains liées, l'air parfois triste et parfois sournois, il est l'image de cet amour indéracinable que l'Église chrétienne a voulu faire disparaître.

Quelle que soit la valeur de cet ouvrage, je puis dire qu'il m'a permis de vivre sans trop souffrir pendant près de dix années ; voyez-vous, Hedwige, j'ai méconnu ma vraie nature : je suis un homme d'étude fourvoyé dans le plaisir. Au fond de moi, il y aura toujours la nostalgie d'une cellule blanche où le bruit du monde n'arrive pas et d'où la tentation est absente. En travaillant, il me semble que je rétablis un mystérieux équilibre entre le vrai et le faux. Je ne veux pas que le temps qui me reste soit dévoré par de médiocres aventures, de sinistres rencontres dans des hôtels louches.

Mais abordons la partie la plus importante de cette confession, la dernière. Quelques années après que vous êtes venue vous installer ici — j'allais dire chez nous — le hasard mit sur mon chemin une personne dont vous penserez avec moi qu'elle était intéressante et dont je vous ferai le portrait tout à l'heure. Sachez pour le moment que l'homme en question était plus jeune que moi de vingt ans et qu'il paraissait réunir à lui seul toutes les qualités que je pouvais souhaiter. Beau, cela va sans dire, mais d'une beauté voisine de la laideur, laid même, si vous voulez, irrésistible. Avec cela cynique et brave, déchirant tout du rire le plus cruel que j'aie jamais entendu. Je ne le vis pas plus tôt que je me pris pour lui d'une passion absurde, absurde à cause de cette différence d'âge qui existait entre nous. Il représentait à mes yeux ce que j'aurais voulu être moi-même, et comparée à la sienne ma jeunesse me parut terne et ennuyeuse. Près de lui, je me faisais l'effet d'un homme du siècle passé ; j'admirais en lui le présent. Son absence absolue de tout scrupule m'effrayait et me ravissait à la fois. J'osai, un jour, le lui dire et, cédant à une faiblesse dont je rougis encore, j'avouai mon ridicule amour.

Il n'est pas nécessaire que je vous dise avec quelle gaieté méprisante il accueillit ce qu'il appelait mes propositions. Feignant de croire que je plaisantais, il me donna à entendre que certains mots sur mes lèvres n'étaient plus supportables. Sans doute avait-il raison, mais j'aurais dû le punir de son effronterie, au lieu de quoi je laissai éclater mon chagrin. L'âge me rendait maladroit. Je dis tout ce que je ne devais pas dire. Je me lamentai sur la cruauté de la jeunesse, oublieux de ma conduite inhumaine avec M. Pâris, et tant d'autres ; j'essayai de raisonner avec ce jeune intraitable, enfin perdant la tête à l'idée que je n'allais plus le revoir, car il faisait mine de partir, je lui offris une somme d'argent que je ne possédais pas.

À ma grande surprise il accepta sans la moindre hésitation, et avec un manque de pudeur ou d'hypocrisie qui me coupa la parole. Le soir même, j'allais prier M. Vasseur de m'avancer les quelques billets dont j'avais besoin ; il ne me demanda aucune explication et me donna le double de la somme que je venais de nommer.

Alors commença la période la plus douloureuse de ma vie. J'en venais à faire mon bonheur d'une parole insignifiante prononcée sur un ton moins dur qu'à l'ordinaire, je mendiais un regard où il y eût autre chose qu'un calcul, je voulais que cet homme dont j'achetais la complaisance me mentît. Dans le fond de son cœur, il n'avait pour moi que de la haine et moi-même je le méprisais, mais je retrouvais près de lui quelque chose de ma jeunesse. Il arrivait même que nous riions.

Ne soyez pas trop étonnée d'apprendre que ce Philippe venait d'une excellente famille de notre région ; ses parents n'étaient ni pauvres ni avares, mais ses demandes d'argent dépassaient de beaucoup les limites de leur générosité, et il permettait à certaines connaissances de subvenir à ses besoins.

Au bout de quelques mois, j'éprouvai un si violent dégoût de moi-même que le désir me vint de bouleverser ma vie, mais à quel dieu m'adresser pour accomplir ce miracle ? Je ne croyais plus du tout, j'avais tué en moi le seul libérateur possible. Avec un peu plus de courage, peut-être me serais-je jeté à l'eau. Surtout je redoutais la solitude de ma chambre, la longue insomnie peuplée de désirs. J'essayai de réciter des prières, mais prier dans le vide, quoi de plus démoralisant ? Il me semblait que par un strict retour j'éprouvais tout le désespoir de M. Pâris. Lui aussi tremblait de rentrer chez lui, mais je ne savais alors ce qu'il voulait dire.

Le début de l'hiver dernier marqua pour moi une recrudescence de toutes mes difficultés, car n'ayant pas d'argent, et n'osant plus en demander à M. Vasseur, je voyais s'éloigner de moi celui que, par un sinistre enchantement, je croyais être ma raison de vivre. En même temps, je sentais grandir en moi une résistance mystérieuse à mes propres désirs. Je ne voulais plus ce que voulait mon corps ; entre lui et moi s'opérait une espèce de divorce. Autrefois, la passion m'engloutissait tout entier, mêlant le physique à ce que, faute d'un terme moins vague, j'appellerai le spirituel, mais, peu à peu, la personne la plus intérieure qui vit au fond de nous se retirait des aventures qui n'intéressaient que mon corps. Je m'entendais parler et me voyais agir sans vraiment prendre part à ma vie charnelle. Ce dédoublement n'allait pas sans douleur. D'une part, en effet, une sorte d'automate continuait à faire les gestes et à dire les paroles que l'habitude lui avait appris, de l'autre un spectateur impuissant assistait malgré lui à de tristes ébats qui n'étaient plus que la caricature du bonheur.

Cependant mes désirs s'exaspéraient. Ce que Philippe ne me donnait pas, je le cherchais ailleurs, je le cherchais dans les rues. Depuis la chute du jour jusqu'à l'aube j'errais le long du fleuve et dans les alentours de la gare. Tout ce qu'il y a de suspect dans notre ville me connaissait. Des voyous à casquette sifflotaient entre leurs dents à mon approche et me parlaient avec une familiarité insolente, au coin des boulevards déserts. Ils savaient trop bien quelle frayeur ils m'inspiraient et cherchaient par tous les moyens à découvrir mon domicile. La prudence la plus élémentaire me commandait de ne pas les voir, mais j'étais faible. Ajoutez à cela que je n'ai jamais pu me faire d'amis parmi les gens de ma classe. L'intellectuel me fait horreur. J'aimais mieux, cent fois, la conversation grossière des rôdeurs et leur gaieté cynique que le prétentieux bavardage des demi-lettrés qui peuplent les salons.

Aux yeux de mes compagnons nocturnes, je passais pour un employé de commerce dont les vices mangent le petit avoir. Je me vêtais exprès le plus pauvrement possible. Aussi ne me faisait-on jamais que d'insignifiantes demandes d'argent, mais on essayait, d'autre part, de se servir de moi, de m'attirer peu à peu dans de dangereuses aventures. Des enfants que je ne connaissais pas m'abordaient effrontément. Plusieurs fois, je

Phillipe - Gaston

fus suivi jusque dans mon quartier et peu de semaines se passèrent avant qu'on ne se mît à me soupçonner de mensonge.

Toutefois mes allées et venues trop fréquentes n'intéressaient pas seulement les mauvais garçons de la ville. On ne refait pas cent nuits de suite la même promenade dans des rues mal famées sans attirer sur soi les regards de la police. Deux hommes, en particulier, feignaient de ne pas me voir et se retrouvaient sur mon passage avec une sorte d'obstination qui finit par m'ôter le sommeil. Épais et trapu, large d'épaules, gourmé dans un pardessus trop étroit, le premier affectait toutes les attitudes du militaire en civil et me donnait l'impression qu'il sortait de terre, au coin d'une rue ou près d'un arbre. Si je passais devant lui, il regardait au loin et demeurait parfaitement immobile. Malgré tous mes efforts, je ne parvenais pas à l'éviter ; j'avais beau varier mes heures et mon itinéraire : il était presque toujours là. Le second m'inquiétait beaucoup plus cependant. C'était un grand jeune homme aux yeux noirs, à la taille élégante et somme toute assez beau. Ses vêtements trahissaient une certaine recherche qui pouvait le faire prendre pour un fils de famille. Il marchait à grands pas, le chapeau sur l'oreille, l'air beaucoup trop avantageux pour que cela parût naturel ; je veux dire qu'il faisait penser à un acteur dont la *composition* n'est pas au point.

Une nuit, il s'approcha de moi dans une rue où passait encore du monde et me sourit d'une façon engageante. Par instinct je me méfiai et feignis de chercher derrière moi la personne à qui s'adressait ce sourire. Quand je me retournai, le jeune homme avait disparu, et cinq jours s'écoulèrent sans qu'il se montrât sur mon chemin, mais je ne perdais rien pour attendre car, le soir du sixième jour, il m'aborda dans la même rue et, d'une voix destinée à retenir l'attention des passants, affirma qu'il me connaissait bien, que je ne manquais pas une occasion de le «dévisager» et qu'il se demandait ce que je pouvais bien avoir à lui dire. Je lui répondis poliment qu'il faisait erreur et qu'il me prenait pour quelqu'un d'autre. Ayant dit ces mots, je m'éloignai sans hâte et tirai mon mouchoir de ma poche pour me moucher, ce que je fis avec le calme et la désinvolture d'une âme parfaitement innocente. Mais, de retour dans ma chambre, Hedwige, quel effondrement! Je tremblais comme un homme pris de fièvre et de grosses larmes de frayeur coulaient sur mes joues brûlantes. «Voilà, me dis-je, à quoi tu t'exposes. Cet homme cherchait en provoquant ta colère à te faire dire une parole dangereuse. Mais ce n'est pas par hasard qu'il t'a abordé. Il sait à quoi s'en tenir sur ton compte.» Et la phrase de M. Boron me revint à l'esprit: «Tu finiras en correctionnelle!»

Sous le coup de cette émotion, je résolus de ne plus sortir après dîner pendant tout un mois. Était-il si difficile de rester chez soi avec un livre? Je fis appel à tout ce qu'il y avait en moi de sérieux et de raisonnable. J'imaginai les vieux jours qui m'attendaient si je ne parvenais pas dès maintenant à remonter la pente de mes vices. Quel autre nom voulez-vous que je donne à des habitudes que la jeunesse n'excusait plus? Dans vingt ans, dans dix ans, mon cas serait lamentable. Avec des cheveux tout blancs et des joues ravinées, j'en serais encore à mendier les faveurs de jeunes voyous qui se moqueraient de moi. Je serais le triste vieux monsieur à qui le commissaire de police fait des remontrances avant de le déférer à un juge goguenard. Car l'idée fixe de l'arrestation grandissait en moi. Il me semblait inévitable qu'un jour ou l'autre un des deux policiers dont je vous ai parlé me prît en flagrant délit. Je le redoutais. À voir la manière dont j'agissais, on eût dit que je le voulais.

Pendant cinq jours, je trouvai en moi le courage de ne pas quitter ma chambre après le coucher du soleil. J'écrivis un chapitre de mon essai sur saint Sébastien et relus un ouvrage sur les origines de l'école de Parme. Ce travail me fit du bien. J'entrevis le salut possible dans la discipline et l'application; il ne s'agissait pas, vous le pensez bien, de sauver une âme à laquelle je ne croyais plus comme jadis, mais de préserver du malheur les années qui me restaient à vivre. Or il arriva ceci, qui montre bien la rigueur avec laquelle notre destin s'accomplit, c'est qu'en changeant l'heure de ma promenade je ne fis que multiplier mes difficultés. Autrefois, en effet, je ne sortais que de nuit et bien des gens ignoraient ma physionomie qui se montrèrent curieux de me voir, à présent que je fréquentais le cours aux mêmes heures que tout le monde. Je m'aperçus avec horreur que j'avais ma légende et qu'on me désignait, du menton ou du coin de l'œil selon la méthode provinciale. Et ce silence sur mon passage, cet arrêt subit dans les conversations! Comment avait-on su? Comment, hélas! n'aurait-on pas su? J'étais étourdi, naïf, téméraire. Pouvais-je croire que les cent et quelques jeunes gens à qui j'avais parlé, et malheureusement écrit, garderaient le silence sur nos relations?

Alors, pensais-je, à quoi bon me débattre? Si j'ai à ce point embrouillé les fils de ma vie que toute chance de bonheur m'est interdite, je ne vois plus la nécessité de traîner sur cette terre une existence inutile. Sans doute, la foi me tirerait d'affaire, mais je n'ai plus la foi. Je n'ai pas non plus de métier qui me permette de croire que la société a besoin de mes services et le monde des lettres se porte très bien sans avoir jamais entendu parler de moi. Il ne me plaît pas d'être ce que Vinci appelait un appareil digestif. J'aime mieux m'en aller avant qu'il ne soit trop tard, avant qu'un scandale ne vienne troubler la vie de M. Vasseur.

Mais je ne me tenais pas tous les jours des propos aussi raisonnables. Ma résolution de ne plus me montrer la nuit dura peu et une semaine ne s'était pas écoulée qu'on me vit à nouveau dans les environs de la gare centrale, puis rôdant comme un miséreux dans la salle d'attente. Là, je choisis une place qui me semblait favorable et, feignant de somnoler, mais le regard attentif entre mes cils, j'observai un jeune ouvrier à demi étendu sur un banc voisin et la tête inclinée sur l'épaule. Il dormait, selon toute apparence, et dans une attitude qui l'embellissait à mes yeux. De temps en temps, un employé entrait, faisait le tour de la salle et s'en allait. Des soldats ronflaient en tas dans un coin assez éloigné du nôtre. Au bout de quelques minutes

Jean + un jeune homme

d'une immobilité absolue, je vis mon ouvrier relever les paupières avec une prudence qui le trahissait. Ses yeux d'un vert admirable se posèrent sur moi, sur mon visage, sur mes vêtements, d'un air calculateur que je connaissais bien. À mon tour, j'ouvris les yeux et pendant une ou deux secondes nous nous considérâmes, puis, avec une extrême lenteur, un sourire se dessina sur sa bouche. Hedwige, l'émotion d'une telle minute ne peut se traduire, car trop de joie s'y mêle à trop de souffrance, trop d'espoir à trop d'inquiétude. J'avais devant moi un des plus beaux jeunes hommes qu'il m'eût été donné de voir, et ce jeune homme souriait. J'oubliai tout, mon âge, ma tristesse et ces craintes qui me harcelaient. D'un très léger signe de tête, je montrai la porte et de nouveau l'ouvrier sourit.

Au moment où j'allais me lever, quelqu'un entra sans bruit et je crois que je n'aurais pas pris garde au nouveau venu si je n'avais senti qu'il m'observait. Sans doute ne connaissez-vous pas la salle d'attente de troisième classe de la gare centrale. Cette salle paraît d'autant plus grande qu'elle est mal éclairée et il n'est pas du tout impossible que deux personnes qui se voient chaque jour ne s'y reconnaissent pas. Quelque chose me retint de me lever et, presque malgré moi, je tournai les yeux vers la personne qui venait d'entrer. C'était un homme que je pris d'abord pour un voyageur. Il se dirigea vers le fond de la salle, s'assit dans l'ombre un instant, puis, quittant sa place, il se dirigea de mon côté. Un cri de surprise faillit me monter aux lèvres : à sa fausse élégance, à sa canne, à ses épaules trop larges, je reconnus le plus jeune de mes policiers.

Il s'assit, me considéra, puis, changeant de place une troisième fois, vint s'installer devant moi, à deux mètres de l'ouvrier. Je n'ai pas besoin de vous dire avec quelle violence mon cœur se mit à battre. Pendant une longue minute, je m'efforçai de soutenir le regard impitoyable qu'il plantait sur moi. «De quoi donc as-tu peur ? me demandai-je pour me rendre un peu de courage. Quel délit as-tu commis ? Cet homme ne peut rien.» Mais je sentais mes mains se glacer au fond de mes poches.

Cependant l'ouvrier, qui n'avait pas les mêmes raisons que moi de s'intéresser à son voisin, me fit à son tour un signe de tête auquel je n'osai répondre. Alors, il s'étira, renoua les cordons de ses souliers et, non sans jeter sur moi plusieurs coups d'œil d'une sournoiserie affolante, gagna la porte de sortie. Je m'aperçus à sa démarche, à sa taille un peu fluette, qu'il était beaucoup plus jeune que je ne l'avais cru tout d'abord.

Cette constatation, je ne fus pas seul à la faire. Le policier qui ne perdait pas un seul de mes regards hocha légèrement la tête avec un sourire qui me donna l'envie de me jeter sur cet immonde personnage pour lui enfoncer mes pouces dans la gorge, car je venais de comprendre qu'il me mettait au défi de quitter ma place et de suivre l'ouvrier.

« Si tu bouges, tu es perdu. Si tu bouges, tu es perdu. » Quelque part au fond de ma tête, une voix disait rapidement ces mots comme pour empêcher toute autre pensée de se frayer un chemin jusqu'à moi. Je demeurai immobile jusqu'à ce que l'ouvrier eût refermé la porte derrière lui et disparu. Alors, il s'opéra en moi une espèce de révulsion subite. La peur m'abandonna tout d'un coup. Je me levai presque aussitôt et sortis à mon tour, mais sans hâte.

Ce qui se passait derrière moi, je ne voulais pas le savoir, je voulais aller de l'avant, retrouver le garçon aux yeux verts, arracher à la vie quelques minutes d'un rare et difficile bonheur.

Comme il arrive souvent en pareil cas, je crus avoir, faute d'une seconde, perdu la trace de celui que je cherchais. Il était une heure du matin et la longue galerie où je me trouvais paraissait absolument vide. C'était à croire qu'une trappe dans le sol avait englouti ma proie. Sans doute le jeune homme avait-il pris un escalier qui débouchait près de la salle d'attente et menait à la rue, mais qu'il eût quitté si vite la gare m'étonnait beaucoup. Je descendis l'escalier aussi lestement que mes jambes me le permettaient et gagnai la rue, puis la petite place qui s'étend devant la gare. Mais là, point de cotte bleue. Pour mieux y voir, car ma vue baisse depuis quelques années, je mis sur mon nez cet objet déshonorant : des lunettes, et je me sentis tout à coup très vieux et très triste. La vie se jouait de moi. Elle me rappelait durement à l'ordre. Car il n'y avait sur place qu'un sergent de ville qui faisait les cent pas et un cocher endormi sur le siège de sa voiture.

« Au moins, pensai-je en guise de consolation, mon policier en sera pour sa peine. J'ai manqué ma proie et lui la sienne. »

Traversant la place, je m'engageai dans la longue avenue de platanes qui conduit au fleuve. Il faisait doux et j'allais avec toute la lenteur d'un homme qui n'a aucune envie de rentrer chez lui, quand j'entendis le pas de quelqu'un qui marchait rapidement derrière moi.

Hedwige, le détail de tout cela vous paraît sans doute fastidieux et je me demande parfois si je ne suis pas en train de parler tout seul. Que m'importe, au fond ! J'ai voulu dire la vérité, je ne puis contraindre personne à l'entendre. Quoi qu'il en soit, me voilà sous les platanes de la grande avenue déserte et quelqu'un vient à moi. Je n'y vois guère et j'ai peur, mais une voix fraîche me rassure : « Vous n'avez pas l'heure, monsieur ? » C'est mon ouvrier qui m'a suivi depuis la gare. « J'ai bien vu que vous vous méfiiez, dit-il. Ici, on est tranquille. » Tranquille ? Pas tout à fait. « Quel âge as-tu ? » « Dix-huit ans et demi. » Il ment, il est plus jeune. « Tu travailles ? » Non. Il est chômeur — et il n'a pas du tout d'argent. Les temps sont durs. Il est de passage ici, il a besoin de 23,50 F pour aller à B. où habite sa mère, et il doit 12 F à sa logeuse. De plus, il n'a pas mangé depuis ce matin, mais il connaît un endroit où pour 4,50 F on vous offre un dîner passable, même à cette heure-ci. Bref, 50 F le tireraient d'affaire. Il parle doucement, avec un beau sourire de temps à autre, et moi, comme un imbécile, j'essaie de faire le compte de ce qui me reste dans mon portefeuille, au lieu de tourner les talons…

Un moment plus tard, non sans d'horribles pressentiments et un immense dégoût de ma vie tout entière, je marchais aux côtés de ce jeune homme qui ne m'inspirait plus le moindre désir, parce qu'il ne me parlait que d'argent, mais je me sentais trop faible pour me débattre, j'acceptais que le piège fonctionnât lentement sous mes yeux et me prît. L'ouvrier disait connaître un endroit plus tranquille encore qu'ici, tout près de l'eau. J'eus envie de lui répondre que le plus tranquille des endroits possibles était le milieu du fleuve, au plus profond.

«Voilà donc, pensais-je en écoutant mon compagnon me parler de sa "poule" et de la "permanente" qu'elle s'offrirait si seulement elle avait 27 F à donner au coiffeur, voilà ce que tu appelles le plaisir. Cette louche et sinistre aventure, c'est cela la joie de vivre. Tu vas rentrer chez toi malade de frayeur et de fatigue pour pleurer dans ta solitude et remuer de vieux souvenirs de bonheur — et te jeter à genoux aussi, comme avant-hier, car je ne vous ai pas tout dit, Hedwige. Mais puisque le plaisir est là, profites-en, même si tu n'en veux pas. Tu le regretterais trop, plus tard.»

— C'est ici, dit l'ouvrier.

Nous étions près de la passerelle que vous voyez de votre fenêtre. Il me montra un escalier qui menait au bord du fleuve, et nous descendîmes, lui d'abord. Sous l'arche obscure, complice, il me prit la main et chuchota quelque chose que je n'entendis pas. L'ombre était épaisse autour de nous. À peine distinguais-je le reflet jaune d'un réverbère dans l'eau.

— Donne-moi l'argent d'abord, répéta l'ouvrier.

Car c'était cela qu'il avait dit. L'argent, oui. Les 23 F pour aller à Brive, les 12 F dus à la logeuse... Il me sembla tout à coup que j'allais tomber. Sensation curieuse, mes jambes fléchissaient comme si j'eusse été pris de vin, et je dus me retenir à un pilier.

À ce moment, quelqu'un descendit l'escalier et le rayon d'une lampe électrique fouilla l'ombre où nous nous tenions. Mon compagnon disparut mais, moi, je demeurai immobile comme un lièvre pris dans les phares d'une voiture. J'aurais pu me sauver sans doute : quelque chose m'en empêcha. Je vis venir à moi le jeune policier de tout à l'heure. D'une voix brève, il m'ordonna de le suivre et remonta avec moi jusqu'au premier réverbère du pont. Là, il examina mes papiers avec une lenteur insolente. Je ne protestai pas. Je savais pourtant que cet homme outrepassait ses droits, mais je ne dis rien. Lorsqu'il eut relevé mon nom et mon adresse, il me rendit mes papiers en me demandant combien j'avais donné d'argent à l'ouvrier. Mais j'avais eu le temps de me ressaisir et ne répondis pas à cette question dangereuse. Changeant alors de ton, il se mit à crier qu'il savait à présent que je courais après des mineurs et que, du reste, j'avais mon dossier à la préfecture. Je me souviens que j'étais adossé au réverbère et que cela seul m'empêcha de tomber.

Par bonheur, il se trouvait que nous étions seuls. Il pleuvait, en effet, et de plus en plus fort. J'eus lieu de m'en féliciter, car le dessein de mon persécuteur était sans aucun doute de provoquer un scandale, d'ameuter les passants en leur donnant à entendre qu'il m'avait surpris en flagrant délit. Au bout d'un moment, il se tut, puis il murmura entre ses dents :

— Tu as de la chance que je sois arrivé trop tôt, salope !

Des gouttes de pluie tremblaient au bord de son chapeau et tombaient sur ses joues, sur sa petite moustache d'homme à bonnes fortunes, et il se tenait si près de moi que je sentais son haleine chargée d'une odeur de tabac.

— Allons, dit-il, rentre chez toi.

Il s'éloigna de quelques pas, pivota sur les talons et revint vers moi.

— Souviens-toi que nous t'avons à l'œil, fit-il. Tu es connu à la préfecture. Des malades comme toi, nous n'en voulons pas, entends-tu ?

Je crois que si j'avais eu une arme dans ma poche, j'aurais tué cet homme, fracassé cette mâchoire de bavard et défiguré ce bellâtre à coups de talon. Sans doute quelque chose de cette fureur passa-t-il sur mon visage, car le policier ricana en me souhaitant une bonne nuit.

Je ne sais plus comment je trouvai l'énergie de traverser la passerelle, mais il me sembla qu'ayant accompli cet effort j'aurais pu marcher pendant des heures, si la chose avait été nécessaire. Et au lieu de rentrer chez moi, j'allai tout droit, sans aucun but. De rue en rue, je retraversai la ville sous une pluie battante. Je pensai à mon enfance, à mes ambitions de jeune homme, à toutes les personnes que j'avais connues et qui étaient mortes, à tous ceux que j'avais aimés, aux livres que j'aurais voulu écrire, et je voyais ma vie entière aboutir à ces injures qu'un provocateur m'avait jetées au visage.

Ah, comme j'aurais voulu parler à quelqu'un cette nuit! Si jamais je goûtai toute l'amertume de la solitude, ce fut bien durant cette étrange promenade. Sans doute, telle porte en ville se fût ouverte pour moi et telle main tendue, je pense, avec cette affectation de cordialité dont il faut bien que je me contente, mais ce n'était pas la main d'un compagnon de plaisir que je voulais serrer, Hedwige, et, dans mon heure de détresse, j'allai vers vous.

Je vous savais malheureuse. Cela nous rapprochait l'un de l'autre. L'idée absurde s'installa en moi que vous sauriez recevoir ma confidence et me venir en aide. Je ne savais pas très bien ce que j'allais vous dire, mais je souffrais trop de me taire. Je prenais en dégoût ma prudence, ma vie de mensonges, et puis surtout, j'avais peur. Vous souvenez-vous de cette visite au plus silencieux de la nuit? Moi, je n'ai pas oublié le son de votre voix blanche, ni le tremblement de vos mains. J'ai compris alors que je vous faisais horreur et quelque chose m'a poussé à vous dire ce que je pensais ne jamais vous dire. Pourquoi faut-il que j'hésite encore et que je sois obligé de revenir en arrière?

Rappelez-vous ce dimanche d'avril. Mme Vasseur donnait une de ces futiles réceptions qui lui permettaient de croire à son importance. Afin de m'amuser un peu de tout ce monde, j'avais laissé ouverte la porte de ma chambre qui donne sur l'escalier, et le grand murmure d'un bavardage distingué arrivait jusqu'à moi. Rien n'est plus divertissant à mon gré que certaines manifestations de la sottise mondaine. L'innocent cailletage des dames, leur inutilité aimable et inoffensive ont toujours exercé sur moi une vertu calmante.

J'écoutais donc, quittant parfois mon poste pour aller à la fenêtre où m'attirait le bruit d'une voiture. Six ou sept automobiles attendaient déjà devant la maison et faisaient l'émerveillement des promeneurs, quand une puissante et prétentieuse machine toute blanche fit son apparition au bout de la rue, passa en trombe et s'arrêta net devant la porte de la maison.

J'eus le temps d'apercevoir au volant un monsieur à cheveux gris, nu-tête, les dents serrées sur un long fume-cigarette vert. La portière s'ouvre, quelqu'un descend, si l'on peut descendre d'un véhicule qu'un homme debout dépasse de tout son buste, puis la voiture disparaît dans un glorieux vacarme qui fait trembler nos vieilles fenêtres, et sur le trottoir, qui vois-je ? Philippe, ou plutôt — vous l'avez deviné, ma pauvre Hedwige — Gaston Dolange.

A peine changé, à peine un peu plus épais, il couvrit notre maison d'un regard dédaigneux et sonna.

J'étais au palier du premier étage quand il franchit le seuil de l'antichambre et posa son chapeau sur la console. Je le vis, à son insu ; penché sur la balustrade, j'attachai la vue à cette tête bouclée que j'avais tenue dans mes mains et ma bouche prononça son nom, mais si bas qu'il ne put m'entendre. Il entra au salon et je n'eus que la force de remonter à ma chambre pour me jeter sur mon lit. De nouveau je le désirais. Si étrange que cela vous paraisse, j'avais oublié ses traits, sa beauté de jeune brute, sa démarche insolente, tout ce qui faisait son charme... mais il serait cruel de poursuivre.

Quelles circonstances l'amenaient ici ? Il me fallut peu de temps pour reconnaître la main d'Ulrique dans cette affaire ; je me trompais toutefois en supposant que notre cousine s'intéressait pour son propre compte à un jeune homme aussi peu fait pour la rendre heureuse, bien qu'il eût tout pour la séduire. Celui qu'elle nommait son déménageur, elle l'avait rencontré dans ce que j'appelle, moi, une soirée d'antiquaires, et je n'ai pas besoin de vous dire à qui elle le destinait. Jusqu'à quel point savait-elle ce qu'elle faisait ? Se pouvait-il que dans ce monde si bien informé on ne lui eût rien dit sur le «petit Dolange»? Je me demande parfois si l'on n'a pas conspiré pour laisser croire à Ulrique que le jeune homme en question courait après les femmes. Vous savez qu'on n'aime pas Ulrique. Qui sait quelle basse et petite vengeance… mais aussi comment n'a-t-elle pas deviné à quelle sorte d'homme elle avait à faire? Elle a peut-être cru ce qu'elle voulait croire. Des femmes plus intelligentes et plus intuitives ont commis des erreurs semblables.

Dès que je vous sus amoureuse, et de qui, je fus possédé par le désir de vous mettre en garde avant qu'il ne fût tout à fait trop tard, de vous désenvoûter si cela était possible. Mais je ne me reconnaissais pas le droit de le faire sans vous avoir instruite de ce que je suis moi-même, et tout ce qu'il y a en moi de prudent et de timoré reculait devant une action aussi dangereuse. Je passai de longues semaines dans une douloureuse incertitude. Revoir Gaston, lui parler de vous, c'était en même temps retomber en esclavage, souffrir comme autrefois. Et puis, de quel argent acheter ses bonnes grâces? Je n'osais plus emprunter.

À mots couverts, je m'expliquai avec Ulrique. Par vanité, elle feignit de ne pas comprendre ce que je lui disais et je n'eus garde de la heurter, mais nous convînmes l'un et l'autre qu'il valait mieux vous donner à entendre que Gaston avait quitté la ville à tout jamais. «Peut-être l'oubliera-t-elle», lui dis-je. — «Peut-être», fit-elle de sa voix dentale. Et elle ajouta: «Il n'est pas assez fin pour Hedwige, n'est-ce pas?» — «C'est exactement ce que je voulais dire», répliquai-je.

Les semaines qui suivirent furent parmi les plus difficiles de ma vie. Il me semblait que, tous les jours, de nouveaux problèmes me confrontaient avec moi-même sans qu'il fût en mon pouvoir de les résoudre. En réalité, ils n'en formaient qu'un seul dont la solution était contenue en peu de mots: renonce-toi. Cela, je ne voulais pas en convenir bien que déjà cette idée travaillât dans mon cerveau. Ne vous figurez pas qu'il s'agisse d'une de ces banqueroutes morales que l'on prend si volontiers pour des conversions religieuses. À quelle foi me fussé-je converti, moi qui ne trouvais plus dans aucune église le secours que je cherchais ? Je n'ose écrire ici le nom de celui à qui j'aurais voulu parler, mais aux heures les plus sombres, quand tout semblait perdu, quand j'avais trop menti pour m'estimer encore, quand je me souvenais de toutes mes humiliations, de tous mes déboires, des injures que j'avais provoquées, et que mon cœur se serrait de désespoir, alors je le sentais près de moi, attiré sans doute par ma grande pauvreté, et je devinais confusément que lui seul ne me méprisait pas, parce qu'il m'aimait. Pas une parole de censure ne sortait de sa bouche, il semblait lui suffire de me voir malheureux pour s'asseoir à mes côtés dans la solitude de ma chambre, ou sur un banc...

Le jour baissait quand Mme Pauque laissa enfin tomber la dernière page avec le geste un peu affecté d'une dame qui vient de toucher quelque chose de malpropre. S'inclinant en arrière et les yeux au loin, elle poussa un grand soupir :

— Tous les mêmes ! fit-elle à mi-voix.

Puis elle remit les feuillets dans le papier marron et ficela le tout d'une main ferme. Par un caprice de sa mémoire, un air de sa jeunesse lui revint en tête et elle se mit à chantonner, heureuse semblait-il, tout en rangeant le paquet au fond d'un tiroir de sa grande commode qu'elle ferma, comme d'habitude, à clef.

TROISIÈME PARTIE

I

À quelques jours de là, Hedwige et Mme Vasseur se promenaient sous les platanes du cours dont les premières pousses formaient une sorte de résille sur le ciel bleu pâle. Ces deux personnes ne s'arrêtaient que pour revenir sur leurs pas, échangeant à mi-voix des propos indifférents qui les dispensaient d'aborder un sujet plus grave. Malheureusement, ce jeu ne pouvait se prolonger au-delà de certaines limites, et elles le savaient bien ; à cause de cela, sans doute, Hedwige était fort pâle et Mme Vasseur tirait sur ses gants ou s'assurait de la présence de ses clefs au fond de son sac à main.

« Nous allons rentrer dans cinq minutes, pensait Mme Vasseur. Elle aura pris l'air, elle mangera peut-être un peu à dîner. J'espère qu'elle ne va pas recommencer à me parler de ce M. Dolange avant que nous soyons de retour. À la maison, je puis toujours me dérober, monter au troisième étage pour donner des ordres à Félicie, ou descendre à la cuisine, où tout va toujours de travers. Mais ici... Oh, Ulrique, être lâchement partie en me laissant ce paquet sur les bras ! Lâchement, non. Ulrique n'est pas lâche, mais qu'il est donc fâcheux qu'elle ne revienne pas ! Elle seule sait parler à cette petite... »

« Si, pensait Hedwige, nous passons devant le troisième arbre de cette rangée et qu'à cet instant ma tante n'ouvre pas son sac, mais se taise et me regarde, comme elle fait quelquefois, cela voudra dire que je reverrai M. Dolange avant la fin du mois. »

— Jamais je ne viens par ici, dit tout haut Mme Vasseur, sans me rappeler un voyage que j'ai fait à Naples, en 1902, l'année de la naissance d'Ulrique. C'est

167

bizarre. Je ne sais pourquoi je pense toujours à cela ici. Il y avait un affreux mendiant à barbe qui clignait de l'œil en me regardant.

«Elle dit n'importe quoi, pensa Hedwige, et nous avons passé l'arbre. »

— Bernard, poursuivit Mme Vasseur, voulait lui donner quelque chose. Il est si naïf... Mais notre guide nous a expliqué que tous les mendiants de Naples avaient des liasses de billets de banque cousues dans leurs matelas. J'ai bien ri en traduisant les explications du guide, car tu penses bien que Bernard n'avait rien compris ; il ne sait pas l'italien ; le guide et moi, nous avons bavardé dans cette langue. Le guide, un brave homme au regard si droit... Il m'a parlé des méfaits de la Camorra. Quelles histoires ! Elles me sont toutes sorties de la tête, mais elles étaient vraiment étonnantes. Attends ! Il y avait celle de l'avocat. Non, c'était un médecin. Enfin, j'ai eu le frisson en écoutant le guide. Je lui ai fait donner une *mancia* exceptionnelle par Bernard qui voulait lésiner. Il est près de ses sous quelquefois, Bernard, il ne sait jamais être tout à fait grand seigneur...

«Que cette femme est heureuse, sans le savoir, se disait Hedwige. Elle dort la nuit. »

— Le guide a pris la *mancia* avec un geste admirable, continua Mme Vasseur. (Elle reproduisit ce geste avec un grand rond de bras qui faillit dérider Hedwige.) Et il me dit en me regardant droit dans les yeux : «Signora, ce n'est pas tant la *mancia* (une *mancia*, mon enfant, c'est un pourboire), ce n'est pas tant la *mancia* qui me fait plaisir, bien qu'elle me permette d'acheter un peu de pain blanc pour la Mamma et du tabac pour le pauvre Nonno qui a tant travaillé dans sa jeunesse, non, c'est la conversation véritablement exquise — *veramente squisita* — que j'ai eue avec la Signora Contessa. » Car j'ai oublié de te dire qu'il m'appelait Signora Contessa. Oh ! sans doute, il y avait là-dedans un peu de flatterie, mais enfin, il savait à qui il parlait. Imagine-toi qu'il a tenu absolument à me baiser la main. Bernard trouvait cela ridicule, naturellement, mais ce guide, avec une sorte d'impétuosité, me saisit le bout des doigts qu'il porta aussitôt à ses lèvres. Tant de grâce chez un homme du commun... Il nous accompagne encore un peu et juste avant que nous arrivions à l'hôtel, il nous fait un grand salut et me dit que si jamais la Signora entend dire qu'à Naples on n'est pas obligeant ni honnête surtout, qu'elle ait la bonté de se souvenir du guide qui lui a fait voir l'aquarium et l'église de San Giovanni, et que si, par un fâcheux hasard, quelque filou abusait de sa confiance — car de malhonnêtes gens, il y en a partout — la Signora veuille bien se remettre en mémoire le visage de ce même guide, son serviteur, et son nom : Sisto Bellini, car il a des amis sans nombre à la *Questura*, dans la police, et il agira, Signora, il agira ! Sur ce, nouveau salut, plus profond, plus respectueux encore que le précédent, et il s'en va d'un pas tranquille en lissant sa longue moustache...

Elle soupira.

— Et alors, ma tante ? fit machinalement Hedwige qui connaissait par cœur cette histoire.

— Mon enfant, la suite est moins brillante. Nous rentrons à l'hôtel et, dans le hall, je pousse un cri : « Bernard, mon sac ! » Sais-tu ce qu'il en restait de mon sac ? Les brides qui pendaient à mon bras. Le sac même avait été coupé, oh, avec une adresse ! J'ai failli me trouver mal. Je perdais, en effet, un billet de mille lires, un crayon en or, une boîte à poudre du même métal, cinq pièces de vingt francs, un admirable portrait miniature de M. Georges Attachère, et mes clefs. On me fait asseoir, on m'offre un verre d'eau, et à ce moment, je pousse un nouveau cri. Sans pouvoir proférer une parole, je montre ma main droite à ton oncle : elle n'avait plus son gant, ni aucune de ses bagues ; ni le rubis qui me venait de ma mère, ni le diamant que Bernard m'avait donné lors de notre mariage, ni le petit camée avec la tête de Caligula — était-ce Caligula ou Démosthène ? Quoi qu'il en soit, j'ai perdu connaissance tout de bon.

— Et lorsque tu es revenue à toi, fit Hedwige, dans l'espoir d'abréger ce récit, tu t'es trouvée en présence d'un homme en uniforme.

169

— Un lieutenant de gendarmerie, précisa Mme Vasseur, un homme superbe (elle poursuivait avec l'innocence des radoteuses). Il était en train d'écrire quelque chose sur un calepin et hochait la tête en feignant d'écouter Bernard. Bernard, lui, s'est montré nettement insuffisant dans toute cette affaire. Il voulait à tout prix qu'on arrêtât notre guide et répétait sans cesse : «Je veux qu'on aille au domicile de cet homme. J'ai son nom. Il s'appelle Sisto Bellini. Qu'on perquisitionne chez lui!» À chaque fois qu'il prononçait le nom de Sisto Bellini, je voyais le gérant, le concierge et l'officier de gendarmerie tressaillir et jeter les yeux de côté et d'autre. J'ai crié : «Bernard, tu es stupide!»

«Quand je serai vieille, pensa Hedwige, je raconterai peut-être des histoires de ce genre. Mais je n'aurais jamais parlé ainsi à Gaston Dolange…»

Pour la centième fois, elle essaya d'imaginer ce que pourrait être sa vie aux côtés de Gaston Dolange et se perdit dans une triste et délicieuse méditation.

— Moi aussi, continua Mme Vasseur, j'étais d'avis qu'on recherchât notre guide, non pour l'arrêter, *Dio*! mais pour lui demander conseil. Ne m'avait-il pas dit lui-même de s'adresser à lui en cas de besoin? On eût juré que cet homme, par je ne sais quelle sympathie pour moi, avait eu une sorte de pressentiment. Le capitaine de gendarmerie hésite un peu et se met à parler en napolitain au gérant. Enfin on décide d'envoyer un *carabiniere* chez Sisto Bellini. Une heure plus tard… Tu écoutes, Hedwige?

— Oui, ma tante. Une heure plus tard…

— Une heure plus tard, j'entends frapper à la porte de ma chambre. Ce n'est pas notre guide, c'est l'officier de tout à l'heure. «*Madama*, dit-il avec un salut impeccable, j'ai le regret de vous annoncer que Sisto Bellini n'est plus à Naples. Un télégramme vient de le rappeler chez lui, à Brindisi où sa grand-mère attend qu'il lui ferme les yeux. — Et mon sac, commandant? Mes bagues?» Alors, il a joint les talons, il a porté la main à son bicorne, et avec un sourire… Oh! éblouissant… il a dit… Qu'est-ce que tu as, Hedwige?

Cette question demeura sans réponse. Le visage

blême, la jeune fille suivait des yeux une voiture qui venait de passer à côté d'elles, assez lentement pour qu'Hedwige reconnût derrière une vitre le visage qui la hantait depuis quatre mois. Quelques secondes suffirent pour lui faire voir Gaston Dolange assis sur les coussins du fond dans une attitude pleine de nonchaloir, et à côté de lui un homme grisonnant qui se tenait très droit et désignait d'une main gantée les arbres du cours. Ce fut tout. L'auto filait silencieusement le long du trottoir, tourna vers la droite et s'engagea sur le pont.

Comme dans un cauchemar, Hedwige entendit une voix qui essayait de parvenir jusqu'à elle, mais d'immenses espaces séparaient la jeune fille de ce bruit de paroles. Elle sentit tout à coup qu'une main était passée sous son bras.

— Qu'est-ce qu'il y a encore ? répétait Mme Vasseur. Veux-tu t'asseoir sur ce banc ?

À présent, cette voix bavarde atteignait Hedwige et la ramenait de force dans le petit monde banal et cruel où elle se débattait, et la première chose qu'elle remarqua fut l'ombre projetée sur le sol par les branches nues des platanes ; il lui sembla ne l'avoir jamais vue comme à cette minute et elle admira malgré elle la force et la délicatesse de ces lignes noires s'entrecroisant à ses pieds dans un savant désordre qui faisait songer à une dentelle dont on eût élargi et déformé les mailles.

Cependant, Mme Vasseur la guidait vers un banc où elles s'assirent et demeurèrent un court moment silencieuses. Le regard levé d'Hedwige embrassa le quartier de la ville qui s'étageait sur une colline, de l'autre côté du fleuve : un soleil vainqueur dorait les maisons grises et prêtait un air de magnificence à ce décor où triomphait le désespoir. Le cœur d'Hedwige se serra. Elle entendit Mme Vasseur qui lui parlait raisonnablement dans cette espèce de tumulte immobile que faisait la lumière.

— Combien de fois ne t'ai-je pas dit que tu ne mangeais pas assez ? Aujourd'hui encore… Tu es sujette à des vertiges. Tu ne te soutiens pas…

«Elle n'a rien vu, pensa Hedwige. Cela vaut mieux.»

À peine rentrée, elle monta à sa chambre. C'était là le champ de bataille. En revoyant cette pièce où elle allait pouvoir souffrir loin du bavardage importun des Vasseur, elle éprouva un profond soulagement, car ce qu'elle voulait surtout, c'était de rapporter toute vive, comme une proie, l'image de Gaston Dolange dans un lieu où elle pût la considérer à son aise avant que les heures ne la ternissent. Elle venait de voir le jeune homme : il n'y avait pas trente minutes il était passé devant elle et si près qu'il eût suffi qu'elle dît son nom pour qu'il tournât la tête. Et pourquoi ne l'avait-elle pas fait ? Parce qu'elle ne le pouvait pas. Cette chose si simple était défendue.

Elle ôta son chapeau et se jeta sur le lit, la face dans l'oreiller. Ulrique lui avait menti pour avoir la paix, sans doute. Jamais il n'était allé à La Rochelle. Il était là, dans la même ville qu'elle, respirant le même air. Et dans le silence, les yeux fermés, elle le revit : ses sourcils se fronçaient un peu et il faisait la moue comme un enfant à qui l'on ne veut point passer son caprice ; aux yeux d'Hedwige, cet air boudeur l'embellissait… Comme il semblait vilain pourtant avec sa bouche trop pleine et trop rouge, et son nez camus ! Elle n'y pouvait rien, elle l'aimait ; elle aimait ce front bas, ce regard buté, tout ce qui eût déparé son visage aux yeux d'une autre peut-être, mais Ulrique ne l'avait-elle pas dit de sa voix cynique : «… il est bien mieux que beau, il est d'une laideur irrésistible» !

Du temps s'écoula et elle ne bougeait pas. La tête appuyée sur ses avant-bras, elle se repaissait de ces traits qui se déplaçaient devant elle en une seconde, sans fin, la seconde où elle l'avait vu sur le cours. Et qui donc était ce monsieur avec lui ? Son père, sans doute.

Se levant tout à coup, elle dirigea son regard vers la glace de sa coiffeuse. Assurément elle était pâle, mais elle ne pleurait pas. Cette petite figure blanche qui la considérait par-dessus la rangée de flacons, elle lui trouva du caractère plutôt que de la grâce. «Peut-être ne suis-je pas très jolie», murmura-t-elle. Mais en *s'arrangeant*, comme disait Ulrique, en se poudrant un peu mieux... Elle n'était pas très bien poudrée, le jour où elle avait parlé à Gaston Dolange. Cette pensée lui dévasta le cœur. Par un geste qui lui était habituel, elle appliqua les deux mains sur son visage comme pour se cacher, pour fuir le souvenir de cette humiliation, mais il n'y avait rien à faire de ce côté-là, le passé demeurait indestructible. Et lentement l'idée se forma dans sa tête qu'elle souffrait trop, que souffrir n'était pas une solution. Alors elle s'assit devant sa coiffeuse, se peigna, se poudra soigneusement, fit tous les gestes qu'elle jugeait raisonnables et peu à peu se calma.

Puisque Gaston Dolange était toujours là, elle pouvait au moins chercher à le voir. Sans doute, l'absence d'Ulrique compliquait les choses, mais le nom d'une de ses amies n'était pas tombé en vain dans l'oreille d'Hedwige, et elle se ressouvint d'Arlette. À vrai dire, elle ne la connaissait pas ; cependant, elle était passée plus d'une fois devant le magasin au-dessus duquel s'étalait en fastueuses anglaises ce prénom inusité. Qui pouvait l'empêcher d'aller rendre visite à l'antiquaire ? Ulrique serait furieuse, mais Ulrique était loin.

Voir l'antiquaire ? Et pourquoi ? Elle écarta cette question. Arlette connaissait Gaston Dolange et cela suffisait. Sous prétexte de regarder ses meubles, Hedwige irait la voir demain matin ; elle saurait bien lui parler, la faire agir, mais la faire agir de quelle manière ? Cela, elle ne voulait pas le savoir encore, elle se cantonnait dans l'immédiat, et ce qu'elle désirait, c'était qu'il se passât quelque chose.

À présent, elle allait mieux et admira qu'en prenant une décision aussi simple, elle eût réussi à dissiper un tel amoncellement de nuages. Allumant les deux petites lampes roses qui ornaient sa coiffeuse, elle plongea dans la glace un regard moins sévère que tout à l'heure et fit à son image un sourire contraint qu'elle s'efforça de garder comme un masque.

Un moment plus tard, elle descendit à la salle à manger où elle trouva les Vasseur, Raoul et Mme Pauque. Ils parlaient de la cherté de la vie et ne firent pas attention à la jeune fille lorsqu'elle prit sa place ordinaire.

Raoul citait des chiffres et ce qu'il appelait des indices alors que Mme Vasseur invoquait le livre de sa cuisinière, puis il y eut une massive embardée vers la politique internationale et Raoul fit des prédictions. Enfin, comme les derniers restes du dessert disparaissaient des assiettes, Mme Pauque demanda si l'on avait des nouvelles de Jean. Il y eut alors un silence fort lourd et Mme Pauque se contenta de lever un sourcil majestueux, car le regard qu'elle jeta furtivement autour d'elle rencontra des visages qui ressemblaient à des portes qu'on a murées pour toujours.

Perdue dans ses visions, Hedwige ne prenait pas garde à ce qui se passait autour d'elle : depuis une demi-heure, elle se sentait heureuse et soulevée d'un nouvel espoir ; et, cette nuit-là, elle dormit bien.

II *la description de magasin*

Le lendemain matin, vers onze heures et demie, elle se glissa hors du vieil hôtel et traversa le fleuve qui la séparait d'un quartier moins vénérable, certes, mais beaucoup plus amusant et que des commerçants zélés tentaient de mettre à la mode. Un certain débraillé y était admis jusque dans un salon de thé qui s'était ouvert depuis peu et dont Ulrique, présente à l'inauguration de ce lieu exotique, parlait avec bienveillance. À vrai dire, le thé n'était pas en faveur dans la ville où se déroule cette action, mais l'usage s'en imposait avec d'autres qui eussent horrifié les générations précédentes.

Hedwige ne savait presque rien de ces choses. Mme Vasseur, flairant de loin les dangers de ce qu'elle appelait la vie moderne, veillait sur la jeune fille avec une rigueur qui n'allait pas sans de subites intermittences dues à la distraction, mais Ulrique se dressait au bon moment sur la voie périlleuse qu'elle barrait dans toute sa fascinante largeur. Car il plaisait à cette femme, pour des raisons qui n'étaient pas simples, de morigéner la candeur alors qu'elle-même s'accordait à peu près toute licence ne portant pas atteinte à sa réputation.

Quoi qu'il en fût, Ulrique était loin et Hedwige marchait allégrement vers le quai où se trouvait le magasin de l'antiquaire. L'air était d'une douceur qui donnait envie de sourire et la lumière caressait avec amour jusqu'aux maisons les plus laides, montrant chaque tuile comme un objet rare. Il faut dire que les façades qui bordaient le quai ne manquaient pas d'une certaine dignité un peu lourde qui rappelait la prospérité bourgeoise du siècle dernier. D'orgueilleuses portes cochères et d'interminables balcons où des familles entières eussent tenu parlaient le langage de réussites matérielles et d'affaires rondement menées jusqu'à la mort. C'était sous un de ces balcons, justement, que se nichait le magasin d'Arlette, petit, mais de bon goût et peint en gris Trianon avec, au-dessus de la porte, ces fameuses lettres noires imitant l'écriture couchée de nos grand-mères.

La jeune fille passa d'abord sans entrer, jetant un regard d'une négligence étudiée sur deux bergères Directoire qui se carraient dans la devanture comme deux financiers vêtus de taffetas gris rayé de vert d'eau ; puis s'étant éloignée de quelques pas, elle s'arrêta. Qu'allait-elle dire à cette femme ? Elle ne trouva rien, mais sans doute les paroles viendraient d'elles-mêmes, ainsi qu'il arrive en pareil cas. Tout à coup elle se vit dans la glace d'un pâtissier et crut entendre la voix dentale d'Ulrique : « Tu es habillée comme pour un mariage. » Son cœur se serra : c'était vrai. Bien pire : le mot qui convenait à sa toilette lui monta aux lèvres dans un gémissement : « Endimanchée ! » À la place de cette robe azur si ridiculement pimpante, elle eût dû mettre sa robe noire qui s'ennuyait, à l'heure qu'il était, dans un placard. « C'est bien. Je rentre », pensa-t-elle, désespérée. Au lieu de quoi, par une résolution soudaine, elle se dirigea vers le magasin dont elle ouvrit la porte avec brusquerie.

Des fauteuils et des chaises disposés en cercle autour d'un guéridon qui supportait un grand vase de fleurs blanches prêtaient à cet endroit l'aspect engageant d'un salon, et sous les pas de la visiteuse un magnifique aubusson déployait ses ramages. Elle avança, puis s'arrêta net, interdite. Du fond du magasin, une dame en noir venait vers elle, les coudes au corps et les mains jointes en une attitude pleine de réserve. C'était une personne mince et droite dont l'âge ne pouvait se dire au juste, mais dont la jeunesse n'était certes qu'un souvenir. Au-dessus d'un long visage un peu sournois, une frange de cheveux dorés trahissait le fol espoir de plaire malgré les années, de même que le rouge avivant ses maigres joues et le carmin foncé qui dessinait une bouche intraitable de vieil homme d'affaires. Les yeux mi-clos, bordés de cils noirs, étaient fendus comme des boutonnières et laissaient couler un regard énigmatique. Elle fit un très léger signe de tête qu'on pouvait prendre pour un salut et dit :

— Madame.

Hedwige faillit se troubler. Elle s'était figuré Arlette comme une sorte de bacchante hilare et envahie par la graisse.

— Je suis la cousine d'Ulrique, dit-elle gauchement.

Cette phrase fut accueillie par un cri et les mains d'Arlette se séparèrent dans un tintement de bracelets pour exprimer la surprise et le bonheur avant de s'emparer des mains d'Hedwige qui se laissa faire.

— La cousine d'Ulrique ! répéta l'antiquaire d'une voix aux riches et caressantes modulations. Il y a des années que je veux vous connaître et vous me dites ça comme ça, tout à coup ! Oh, adorable ! Venez par ici.

Traversant le magasin, elle la guida vers une sorte de boudoir en forme de tente où des canapés de soie jonchés de coussins permettaient de se croire, avec un peu de bonne volonté, dans un souk oriental. Hedwige n'avait jamais vu un décor de ce genre et promena autour d'elle un regard étonné qui fut suivi attentivement.

— Je vois que cela vous paraît curieux, mon petit nid, fit Arlette. Ulrique l'adore, car on voit tout ce qui se passe dans le magasin sans être vu des clients... Asseyez-vous donc... mademoiselle Hedwige !

Hedwige prit place sur le long siège bas dont la profondeur lui parut inexplicable, mais elle se garda d'en faire la remarque. Elle était émue et ne comprit pas bien ce que lui disait l'antiquaire. Arlette parlait avec une volubilité extrême tout en jouant avec les grandes bagues qui alourdissaient ses doigts fins et agiles.

— Entre Ulrique et moi, disait-elle, il y a une vieille complicité, car je l'ai connue alors qu'elle avait des nattes dans le dos. Ravissante, Ulrique avec des nattes dans le dos ! Vous étiez trop petite pour vous en rendre compte, mais vous savez qu'elle s'intéresse à vous comme à une sœur. Elle paraît brusque et distante, parfois. C'est là ce que j'appelle sa pudeur, oui, sa pudeur. Ah, s'il vient un client, je le mets dehors! Tenez, je vais faire pour vous ce que je ne fais que pour Ulrique : je vais enlever le bec-de-cane. Comme ça, nous aurons la paix...

En une sorte de bond, elle se leva et disparut du boudoir. Hedwige entendit dans le magasin de l'antiquaire le bruit impérieux de ses talons et profita de ce moment de solitude pour regarder autour d'elle. Sur une étagère de style marocain, une rangée de dix ou douze volumes de grand format attirait l'œil par une somptueuse reliure de cuirs multicolores. Elle allongeait une main timide vers le premier tome de cet ouvrage quand Arlette reparut inopinément.

— Cela vous intéresse ? demanda-t-elle en se renversant à moitié sur le divan. *Les Mille et Une Nuits* de Mardrus, quelle merveille, n'est-ce pas ? Non, vous n'avez pas lu ? Je ne suis pas tout à fait sûre que ce soit pour jeunes filles, mais je vous les passerai — ou vous viendrez les lire ici...

Ce bruit de paroles étourdit la jeune fille qui en oubliait par moments pourquoi elle était venue là. Elle se ressaisit tout à coup alors que l'antiquaire lui offrait une liqueur :

— Non, merci. Vous êtes trop aimable... J'ai un service à vous demander.

Un flacon d'argent à la main, Arlette redevint très droite et sa bouche se tira.

— Un service ? répéta-t-elle, flairant un danger possible du côté de son porte-monnaie.

Hedwige devint toute rose.

— Oh ! dit-elle, j'ai sans doute tort de vous parler de cela... mais il y a des jours où l'on se sent tellement... oui, seule.

Ces mots qui lui sortaient de la bouche avec effort lui parurent à elle-même extraordinaires : ce n'était pas là, en effet, ce qu'elle se proposait de dire à une femme qu'elle ne connaissait que depuis un quart d'heure. L'antiquaire posa le flacon et saisit les deux mains d'Hedwige.

— Mon enfant ! murmura-t-elle avec effusion, car

elle était rassurée maintenant et pouvait sans risque donner libre cours à la sensibilité. Je savais qu'il y avait quelque chose.

— Ulrique vous a dit ?

Arlette plissa ses paupières bleues :

— Oui, fit-elle. Je sais.

Il y eut un court moment de gêne. Hedwige baissait la tête et tirait doucement ses mains d'entre celles de l'antiquaire qui, peu à peu, lâchait prise.

— Vous voyez bien que vous pouvez vous confier à moi, reprit Arlette de sa voix la plus chaude. Cela vous fera du bien. Qu'est-ce qui ne va pas aujourd'hui ?

Deux grosses larmes firent briller les yeux d'Hedwige.

— Rien, chuchota-t-elle comme un enfant. Tout. Je n'ai plus aucun espoir.

— Allons, allons, fit l'antiquaire qui ne gouvernait plus sa curiosité. Une jolie bouche comme la vôtre n'est pas faite pour dire des choses aussi tristes.

Elle marqua un temps et proféra enfin une phrase qui lui était familière et à laquelle on pouvait donner le sens qu'on voulait suivant les circonstances.

— Tout peut toujours s'arranger.

— Vous croyez ? s'écria Hedwige, le nez dans son mouchoir.

— Ha, ha ! si je le crois ! On voit bien que vous ne connaissez pas Arlette. Encore faut-il lui parler à cœur ouvert. Voyons, Hedwige, racontez-moi tout ça comme à une vieille amie.

— Je l'ai vu hier, il est passé à un mètre de moi, en voiture, fit Hedwige d'un trait. Il ne m'a pas vue, ajouta-t-elle plus bas.

— Ah ? Eh bien, mais... je ne vois pas ce que cela peut avoir de tragique.

— Ulrique m'avait dit qu'il était parti pour La Rochelle. Ce n'était pas vrai. Il est ici et ne cherche nullement à me voir. Du reste, pourquoi le ferait-il ?

— Oh, vous savez, les hommes ! Mais, dites-moi, il vous plaît donc tant ?

— S'il me plaît... C'est curieux, murmura pensivement Hedwige. Je n'y ai jamais songé de cette façon-là. Je l'aime, comprenez-vous ?

Elle baissa la tête en disant ces mots.

— Ah, diable! fit Arlette à mi-voix.

— Vous ne saviez pas? demanda Hedwige au bout de quelques secondes.

— C'est-à-dire… Enfin, non. Ulrique ne m'avait pas tout à fait mise au courant. Elle prévoyait un léger flirt, sans plus.

D'un geste subit où il y avait plus d'embarras qu'autre chose, elle saisit dans les siennes les mains de la jeune fille qui, cette fois, ne se défendit pas.

— Ma petite Hedwige, reprit l'antiquaire, ce qui importe avant tout, c'est que vous soyez heureuse. Or il faut voir si ce garçon est capable d'assurer votre bonheur. Franchement je ne le crois pas.

— Mais pourquoi?

— Oh, ce serait long à vous expliquer. Ulrique elle-même ne savait pas et ce n'est que tout dernièrement que j'ai appris…

— Que vous avez appris quoi?

C'était maintenant Hedwige qui parlait avec assurance à une Arlette tout à coup désemparée qui lui tenait les mains comme un objet dont elle ne savait que faire.

— Oh, comment vous dire? fit l'antiquaire avec un rire qui sonnait faux. Gaston Dolange est un garçon de bonne famille…

Elle se leva brusquement.

— Vous ne songiez pas au mariage? demanda-t-elle.

— Mais si, fit Hedwige en se levant à son tour. Naturellement.

— Le mariage, c'est autre chose.

— Je ne comprends pas…

Face à face dans la pénombre du petit boudoir, elles se considéraient en silence et les yeux mobiles d'Arlette finirent par se détourner.

— Si vous voulez, fit-elle en portant les doigts à son collier de jade dont elle tripota une pierre, nous pourrions reparler de tout cela. Vous viendriez chez moi…

— Non, dit Hedwige. Je veux savoir. Vous m'avez demandé si je songeais au mariage.

— Bien sûr, on peut toujours se marier… Le petit

Dolange se mariera un jour ou l'autre… d'autant qu'il n'est pas riche et qu'il a grand besoin d'argent…

Elle s'arrêtait après chaque phrase avec le regard d'un animal traqué.

— Vous voulez dire qu'il ferait un mariage d'intérêt ?

— Oui, c'est à peu près ça, fit Arlette d'un air subitement jovial. Un mariage d'intérêt, la solution la plus vilaine, en somme, et tout à fait indigne d'une personne comme vous. Hedwige, il faut épouser quelqu'un qui vous aime…

Elle attendit un instant. Une grimace de tendresse rassembla dans son visage toutes les rides creusées par l'astuce et, les yeux chavirés, elle dirigea la vue vers le plafond :

— C'est si joli, l'amour, dit-elle d'une voix naïve.

— Non, fit brusquement Hedwige, ce n'est pas joli : c'est terrible.

La bouche d'Arlette s'entrouvrit.

— Ah, dit-elle enfin, vous êtes passionnée, vous !

Elle coula sa main sous le bras d'Hedwige et l'attira doucement vers le canapé où elles s'assirent de nouveau.

— J'adore les natures comme la vôtre, reprit Arlette. Moi aussi, voyez-vous, je suis entière, franche, éprise d'absolu. Alors c'est vous dire que je vous comprends. Aussi vais-je vous parler à cœur ouvert. Vous ne fumez pas ? Non ? Il y a une difficulté en ce qui touche le petit Dolange. Hedwige, le monde est plein de garçons qui pourraient vous rendre heureuse, et il faut que vous tombiez juste sur celui qui ne le peut pas. Oh, Ulrique, je vous en veux de votre maladresse !

— Quelle maladresse ?

Arlette fixa une cigarette dans un long tube couleur d'émeraude.

— Parbleu ! Elle n'aurait jamais dû vous présenter ce…

— Eh bien, demanda Hedwige d'un ton calme et patient, ce quoi ?

Il y eut un court silence pendant lequel l'antiquaire alluma sa cigarette.

— Ce garçon à qui vous ne pouvez plaire.

— Qu'en savez-vous?

Arlette fit un grand geste avec son fume-cigarette et ses bracelets cliquetèrent à son poignet.

— Si vous croyez que ces choses se disent comme ça! Ce n'est pas simple. D'abord rien n'est simple. Surtout maintenant… Nous vivons à une époque — depuis la guerre… Tout a changé! Les mœurs surtout. Les mœurs! (Elle agita de nouveau la main et tira une longue bouffée de sa cigarette.) Même ici, c'est incroyable!

Pendant quelques minutes elle poursuivit ce discours qu'elle coupait d'exclamations vigoureuses, et plus ses paroles étaient vagues, plus elle mettait d'énergie dans son articulation.

— On ne se figure pas, reprit-elle. Il faut voir ça pour s'en rendre compte. Et quand je pense à ce qu'on dit… Vous, vous ne pouvez pas savoir, dans votre hôtel. Vous vivez comme autrefois. Mais c'est comme une révolution…

Elle donna un léger coup de poing dans un coussin bleu en forme de citrouille.

Hedwige considérait en silence cette femme s'agitant dans sa robe noire avec des mouvements qui rappelaient ceux d'un animal.

— De quoi parlez-vous? demanda-t-elle d'une voix blanche.

Arlette tourna son long visage vers Hedwige et devint tout à coup immobile et très attentive.

— Vous n'êtes pas la petite fille qu'on croirait, dit-elle avec lenteur. De quoi je parle? Vous pourriez aussi bien me demander de quoi j'évite de parler. Allons, je suis sûre que vous m'avez très bien comprise. Vous savez parfaitement que le petit Dolange n'est pas pour vous.

Hedwige se leva.

— Pas pour moi… murmura-t-elle.

— Oh! dit Arlette en étendant la main vers le flacon, je pourrais dire: pas pour nous. Je vous donne un doigt de porto?

La jeune fille semblait n'avoir pas entendu. Elle respirait difficilement et la tête lui tournait, mais elle fit un effort pour que l'antiquaire ne s'en aperçût pas, car elle méprisait cette femme tout à coup et elle se méprisait elle-même de s'être confiée à une inconnue.

— Vous savez, fit Arlette en se redressant un peu dans ses coussins, si vous le considériez avec plus de détachement, vous verriez que ce n'est guère qu'un petit jeune homme comme un autre.

Un cri monta aux lèvres d'Hedwige, mais elle le réprima.

— Je voudrais savoir, reprit-elle après une hésitation, ce qui vous fait penser qu'il n'est pas pour moi — pour nous... comme vous dites.

Arlette se versait un verre de porto. Elle leva les yeux et planta son regard dans celui d'Hedwige qui ne bougeait pas.

— Demandez-le à Ulrique.

— Non, dit Hedwige. Parlez-moi. Je veux savoir la vérité.

Le son de sa voix lui fit horreur : elle avait un accent de supplication qui annonçait des larmes. Posant son verre sur un plateau de cuivre, Arlette se leva doucement et vint placer une main sur l'épaule d'Hedwige.

— C'est exactement comme s'il ne *pouvait* pas. En tout cas, cela revient au même. M'avez-vous enfin comprise ?

— Oui, fit Hedwige.

Ce n'était pas vrai. Depuis un moment, tout ce que lui disait cette femme lui paraissait d'une obscurité impénétrable. Elle avait peur : quelque chose en elle flairait un danger.

— Il faut que je m'en aille, dit-elle dans un souffle.

Arlette fit entendre un soupir.

— Comme vous voudrez, dit-elle en prenant le bras de la jeune fille. Mais nous nous reverrons.

— Oui, nous nous reverrons, fit Hedwige machinalement.

Quittant le boudoir turc, elles traversèrent le magasin et s'arrêtèrent devant la porte.

— Une autre fois, dit Arlette, le poing sur le bec-de-cane, choisissez mieux.

Hedwige tressaillit comme si on l'eût frappée.

— On ne choisit pas ! s'écria-t-elle, les yeux brillants.

— Peut-être, peut-être... Mais je connais beaucoup de monde.

Elle ouvrit la porte en murmurant :

— Allons, du courage... ma chérie !

Hedwige se retrouva dehors sans savoir comment. Elle fit quelques pas dans la mauvaise direction, rebroussa chemin, puis traversa pour éviter de repasser devant le magasin et soudain héla une voiture.

Chez elle, dans sa chambre, elle ôta son chapeau avec des gestes d'automate et s'assit à sa coiffeuse. La pensée lui vint, devant son visage figé par une sorte d'étonnement douloureux, que la personne qu'elle voyait dans la glace n'était pas celle qu'elle y avait vue la veille. Quelque chose d'extraordinaire s'était passé. Pourtant, tout demeurait à sa place : les volants de la coiffeuse, les flacons, les brosses, mais elle n'était plus la même : la jeune fille qu'elle regardait et qui la regardait si attentivement devenait une étrangère. C'était peut-être à cause de cela qu'elles se considéraient sans rien dire, toutes les deux, mais au bout d'un moment elles ouvrirent la bouche et dirent tout haut :

— C'est fini.

La phrase tomba dans un profond silence. Hedwige se leva et se dirigea vers la fenêtre où elle appuya son front contre la vitre. Il n'y avait personne dans la cour, mais le murmure de la ville se faisait entendre au loin et ce bruit confus semblait une voix menaçante. Rien n'avait changé pourtant : ce grondement sourd des voitures, Hedwige le connaissait bien, de même que la lumière du soleil sur les pierres inégales et sur le tronc du tilleul, mais, depuis une heure, tout prenait un aspect nouveau, terrible. «Ne plus vivre», pensa-t-elle. Ce qu'elle voyait autour d'elle lui disait cela d'une façon si claire qu'elle fut surprise de n'y avoir pas songé plus tôt : l'épais trait noir qui soulignait le toit sur toute sa longueur, la forme des croisées en face de la sienne, l'ombre sous la haute voûte de la porte cochère et jusqu'au bleu pâle du ciel où couraient des nuages en lambeaux, tout prenait le même sens, articulait la même phrase qu'elle ne pouvait chasser de sa tête : «... Ne plus vivre...» Ses yeux restaient secs et ses mâchoires se serrèrent un peu ; elle eut froid, mais demeura parfaitement immobile comme si elle eût craint par un faux mouvement de tomber dans un précipice. Près d'un quart d'heure s'écoula, puis on frappa à sa porte.

Cet après-midi-là, Mme Pauque se montra plus attentive qu'à l'ordinaire avec Hedwige et beaucoup plus affable. Peut-être devinait-elle que quelque chose n'allait pas.

— Ma petite fille, dit-elle, vous êtes très pâle. Je suis sûre que vous avez besoin d'air. Nous allons sortir ensemble.

— Non, fit Hedwige.

— Allons, dit Mme Pauque en lui prenant le coude avec douceur. Je vois bien que vous êtes soucieuse. Même si vous n'avez pas envie de parler, une promenade vous distraira. C'est si important quand on a du chagrin. Vous avez du chagrin, n'est-ce pas ? demanda-t-elle d'une voix pleine de sollicitude, et elle fixa ses beaux yeux d'encre sur ceux d'Hedwige qui détourna la tête.

— Laissez-moi, murmura la jeune fille.

Le bras ferme de Mme Pauque se coula autour de la taille d'Hedwige.

— Je ne me le pardonnerais pas, fit-elle en guidant sa cousine vers la porte.

Elles sortirent. Contrairement à ses résolutions, Hedwige se laissa faire. Vêtues légèrement, car l'après-midi était tiède, elles se dirigèrent vers le fleuve et la jeune fille gardait un silence que Mme Pauque eut la délicatesse de ne pas troubler jusqu'au moment où elles franchirent les grilles d'un jardin public à peu près désert. Des massifs de laurier et de fusain bordaient de longues allées aux détours placides et les arbres se couvraient comme d'une mantille de petites feuilles qui laissaient passer les rayons d'une lumière caressante. Ce décor tranquille et un peu ennuyeux semblait admirablement propice aux confidences.

— Ma petite Hedwige, commença Mme Pauque, nous avons toutes passé par les mêmes chemins. J'ai eu votre âge et je sais ce qui vous tourmente. Un amour malheureux…

— J'aimerais mieux ne pas en parler, fit Hedwige d'un ton un peu rauque.

— Quoi de plus naturel ? fit Mme Pauque de sa voix la plus suave.

Elles s'assirent sur un banc et Hedwige inclina le visage pour essayer de cacher les larmes qui mouillaient ses joues. Alors Mme Pauque ouvrit discrètement son sac d'où elle tira un mouchoir qu'elle tendit à la jeune fille sans desserrer les lèvres. Il y eut un silence, une odeur d'héliotrope flotta dans l'air et Hedwige se moucha. Ce fut à ce moment que Mme Pauque ouvrit son sac pour la seconde fois et en tira une lettre qu'elle tint entre ses doigts de manière à en cacher la suscription.

— Mon enfant, dit-elle, nous allons être raisonnables. Cette lettre est arrivée ce matin, alors que vous étiez sortie. Elle vient de Naples et vous est adressée. Ai-je besoin de vous dire que je ne sais ce qu'elle contient mais, sans être sorcière, je devine qu'elle est de Jean. Or nous avons appris sur son compte des choses regrettables dont il vaut mieux ne pas vous parler.

— Des choses regrettables ? fit Hedwige qui leva un petit nez luisant.

— Oh ! vous saurez plus tard… La vie a des laideurs que vous découvrirez assez tôt. Me permettez-vous d'ouvrir cette lettre et de vous la lire ? Je vois que ma demande vous surprend.

Hedwige, en effet, tendait déjà la main pour prendre la lettre et demeura la bouche entrouverte, mais à la réflexion qu'est-ce que cela pouvait lui faire qu'une lettre de Jean lui fût lue par Mme Pauque ? Une seule personne au monde comptait à ses yeux.

— Cela m'est égal, dit-elle en laissant retomber sa main.

— Très bien, fit Mme Pauque qui déchira l'enveloppe aussitôt, et elle déplia trois grandes pages couvertes d'une écriture régulière.

« *Ma chère petite Hedwige*, commença-t-elle, *je vous écris ce soir parce que je me sens seul, triste et inquiet dans cette ville étrangère où, passé les premières heures d'éblouissement, rien ne peut plus me faire sourire. Vous me manquez. Sans doute cela vous paraît-il étrange que je vous parle ainsi, moi qui me confie si difficilement, mais vous vous souviendrez de cette visite que je vous fis dans votre chambre...»*

Le regard de Mme Pauque quitta la lettre et se posa sur Hedwige.

— Oui, dit celle-ci. Il est venu frapper à ma porte quelques mois avant son départ. Je n'ai jamais compris pourquoi, du reste. Il m'a dit simplement qu'il avait eu un grave ennui.

— Un grave ennui ? De quelle nature ?

— C'est ce qu'il n'a pas voulu me dire.

— Hum ! fit Mme Pauque en hochant la tête. Passons.

Et elle reprit : *«J'avais besoin alors de parler à quelqu'un de pur, comme vous. Oh, ne vous récriez pas ! Vous ne pouvez pas bien comprendre le pouvoir de l'innocence sur un homme de mon espèce...»*

D'un œil méfiant, elle parcourut les lignes qui suivaient avant de les lire tout haut.

«... sur un homme de mon espèce qui sent autour de lui grandir une hostilité générale.»

— Que veut-il dire ? demanda Hedwige subitement intéressée. Il est toujours si mystérieux.

— Très, fit Mme Pauque.

«Du reste, il valait mieux que je m'éloigne d'une ville qui m'était chère pour des raisons que je ne puis vous dire, mais où le danger rôdait autour de moi jour et nuit. Sans doute ces paroles vous sembleront-elles obscures et je désire qu'elles le soient, car je ne me risquerais pas à vous écrire si je vous croyais capable de me deviner. J'en serais malade de honte et pourtant je veux vous parler à vous, à vous seule...»

Hedwige ne put réprimer un geste, comme si elle eût voulu saisir cette lettre qui de toute évidence ne s'adressait qu'à elle, mais Mme Pauque recula tant soit peu sur le banc et poursuivit d'une voix plus rapide :

«Avec une foi plus vive, je me confesserais peut-être. Les églises ne manquent pas. Mais loin de moi, hélas !

ces facilités réservées aux âmes pieuses. Je souffre, Hedwige. Je souffre parce que je suis amoureux, comme vous. Entre nous, il y a ce lien et un lien si fort que je ne puis le rompre. Si je vous disais le nom de la personne que j'aime, vous ne le supporteriez pas et je vous verrais passer dans le rang de mes ennemis qui ne me pardonneront jamais d'être tel que Dieu m'a créé.»

— Comprenez-vous un mot à tout cela? demanda Hedwige.

Mme Pauque lui jeta un regard aigu par-dessus la lettre qu'elle tenait à deux mains et croisa un pied sur l'autre.

— Poursuivons, dit-elle.

«Aimer sans être aimé est au-dessus de mes forces...» Hedwige éclata en sanglots.

— Pauvre Jean! s'écria-t-elle dans son mouchoir.

— Remettez-vous, fit Mme Pauque. Il vient des promeneurs de notre côté.

— J'aimerais mieux que vous me donniez cette lettre.

— Je vous la donnerai certainement quand nous l'aurons lue. Mon devoir est d'en prendre connaissance, car il faut que l'on veille sur vous, Hedwige.

— Je ne suis pas une enfant.

— Vous n'êtes pas une enfant, mais Jean est un malfaiteur, dit Mme Pauque d'une voix égale.

— Un malfaiteur!

— Voulez-vous que je continue? Je vais d'abord attendre que ces gens se soient éloignés.

Une vieille dame appuyée au bras d'un collégien passa lentement devant eux. «Tu lui écriras une lettre ce soir, disait la vieille dame. Depuis le temps qu'elle nous l'a envoyé...» Mais le garçon regardait Hedwige et ne disait rien.

Au bout d'un instant, Mme Pauque jeta un coup d'œil par-dessus son épaule et reprit avec une sorte d'énergie qui faisait songer à un cavalier fonçant dans une longue avenue:

«Pour lutter contre le désespoir, j'eus recours à ce qu'on nomme le plaisir, qui est bien ce qu'il y a au monde de plus sinistre quand le cœur n'y est plus et que la jeunesse est loin. Je vécus dangereusement, comme on dit. *J'espérais un malheur en même temps que je le redoutais. Il vint. Le sort m'obligea à quitter notre ville et je cherchai refuge dans celle-ci où pas un regard ne se pose sur moi qui donne un peu de ce bonheur que nous cherchons tous. Je vis comme un pauvre, mais j'accepterais cette épreuve de grand cœur (écoutez-moi, Hedwige) si je pouvais seulement retrouver ma souffrance de naguère et voir de nouveau le visage dont le souvenir est pour moi une torture que je renonce à décrire.*

«*Vous ayant ainsi parlé de moi, il vous paraîtra singulier et tout à fait hors de propos que je trace le nom de Gaston Dolange…*»

Un cri s'échappa de la bouche d'Hedwige. Mme Pauque la regarda gravement et poursuivit :

«*Vous le connaissez trop peu et l'image que vous vous formez de lui est beaucoup trop éloignée de la vérité pour que je puisse vous convaincre de ce que je vais vous dire, mais je vous supplie de ne pas chercher à le voir. Efforcez-vous, au contraire, de l'oublier car il ne saura que vous faire verser les larmes les plus amères et les plus inutiles qui puissent rougir les yeux d'une femme.*»

— Ma pauvre enfant ! dit Mme Pauque avec bonté.

Hedwige garda le silence pendant un moment, puis, à voix basse, elle demanda :

— Y a-t-il autre chose ?

— Non, dit Mme Pauque en repliant la lettre qu'elle glissa dans son enveloppe, il dit simplement qu'il vous embrasse.

Elle se leva et machinalement Hedwige fit de même. D'un pas tranquille, elles remontèrent vers la grille du jardin et Mme Pauque fit remarquer à la jeune fille un forsythia dont les fleurs s'annonçaient par des piqûres d'or qui formaient une sorte de constellation. Il y eut un long silence jusqu'à l'avenue qu'elles avaient quittée un moment plus tôt, puis Mme Pauque s'éclaircit la voix et dit avec une douceur étudiée :

— Êtes-vous d'avis que nous déchirions cette lettre et que je la jette dans un égout ? Il me semble que sa place est là.

— Oui, fit Hedwige.

La lettre fut tirée du sac.

— Je garderai le timbre pour mes œuvres, dit Mme Pauque en détachant de l'enveloppe le petit carré de couleur.

Après quoi, avec un geste calme et précis, elle fit quatre, puis huit morceaux de la lettre et les jeta, comme elle l'avait annoncé, dans une bouche d'égout. Du bout de son soulier elle poussa un fragment de papier qui hésitait au bord de la grande ouverture noire et, prenant le bras d'Hedwige, elle se mit à parler de ce ton raisonnable et modéré qui remettait tout à sa place.

— Il valait mieux en finir, dit-elle. Nous avons tourné une page, ma petite Hedwige. À présent, nous pouvons envisager l'avenir avec une sérénité plus grande. Voyez comme le destin fait les choses. Cette lettre dont j'ignorais le contenu m'a ouvert les yeux, à moi aussi, non pas sur ce malheureux Jean que je ne veux pas accabler, mais sur la personne à laquelle vous vous intéressiez.

Elle s'arrêta tout à coup, et, avec une ombre d'inquiétude dans ses prunelles sombres, posa son beau regard attentif sur Hedwige :

— Car vous avez compris, je suppose ?

— Oui, fit Hedwige.

Ce qu'elle avait enfin compris, c'était, pour reprendre les expressions d'Arlette, que Gaston Dolange *ne pouvait pas*. De toute sa conversation avec l'antiquaire, comme de la lettre qu'on venait de jeter à l'égout, elle ne démêlait que cela et elle savait le nom qu'on donnait à cette infirmité, mais elle n'osait même pas se le dire. Tout en marchant aux côtés de Mme Pauque, elle retenait sa pensée comme on retient son souffle, car penser à ces choses lui donnait envie de crier.

— Je suis heureuse, dit Mme Pauque, de voir que vous êtes raisonnable et courageuse. La vie est méchante, Hedwige. Toutefois, il y aura une compensation, j'en suis certaine. Prenez sur vous de ne plus penser à ce petit misérable.

« Pourquoi l'insulte-t-elle ? » se demanda Hedwige. Et après quelques secondes de réflexion, elle dit tout haut :

— Pourquoi l'insultez-vous ?

— Quel respect aurais-je donc pour un homme qui ne mérite pas ce nom ?

Hedwige devint toute rouge. Pouvait-on en vouloir à Gaston Dolange d'une disgrâce naturelle ? Elle voulut répondre, mais craignit d'être entraînée à dire certaines paroles d'une précision gênante et elle se tut. La promenade s'acheva en silence.

Hedwige thinks that Gaston cannot make love - not that he is homosexual

*elle a decide
de faire
souffrir
félicie*

Ce soir-là, Hedwige ne se joignit pas aux Vasseur. On lui servit dans sa chambre un repas dont elle ne mangea presque rien, mais afin d'être moins seule car elle était inquiète, elle entrouvrit sa porte, ce qui lui permit d'entendre le murmure de voix montant du rez-de-chaussée. Ce bruit tour à tour grave et enjoué la réconfortait un peu, éloignant d'elle une présence indéfinissable.

Il y avait en bas un invité qu'Hedwige ne connaissait pas, un monsieur d'une certaine importance dans le monde politique. Pourquoi dînait-il à la maison ? Hedwige n'en savait rien et cela ne l'intéressait guère. Aussi avait-elle accepté avec empressement de ne point paraître, car les personnes en vue l'intimidaient toujours un peu, mais elle entendait avec une sorte de gratitude le rire artificiel de Mme Vasseur saluant les mots d'esprit de la personne qu'on désirait honorer. Dans le trouble où elle était depuis quelques heures, il semblait à la jeune fille que le monde extérieur la sauvait. Elle redoutait qu'on lui parlât, qu'on vînt l'arracher à elle-même, et pourtant il fallait qu'il y eût autour d'elle un peu de cette agitation humaine qui la rassurait d'une manière incompréhensible. L'idée que tôt ou tard la maison allait s'endormir la jetait dans une sorte d'effroi. Elle aurait voulu entendre parler toute la nuit.

Vêtue d'un long peignoir de laine blanche, elle s'aventura jusqu'au palier et s'assit sur la première des marches qui descendaient vers l'antichambre. L'ombre autour d'elle n'était pas si épaisse qu'elle ne distinguât une grande croisée ovale par où se voyaient confusément des branches d'arbre, mais le ciel était noir. Peu à

192

peu, elle reconnaissait le dessin de la rampe de chêne qui se détachait sur la paroi blanche. Cette partie de la maison était la plus ancienne et gardait l'apparence d'austérité prospère qui caractérise certaines demeures provinciales. Des générations d'hommes et de femmes avaient monté ces degrés et elle ne put se retenir de penser à tout l'espoir et à tout l'effroi qui avaient circulé dans cet espace et dans un temps dont on avait perdu la mémoire. Qui pouvait dire qu'une femme ne s'était pas assise comme elle sur cette marche, en proie à la même inquiétude ? Et sans oser s'avouer pourquoi, elle jeta les yeux autour d'elle.

Des éclats de voix la firent tressaillir. On discutait dans la salle à manger et des bribes de phrases se détachaient de cette grande rumeur qui faisait songer aux aboiements d'une meute : « Personne ne peut dire… » « Depuis plus de cinquante ans… Permettez… C'est la première fois qu'une histoire pareille… »

Hedwige n'essayait pas de comprendre, mais son cœur battait comme s'il se fût agi d'elle. Bientôt le tumulte s'apaisa et la conversation retomba dans un bourdonnement confus et rassurant. La jeune fille appuya son front à un des gros balustres qui soutenaient la rampe et, les yeux fermés, elle revit tout à coup le visage de Gaston Dolange. Il ne la regardait pas. L'avait-il jamais regardée ? L'avait-il seulement jamais vue, même le jour où il lui avait été présenté par Ulrique ? Sans doute n'existait-elle pas pour lui plus qu'un arbre ou qu'une chaise, alors qu'elle se repaissait de l'effroyable dédain qu'elle lisait sur ses lèvres boudeuses et dans ces yeux clairs où rôdait l'ennui. Elle examinait ses traits comme on erre par le souvenir dans un paysage où l'on a souffert. Qui était-il ? Qui aimait-il ? Quelque chose la souleva tout à coup, un désir forcené de l'étreindre, et brusquement elle fut debout, haletante et les deux mains à la gorge. À cet instant, elle entendit un cri qui semblait ne jamais devoir finir, un grand cri d'angoisse et de peur qui frappait les murs et, presque aussi stupéfaite qu'horrifiée, elle reconnut sa propre voix. C'était de sa poitrine que sortait cet appel terrible, scandaleux.

Elle se tut, le sang au visage. Pas un bruit ne montait de la salle à manger où l'on se demandait sans doute ce que cela voulait dire, puis la voix mondaine de Mme Vasseur se fit entendre. Raoul exprima une opinion qui fut immédiatement reprise et après une brève incertitude la conversation se remit en marche.

Dans sa chambre à présent, Hedwige tâtonnait entre les meubles. Elle ne voulait pas allumer, ce qu'elle voulait, c'était se cacher dans le noir, se glisser entre ses draps, rester immobile, comme une morte. Ainsi, la nuit la porterait au jour et dans la lumière tout changerait ; elle souffrirait d'une manière différente.

Pendant plus d'un quart d'heure, elle garda la même position, la joue dans l'oreiller qui devenait brûlant, et un mot longtemps retenu lui monta à la bouche, un mot qu'elle n'eût jamais osé dire devant personne et qu'elle chuchota si bas qu'à peine elle entendit le son de ces syllabes honteuses :

— Impuissant...

Elle rêva. Il était nu devant elle. Son corps brillait pareil à celui d'une idole, et elle voyait sa poitrine et ses flancs palpiter comme s'il avait couru, mais il ne bougeait pas : il attendait. Une expression singulière passa sur ses traits, d'abord dans ses prunelles bleues où elle crut lire un défi, puis sur ses lèvres charnues qui se tendirent un peu, en un sourire féroce qui montrait des dents d'une blancheur enfantine. Du temps s'écoula. Hedwige ressentait une intolérable brûlure sur toute sa chair et n'existait plus que par ses yeux qui suivaient le regard de l'homme, et tantôt ce regard se portait vers la droite, tantôt vers la gauche, mais jamais il ne se posait sur elle, et de toutes ses forces elle criait, elle criait d'horreur, elle criait sans arrêt. Puis une ombre se fit, cachant l'apparition, et peu à peu elle reconnut le visage de Jean. Il ouvrait la bouche, mais aucun son ne se faisait entendre, quelque soin qu'il prît d'articuler, et, sur ses joues ravinées par les larmes, elle distingua deux filets de sang qui partaient des yeux. Les mains étendues pour l'éloigner, non pour l'accueillir, il secouait tristement la tête. Elle l'appela. Le regard de Jean s'abaissa vers le sol où elle aperçut les fragments de la lettre que Mme Pauque avait déchirée, et il disparut. Après lui, l'antiquaire se plaça entre elle et l'homme immobile et dit : « Non ! » d'une voix rude et méchante. Enfin, Mme Pauque, vêtue de noir de la tête aux pieds, majestueuse et belle, les bras levés comme une prophétesse : « Aveugle ! criait-elle. Hedwige est aveugle ! » « Oh ! gémissait la jeune fille, ce n'est pas vrai ! Non ! Non ! »

— Si ! reprenait doucement Mme Pauque en lui caressant les cheveux. Il faut vous réveiller, mon enfant. Vous faites un mauvais rêve, mais tout est bien, c'est fini. Réveillez-vous !

En disant ces mots, elle lui tapota l'épaule jusqu'à ce que la jeune fille échappât à la vision qui lui arrachait, non pas les hurlements de terreur qu'elle croyait entendre, mais un petit cri plaintif d'enfant malade. Un frisson la parcourut. Se retournant sur le dos, elle ouvrit les yeux tout grands et considéra le visage qu'elle quittait dans un cauchemar pour le retrouver dans la vie réelle.

— Allons, fit Mme Pauque en écartant du front d'Hedwige les mèches qui le recouvraient, calmez-vous, ma petite fille. Vous êtes dans votre chambre et je suis près de vous.

— J'ai rêvé à vous, dit Hedwige.

— Étais-je donc si terrible ? demanda Mme Pauque en riant. Que faisais-je donc dans votre rêve ?

Mais la jeune fille ne se souvenait plus de rien. Avec une irritation grandissante, elle essayait de retenir les derniers lambeaux de ce cauchemar qui s'évanouissait dans sa tête, mais dont il lui restait une blessure.

— Vous avez un peu de fièvre, fit Mme Pauque. Je vais vous donner de l'aspirine. Cela vous fera dormir.

Elle disparut. La petite lampe au chevet du lit d'Hedwige répandait autour d'elle une lumière ambrée qui caressait les tentures à fleurs multicolores et les rideaux de toile écrue dont les longs plis droits semblaient des colonnes de pierre. C'était le décor familier que la jeune fille aimait et détestait à la fois et qu'elle appelait intérieurement son champ de bataille, mais ce soir elle avait l'impression de le retrouver après une longue absence, un dur et ténébreux voyage dans des régions inconnues. Pendant une minute ou deux, elle réfléchit confusément à ces choses. À côté d'elle, le tic-tac d'un petit réveil emplissait le silence. Elle écouta ce bruit un instant puis se leva et passa son peigne dans ses cheveux. « Il faut faire cela, se disait-elle. Vivre, c'est tous ces gestes... »

À ce moment, Mme Pauque rentra dans la chambre, un tube d'aspirine à la main.

— Je n'ai pas la fièvre, dit Hedwige.

Mme Pauque la considéra attentivement.

— Si, dit-elle, vos yeux brillent. Mais je n'essaierai pas de vous persuader.

Elle attendit quelques secondes et ajouta :

— Je crains que vous ne dormiez pas cette nuit.

— Cela n'a pas d'importance, dit la jeune fille avec brusquerie. Rien n'a d'importance.

— Qu'allez-vous faire ? demanda Mme Pauque à mi-voix. Il est minuit passé.

— Je vais m'étendre. Sans doute lirai-je un peu.

Elle se laissa tomber assise sur le lit avec une expression voisine de la fureur qui l'embellissait : la bouche entrouverte et les yeux agrandis par un cerne violet, elle planta sur la visiteuse un regard fixe. Mme Pauque prit place sur une chaise qu'elle approcha de la jeune fille.

— Si je suis venue vers vous, fit-elle doucement, c'est que j'ai entendu ce cri pendant que nous dînions. Raoul voulait envoyer quelqu'un ici. Je l'en ai empêché. Je savais trop bien de quoi il s'agissait. Il fallait vous laisser seule. Ai-je bien fait ?

Hedwige fit signe que oui. Mme Pauque se pencha en avant et lui prit la main avec une délicatesse extrême :

— Ma petite fille, dit-elle. J'ai souffert, moi aussi. Je sais. La vie est cruelle, mais le temps guérit les blessures. Essayez de ne plus songer à ce malheureux garçon. Il est indigne de vous.

— Indigne de moi ! s'écria Hedwige au bord des larmes. Qu'est-ce que cela veut dire ? Je ne demandais pas qu'il soit digne de moi, je voulais qu'il m'aime.

196

— Mais il ne peut pas vous aimer. Songez au désastre qu'eût été un tel mariage, à ce qu'on eût pensé, au déshonneur... Il ne faut pas qu'on puisse dire que nous frayons avec de telles gens...

— De telles gens! Ce n'est pas sa faute.

— Ne cherchez pas à l'excuser, mon enfant. Non, je vous en prie, ajouta-t-elle en voyant qu'Hedwige faisait un geste. Je me refuse à parler de ces choses honteuses.

Hedwige retira sa main et garda le silence.

— Il faut que vous sachiez, en ce qui concerne Jean, reprit Mme Pauque d'une voix plus froide, que ce triste sire ne reviendra plus ici. Je crois que cela vaudra mieux. Une personnalité importante a bien voulu prendre sur elle d'étouffer une vilaine histoire, dont les journaux, grâce au Ciel, ne parleront pas.

Elle baissa le nez un instant et reprit:

— C'était, vous l'avez deviné, ce monsieur qui est venu dîner ce soir. Il a promis d'agir à la préfecture. On n'a jamais trop d'amis, voyez-vous. En tout cas, nous voilà débarrassés de ce malfaiteur.

— Quel malfaiteur? demanda Hedwige.

— Mon enfant, je me demande si vous êtes en état de comprendre ce que je vous dis. Je parle de Jean.

— Mais qu'a-t-il fait?

Mme Pauque se leva, non sans une certaine impatience.

— Interrogez Ulrique quand elle reviendra, fit-elle entre ses dents.

Ses lèvres sèches effleurèrent le front brûlant de la jeune fille et elle se redressa de toute sa taille. Qu'elle paraissait belle dans cette lumière qui frappait par-dessous son visage immobile! Ses traits purs avaient la sérénité d'une déesse et ses yeux d'un éclat magnifique brillaient comme du jais.

— Je déteste le scandale, fit-elle en regardant le mur comme si elle s'adressait à une personne invisible, et il n'y aura pas de scandale dans cette maison.

Elle abaissa la vue sur Hedwige et dit:

— Dormez, mon enfant.

Et, se retirant aussitôt, elle ferma la porte avec précaution, comme pour ne pas troubler le silence de la nuit.

Le lendemain matin, Hedwige regarda dans la glace son visage meurtri par la souffrance et, pour la première fois de sa vie, le pressentiment lui vint de ce qu'elle serait quand le temps aurait fait son travail. Pendant quelques secondes elle eut la vision d'une vieille femme et elle s'écarta de sa coiffeuse avec effroi. Ces paupières gonflées, ces lèvres droites et dures, et surtout ce regard éteint au fond des orbites creuses, était-ce elle, cette figure dévastée par le chagrin ? Indécise, elle fit quelques pas vers la fenêtre, puis courut vers la salle de bains où elle ouvrit tout grand un des robinets de la cuvette pour plonger son visage dans l'eau froide. Elle eut alors l'impression que de la glace lui brûlait les joues, le front, la bouche ; mais cette souffrance la vengeait de ce qu'elle avait vu et elle aurait voulu enfouir dans un feu dévorant ce masque prophétique.

Comme elle s'essuyait, un brusque étourdissement la contraignit de s'asseoir sur le rebord de la baignoire. « Mourir, pensait-elle, mourir ici, maintenant... »

Elle fit sa toilette, se peigna et s'habilla en évitant de jeter les yeux vers sa coiffeuse. Ce qui était important, c'était d'aller et venir comme d'habitude, même si dans la poitrine il y avait cette étrange douleur qui ne cessait pas depuis plusieurs jours. Mais habillée, qu'allait-elle faire ? Elle n'avait rien à faire qu'à souffrir. Cette pensée la frappa comme une révélation alors qu'elle posait la main sur le bouton de porte. D'ordinaire, elle allait voir Ulrique, qui la rabrouait ; puis elle sortait avec Mme Vasseur ou Mme Pauque, ou elle lisait un roman dans un coin du petit salon. Brusquement elle se rendait compte du vide de son existence. Elle attendait qu'on la mariât. Elle se nourrissait, elle dormait, elle se lavait et tout cela n'avait pas d'autre sens que de la garder en bonne santé jusqu'au jour de son mariage, heureuse ou non. Or maintenant, il y avait cet événement considérable : elle voyait clair, elle voulait mourir parce qu'elle était amoureuse d'un impuissant. Alors tout prenait un autre sens.

Quelqu'un passait devant la porte. Elle ouvrit d'un seul coup et vit la couturière qui tressaillit et murmura :

— Bonjour, Mademoiselle.

Félicie dans son petit tailleur noir, fripé et luisant, avec cette informe galette qui tenait lieu de chapeau sur sa tête grise, comme elle était laide et triste à voir et comme elle avait l'air coupable ! Félicie à qui personne ne songeait jamais sans que l'heureuse comparaison de Mme Vasseur revînt à l'esprit : un petit animal, une souris, en vérité, une souris mourant de peur !

— Bonjour, fit Hedwige d'un air sombre.

La couturière lui jeta un regard apeuré et monta dans un chuchotement de jupe, le bras sur la rampe. Deux ou trois secondes encore et elle avait disparu. Une pensée singulière traversa le cerveau de la jeune fille : elle irait voir Félicie. Pourquoi ? Pour savoir quand elle aurait fini cette jaquette ? Une raison plus profonde détermina la jeune fille à suivre la couturière, mais elle ne se l'avouait pas : il lui plaisait, ce matin-là, de mettre un peu mal à son aise ce petit être disgracié. Avec une sorte de zèle qui ressemblait à de la joie, elle bondit dans l'escalier et ouvrit la porte du dernier étage alors que Félicie venait de la refermer.

— Ma jaquette, fit-elle.

La couturière levait les bras pour ôter son chapeau. Elle se retourna vers Hedwige et demeura la bouche ouverte.

— Vous travaillez plus lentement qu'autrefois, me semble-t-il, dit la jeune fille d'une voix hautaine et avec des intonations copiées sur celles d'Ulrique. Il y a des semaines que cette jaquette est en train.

— C'est la soutache, Mademoiselle, répondit Félicie en reculant un peu vers le fond de la pièce.

L'inquiétude chassait de côté et d'autre ses petits yeux noirs et elle passa le bout de la langue sur sa lèvre inférieure. En un tour de main, elle enleva son chapeau, sa jaquette, et, tirant de son sac un tablier noir, le noua autour de sa taille.

— Je travaille, dit-elle.

— Vous travaillez, fit Hedwige dont les narines s'écartèrent comme celles d'une bête qui hume le sang. Montrez-moi donc votre travail.

Félicie trottina vers le lit sur lequel le vêtement en question s'étalait, les bras en croix, puis elle en revêtit Blanchonnet qui se dressait d'un air vainqueur, la poitrine en avant, sur le coin d'une table.

— Mademoiselle peut se rendre compte, fit Félicie.

Elle mit son lorgnon et flatta la hanche de Blanchonnet de sa petite main rude. Hedwige paraissait mécontente et gardait un silence épouvantable. Quelque chose qu'elle ne s'expliquait pas bien la poussait à humilier cette femme qui se tenait debout devant elle comme une accusée devant son juge. D'un simple mot, Hedwige pouvait faire trembler l'insignifiante petite personne. Elle réfléchit et laissa tomber cette phrase :

— J'espère que vous avez une bonne clientèle ailleurs que chez nous, Félicie.

— Oh ! fit la couturière en enfonçant les doigts dans les plis de son tablier. Mademoiselle ne veut pas dire…

— Si, dit Hedwige avec un soupir de lassitude. Peut-être…

Félicie ne répondit pas. Un léger tremblement faisait aller à droite à gauche sa tête grise et elle ouvrit la bouche, mais aucun son ne s'en échappa, puis une larme brilla derrière son lorgnon, une petite larme de colère et de désespoir qui hésita au bord des cils avant de rouler sur la joue plate et rose.

— Il se peut très bien qu'un jour on vous remercie, fit Hedwige majestueusement.

— Qu'on me remercie…

Ce terme à la fois menaçant et poli frappa Félicie comme une gifle.

— Allons, du courage, fit Hedwige. Vous trouverez ailleurs.

Elle regarda le visage douloureux de la couturière et pensa : «Elle a peur, elle souffre, elle aussi, elle souffre bien. Elle se demande ce qui va lui arriver, comme moi.»

À sa grande surprise, Félicie tourna brusquement vers elle un regard à la fois aigu et sournois :

— Ce n'est pas vrai, murmura-t-elle, ce n'est pas vrai que Madame veut me renvoyer. Je l'aurais su. On sait tout, à la cuisine. On sait tout, Mademoiselle Hedwige.

À cette minute, Hedwige sentit le cœur lui battre comme à l'approche d'un événement d'une extrême importance. Une rougeur subite lui couvrit le visage et elle baissa la tête.

— Pourquoi avez-vous dit cela, Mademoiselle Hedwige ?

La question n'était pas posée d'un ton méchant, mais d'une voix humble et timide qui prit la jeune fille à la gorge. Les larmes lui jaillirent des yeux.

— Allez, reprit Félicie en lui touchant le bras, si vous croyez qu'on ne sait pas tout !

— Qu'on ne sait pas quoi ? demanda Hedwige en se mouchant.

— Enfin… tout, Mademoiselle.

Il y eut un silence pendant lequel les deux femmes se regardèrent sans s'apercevoir qu'elles haletaient un peu, debout près du mannequin qui les dominait de toute sa taille dans sa jaquette à l'allure façonnière.

— Je ne saisis pas ce que vous voulez dire, balbutia Hedwige. Je ne comprends pas.

— Oh ! fit Félicie, une belle jeune fille comme vous, quand elle a l'air si malheureuse, on devine naturellement de quoi il s'agit. Et puis, vous comprenez bien que les domestiques ne sont pas sourds, ni aveugles. Herbert n'en croyait pas ses yeux quand il a vu Monsieur…

— Monsieur qui ?

La couturière ôta son lorgnon et avança un peu la tête.

— Eh bien… M. Dolange.

Instinctivement, Hedwige recula.

— Je ne veux pas que vous parliez de M. Dolange, dit-elle d'une voix sourde, mais elle mentait, elle souhaitait de tout cœur qu'on lui en parlât, et elle savait que des paroles allaient être dites qu'elle redoutait d'entendre.

— Ça n'est tout de même pas de chance que vous

soyez tombée sur un garçon comme lui, poursuivit Félicie. Un autre, n'importe lequel, mais pas lui, pas l'ami de M. Jean.

— M. Jean?

— Oui. Eux, là-haut, ne savaient pas. Ils ne savent jamais rien. Mais nous, en bas, dans la cuisine, on se doutait. Herbert savait, lui, parce qu'il est bien avec la boulangère. Et puis, il y a eu la scène dans la cour. Vous ne saviez pas? Vous étiez sortie peut-être, et naturellement on ne vous a rien dit.

— Non. Je ne comprends pas, je ne sais rien...

— Bien sûr qu'une jeune fille ne doit pas savoir ces choses-là, fit Félicie en passant le bras autour de la taille de Blanchonnet.

Un sourire diabolique plissa lentement son petit visage qu'Hedwige ne reconnut pas.

— Une jeune fille bien élevée, reprit la couturière, ça ne connaît pas ces choses-là, mais nous, on sait.

— Parlez, je vous en prie.

— Alors, c'est vrai que vous ne savez pas pourquoi M. Jean a quitté la ville tout à coup? chuchota la couturière.

— Mais non.

— Et vous ne savez pas non plus ce que c'est que M. Dolange?

Hedwige eut un regard de bête qui sent le piège se refermer sur elle.

— Pourquoi me parlez-vous de M. Dolange?

— Parce que M. Dolange était l'ami de M. Jean.

Le sang se retira des joues d'Hedwige. Elle s'appuya à la table.

— Eh bien? souffla-t-elle.

— Vous ne comprenez donc pas? demanda la couturière avec un rire complice.

— Non.

De nouveau, il y eut un grand silence entre ces deux femmes. Hedwige entendit le sang bourdonner à ses oreilles.

— Je voudrais que vous me parliez, dit-elle enfin d'une voix blanche. Personne ne me parle. Je ne savais pas que M. Jean connaissait M. Dolange... mais je ne vois pas ce que cela peut avoir d'extraordinaire.

Félicie fit un pas vers elle et prit un ton confidentiel :

— À votre place, Mademoiselle Hedwige, je regarderais autour de moi. Les messieurs ne manquent pas ici. Mais des hommes comme M. Dolange ou M. Jean, ça n'est pas la peine d'y songer.

— Qu'est-ce qu'il a, M. Jean ? demanda Hedwige en s'écartant un peu.

— M. Jean est comme M. Dolange ! s'écria Félicie avec une irritation subite. (Et se laissant aller tout à coup, elle déclara d'un ton excédé :) Si vous ne comprenez pas, ce n'est pas moi qui vais vous le dire, Mademoiselle ! D'abord, ces choses-là, ça ne se dit pas.

Elle remit son lorgnon et considéra hardiment la jeune fille qui rougissait.

Hedwige fut sur le point de poser une question et se retint : il y avait dans l'attitude de la couturière une sorte de défi et dans l'obscurité même de ses paroles quelque chose qui ressemblait à une menace, qui faisait peur. La jeune fille sourit mécaniquement, d'un sourire qui se colla à son visage comme un masque. Elle eut un geste gauche, la main étendue vers le mannequin comme pour toucher la manche de la jaquette et, après une hésitation, quitta la pièce.

De retour dans sa chambre, elle se tint immobile devant la fenêtre et réfléchit. Le cœur lui battait encore, mais elle fit effort pour retrouver son calme, serrant les mains derrière son dos avec force comme dans son enfance, lorsqu'elle voulait tenir tête à ses parents ou à une maîtresse qui la grondait. Dans la cour, le concierge balayait avec un grand balai de paille qui faisait un bruit de cascade. Elle écouta un instant, puis s'assit à une petite table et, tirant d'une boîte en toile de Jouy une feuille de papier bleu marquée à son chiffre, écrivit la lettre suivante :

« *Mon cher Jean, je serais bien insensible si je ne répondais pas à une lettre comme la vôtre, car je vois bien que vous souffrez et je sais malheureusement trop bien ce que cela veut dire, à l'heure où je vous écris ces*

lignes. Vous seul me parlez comme à une grande per-
sonne, puisqu'il est entendu que pour le reste du monde
je ne suis qu'une enfant, aussi votre lettre est-elle moins
obscure à mes yeux que vous ne semblez le supposer et
quand même il me manquerait encore cette expérience
dont mes aînés se montrent si fiers, j'ai appris ces der-
niers jours bien des choses qui m'ont instruite sur le
cœur humain et sur la vanité des espoirs que je puis
fonder.

«Vous êtes malheureux: je le suis plus que vous;
j'ignore qui est la personne que vous aimez, mais elle
peut fort bien être touchée un jour des sentiments que
vous lui portez et il ne vous est pas interdit de croire
encore au bonheur. À moi, cela n'est pas possible.
J'aime en effet un homme qui ne peut pas m'aimer.»

À ce moment, elle laissa tomber sa tête sur ses bras
et se mit à sangloter. Pendant quelques minutes, ce
bruit emplit le silence de la petite pièce. Les épaules
secouées, Hedwige pleurait avec une espèce de précipitation, et des cris d'enfant s'échappaient de sa poitrine. Elle haletait et suffoquait comme si on l'eût
plongée dans de l'eau froide, et tout à coup elle se tut,
puis se moucha, ramassa la plume qui était tombée sur
le tapis et reprit sa lettre :

«Vous savez de qui il s'agit et je crois que dans mon
état actuel il serait au-dessus de mes forces de tracer son
nom sur cette page, mais puisque vous êtes, paraît-il,
son ami, vous pouvez mesurer toute la cruauté du sort
qui l'a mené jusqu'à moi, afin que je le voie et que je
m'éprenne de ce visage, de ses yeux, de sa bouche, de ses
mains. Oh! Jean, je souffre. Je voudrais mourir. Il faut
mourir parce que cette bouche ne pourra jamais me dire
qu'elle m'aime. La vie est trop dure. Je ne sais pas com-
ment on s'y prend pour aller d'heure en heure avec ce
poids. Je n'en veux pas à cet homme, puisque la nature
l'a créé de telle sorte... (elle barra cette phrase et la
remplaça par celle-ci :) *Je n'en veux pas à cet homme*
puisqu'il ne peut répondre à l'amour d'aucune femme,

mais j'en veux au sort, j'en veux à l'impitoyable destin qui m'écrase. »

Elle posa sa plume, attendit un instant, puis ajouta :

« À présent, j'ai honte de ce que je vais faire et vous allez trouver que je manque de fierté, mais j'ai trop souffert pour savoir ce que fierté veut dire. Cet homme dont je suis amoureuse, je veux le voir, je veux le voir encore une fois. Écoutez, Jean. Je ne suis pas aussi ignorante que vous le pensez des choses de cette vie, mais je ne puis croire ce qu'on m'a donné à entendre. Quelque chose en moi s'y refuse. En tout cas, sans pouvoir changer la nature de cet homme, je puis au moins essayer de le toucher par mes paroles, je saurai ce qu'il faut lui dire. Il m'aimera. Jean, il m'aimera par le cœur. Je vous supplie de lui écrire. C'était cela que je n'osais vous demander tout à l'heure. Dites-lui que je le verrai où il voudra, par exemple dans le jardin public à la tombée du jour, dites-lui n'importe quoi, mais faites que je le voie. »

Elle perdait un peu la tête en traçant ces dernières lignes et, s'arrêtant tout à coup, se demanda s'il ne valait pas mieux déchirer la lettre entière pour la récrire d'un bout à l'autre, mais la force lui manquait. D'une écriture presque illisible, elle griffonna : *« Je vous embrasse »*, et signa, puis sans attendre une minute, elle quitta la maison et se hâta vers un bureau de poste, redoutant de changer d'avis, comme cela lui arrivait, et de se raviser au dernier moment. Plus tard, elle aurait le loisir de se demander si elle avait bien ou mal fait, mais il fallait agir d'abord et réfléchir ensuite. Elle savait trop bien, en effet, que réfléchir, c'était garder la lettre et se taire, alors qu'elle voulait appeler au secours. Ayant donc collé des timbres sur l'enveloppe, elle la jeta dans une boîte et rentra chez elle.

Dans sa chambre, elle tira les rideaux de sa fenêtre, ôta posément son chapeau et s'assit à sa coiffeuse : *« J'ai agi »*, dit-elle tout haut à son reflet qui remua les lèvres. Sa poitrine se gonfla un peu et, dans le silence de la petite pièce, elle répéta le mot : *« agi »* avec plus de force et de précision. Cela la rassurait d'entendre sa voix. Elle remarqua que ses joues étaient roses et que ses yeux brillaient. Où était la vieille femme qu'elle avait cru voir le matin dans cette glace ? Une jeune fille aux traits agréables lui souriait à présent, une jeune fille qui avait besoin de se poudrer le front et le nez, par exemple, de «s'arranger», comme disait Ulrique. Elle se mit à rire seule et promena la houppe sur son visage. Quelle étrange idée de se regarder dans la pénombre ! Elle y voyait cependant et ce clair-obscur l'embellissait, donnait de la profondeur à ses yeux. «Il ne me trouverait pas si mal dans cet éclairage, pensa-t-elle. J'ai bien fait de dire : à la tombée du jour. Je suis mieux à ce moment-là...» Combien de temps faudrait-il pour que la lettre arrive à Naples et pour que Jean écrive à Gaston Dolange ? Que ferait celui-ci lorsqu'il aurait reçu la lettre de Jean ? Elle demeura tout à coup immobile, la houppe entre les doigts levés à la hauteur de son front. Ce qu'il ferait ? Bien sûr, il écrirait, elle aurait une lettre avant dix jours, avant huit jours. Jusque-là il faudrait vivre, ou faire semblant : parler aux Vasseur, à Mme Pauque, aller et venir, se promener, attendre. Elle poussa un gémissement. Attendre était au-delà de ses forces, attendre, ce n'était pas vivre, c'était mourir.

Cet après-midi-là, elle retourna au bureau de poste pour savoir quand sa lettre arriverait à Naples. Quarante-huit heures... Cinq s'en étaient écoulées déjà, sans doute, mais le temps ne passait pas assez vite, le temps broyait l'âme de ceux qui attendaient comme elle. Elle se figura sa lettre voyageant de main en main, dans des gares, dans des bureaux de poste italiens, enfin à l'hôtel, quelqu'un la remettrait à Jean, et alors... Il serait bien étonné de savoir qu'elle souffrait ainsi. Non, pourtant. Il savait. Peut-être aurait-elle dû insister... Elle écrirait de nouveau. Mais Jean comprendrait : ne souffrait-il pas de la même manière ? «Pas autant que moi», murmura-t-elle. Et elle essaya de se figurer le chagrin de Jean, puisqu'il avait du chagrin ; elle n'y parvint pas. Par l'imagination, elle voyait une femme aux yeux noirs, très élégante et très cruelle,

206

riant aux éclats de la déclaration que le pauvre homme lui faisait, et Jean quittait la France à cause de cela. Sans doute n'avait-il pas su dire ce qu'il fallait, et puis il n'avait rien de très séduisant, avec sa gaucherie et son air sérieux, tandis que l'autre, Gaston Dolange... Elle s'arrêta brusquement : il y avait plus de cinq minutes qu'elle ne pensait pas à Gaston Dolange, et elle en rougit comme d'une trahison.

Le dîner, ce soir-là, fut d'abord beaucoup plus silencieux qu'à l'ordinaire, mais ce fut à peine si Hedwige s'en aperçut, perdue qu'elle était dans un rêve qui l'éloignait à tout moment de la salle à manger dont les tentures imitaient le cuir de Cordoue, alors que les meubles rappelaient de leur mieux les années les plus fastueuses de la Renaissance française. Il faisait lourd et par les fenêtres entrouvertes arrivait la rumeur étouffée de la ville comme une grande voix confuse qui redisait sans cesse la même chose. De temps en temps, Mme Vasseur et Mme Pauque échangeaient quelques paroles sur un ton de confidence, mais ni Raoul ni M. Vasseur n'ouvraient la bouche, sinon pour manger. Un peu avant le dessert cependant, et comme le domestique venait de quitter la pièce, Raoul repoussa son assiette avec humeur et dit tout haut :

— Je trouve qu'Ulrique est inexcusable.

— Ulrique ne s'est jamais rendu compte, fit Mme Vasseur.

— Sa place est ici, dit Raoul. Elle est partie parce qu'elle avait peur.

— Je vous en supplie, fit M. Vasseur en montrant Hedwige d'un signe de tête.

— Oh ! il faudra bien qu'elle sache, reprit Raoul. On ne peut pas tenir secret un événement de ce genre.

À ces mots, Mme Vasseur se leva.

— Si vous continuez, je m'en vais, dit-elle.

— C'est bon, fit Raoul, je me tais.

Le domestique rentra, portant un compotier de poires au vin. Hedwige leva les yeux sur Mme Vasseur qui se rasseyait.

— Qu'y a-t-il? demanda-t-elle. Il est arrivé quelque chose?

— Ne t'inquiète pas, ma petite fille, dit alors M. Vasseur d'une voix douce. Tout ira bien, j'en suis sûr.

Et il tourna vers elle un regard d'une tristesse qui prêtait à son visage une sorte de majesté. Le repas s'acheva sans qu'une autre parole fût dite, puis on passa au salon comme à l'ordinaire, mais au bout de quelques minutes Mme Vasseur se retira, suivie de Raoul qui voulait lui parler, disait-il, de la réfection de la toiture.

Restée seule avec M. Vasseur et Mme Pauque, Hedwige ne put s'empêcher de jeter les yeux autour d'elle comme si elle attendait l'arrivée de quelqu'un. La pièce était haute et de proportions fastueuses et, ce soir-là, paraissait d'autant plus grande qu'une seule lampe sur un guéridon de marbre faisait une tache d'or dans la pénombre, mais on devinait la présence de canapés et de bergères qui se groupaient dans les coins et le satin bleu pâle des rideaux luisait timidement sous les festons des corniches. C'était entre ces murs qu'avaient lieu les réceptions de Mme Vasseur, et c'était là aussi, près d'une console de rocaille dominée par une glace de Venise, que la jeune fille avait parlé à Gaston Dolange. Instinctivement, elle dirigea la vue vers cet orgueilleux miroir avec l'espoir déraisonnable qu'il aurait conservé le reflet d'une tête adorée, mais il y avait trop d'ombre de ce côté-là, trop de nuit autour d'elle et des personnes assises à ses côtés et dont elle considéra les mains avec un mélange de colère et de tristesse, car elle en voulait à tous de n'être pas celui qu'elle aimait. Dans une sorte de murmure inintelligible, elle entendit la voix de M. Vasseur qui articulait des phrases monotones coupées de petits silences. Mme Pauque ne disait rien, frottait l'une contre l'autre ses belles mains blanches où brillait une améthyste. Finalement, M. Vasseur se leva et déposa un baiser rapide sur le front d'Hedwige qui tressaillit comme quelqu'un qu'on tire du sommeil.

— Bonsoir, mon enfant, dit-il. Ma belle-sœur t'expliquera tout mieux que je ne saurais le faire, mais tu sais que je t'aime bien.

Il lui serra gauchement le bras et sortit. Ce fut alors que Mme Pauque se leva. Sans hâte, elle se dirigea vers une des fenêtres qu'elle entrouvrit après avoir tiré les rideaux. L'odeur innocente du tilleul se glissa dans la pièce.

— Mon enfant, dit Mme Pauque d'une voix caressante, nous devons nous accoutumer à certaines idées qui d'abord nous étonnent, et je crois que ce que je vais dire dans un instant ne laissera pas de vous surprendre.

Hedwige ne comprit rien à cette phrase. Elle regardait la silhouette élégante de cette femme vêtue de noir qui allait et venait dans le clair-obscur et se demanda si elle ne rêvait pas.

— Vous savez, fit Mme Pauque en se dirigeant vers la lampe pour reprendre sa place auprès du guéridon, rien n'est jamais tout à fait stable dans cette vie. Tout bouge. C'est une sorte de loi. Hier, nous parlions de Jean, n'est-il pas vrai? Jean avait sa chambre, ici, à l'étage supérieur.

— Eh bien? demanda Hedwige. Il est à Naples, n'est-ce pas?

La longue main fine de Mme Pauque déplaça un bibelot sur le guéridon.

— À Naples, oui.

Ces mots furent dits d'une voix si lente et avec une hésitation si manifeste que la jeune fille se mit à trembler.

— A-t-il changé d'adresse?

— Oh! fit doucement Mme Pauque, voilà une étrange question, mais qui va droit au cœur du sujet. Cependant il y aurait une sorte d'inconvenance à jouer aux devinettes dans des circonstances comme celles-ci. Apprenez, mon enfant, que vous ne le reverrez plus.

— Je ne reverrai plus Jean?

— Non, dit Mme Pauque d'une voix ferme. Il repose à l'heure actuelle en terre italienne. Hedwige, vous n'avez pas l'air de comprendre : il est mort.

Hedwige se leva.

— Ma lettre, chuchota-t-elle.

— Que dites-vous? fit Mme Pauque. Asseyez-vous, mon enfant. Jean n'avait pas une très grande place dans notre cœur, mais je conçois que cette nouvelle vous trouble.

La jeune fille traversa la pièce dans un sens, puis dans l'autre.

— Mort, dit-elle.

— Oui, fit Mme Pauque en se levant à son tour. Il n'avait que quarante ans, mais ce n'était pas un homme de beaucoup d'avenir. On ne voyait pas son avenir, ce qui est toujours mauvais signe.

Elle fit quelques pas et s'arrêta sous le lustre dont les perles de verre brillaient dans l'ombre comme des gouttes d'eau.

— Mort comment? demanda enfin Hedwige.

— N'avez-vous pas entendu Raoul qui parlait tout à l'heure d'un accident stupide? Non? L'accident stupide, c'était cela. On dit toujours que les accidents sont stupides en pareil cas, et pourtant…

Ses mains s'ouvrirent et se refermèrent.

— Je suis d'avis que vous montiez à votre chambre, dit-elle sur un ton de confidence. Vous dormirez, cette nuit.

Mme Pauque ne se trompait pas. Hedwige se coucha presque aussitôt et s'endormit d'un pesant sommeil traversé de grands rêves qui se suivaient en désordre, mais où paraissait toujours Gaston Dolange. Parfois il plongeait dans le fleuve et en sortait, les membres ruisselants et dorés, avec un rire qui effrayait la jeune fille, et elle redoutait que, la prenant dans ses bras, il ne lui salît sa robe, mais il lui tendait une lettre, puis une autre, et une autre encore et toutes ces lettres disparaissaient comme des oiseaux qui s'envolent. Soudain, il s'élançait vers elle avec un long couteau taché de sang jusqu'à la garde. Elle s'éveilla, haletante, et appela Ulrique d'une voix étouffée.

Minuit sonnait. Elle se rendormit presque aussitôt, et, de nouveau, il était là. Il était habillé cette fois et riait tout en lui montrant quelque chose qu'elle ne voyait pas. « Là, voyons, là », disait-il. Mais elle ne savait pas ce qu'il voulait dire, elle ne voyait rien ; alors, la jetant sur la terre il lui mettait les mains autour du cou et la voix de Mme Pauque murmurait : « On dit toujours que les accidents sont stupides en pareil cas… » À ce moment, Hedwige eut l'impression que le sol se fendait doucement sous elle et qu'elle glissait dans un trou de la longueur de son corps. Elle essaya de remuer mais n'y parvint pas. Ses cris de terreur la réveillèrent alors que le jour, à travers les contrevents, barrait le tapis de raies jaunes.

Sa première pensée fut pour la lettre qu'elle avait écrite à Jean. On la renverrait sans doute à son expéditrice, puisqu'elle avait mis son adresse au dos de l'enveloppe, mais l'idée qu'elle pût tomber entre les mains de Mme Pauque la révoltait et elle décida de surveiller à partir de ce jour l'arrivée de tous les courriers. Combien elle regrettait maintenant de s'être laissée aller à ces confidences et surtout d'avoir demandé qu'on lui ménageât une nouvelle entrevue avec Gaston Dolange ! C'était un mort qu'elle avait appelé à son secours. Un mort… Ce mot n'avait pas beaucoup de sens, car elle n'avait jamais vu de morts, et que Jean ne fût plus en vie ne lui paraissait pas imaginable. Il était absent la veille. Il continuerait d'être absent aujourd'hui. Simplement, il était loin.

La lettre ne revint pas. Pendant quatre jours, la jeune fille erra dans la maison qu'elle ne voulait pas quitter, de crainte qu'on n'interceptât son courrier. Elle prétexta des maux de tête qui furent mis sur le compte de l'émotion. Une fois ou deux, Mme Vasseur tenta de la faire sortir avec elle, mais sans insister beaucoup, car la compagnie d'Hedwige l'ennuyait. Quant à Mme Pauque, elle gardait un profond silence et se trouvait presque toujours sur le chemin de la jeune fille lorsque celle-ci remontait de la loge du concierge. Entre ces deux femmes s'esquissait une sorte de jeu qui consistait à provoquer ou à éviter les rencontres qui d'ordinaire échappaient à leur observation. Elles se souriaient sans rien dire quand par hasard elles se croisaient, et le regard de Mme Pauque s'abaissait vers les mains d'Hedwige alors que les yeux de la jeune fille se posaient sur ce visage blême et régulier qui n'exprimait rien.

Un soir, un domestique tendit une lettre à Hedwige qui la prit de dessus le plateau d'argent avec une avidité qu'elle regretta aussitôt de n'avoir pas mieux dissimulée, car elle vit un sourire dans les yeux d'Herbert et, prise d'un soupçon, elle se retourna pour voir Mme Pauque s'avancer vers elle. Il y eut une hésitation, puis Hedwige jeta un coup d'œil sur l'enveloppe et reconnut la haute et orgueilleuse écriture.

— Ulrique, fit-elle simplement.

— Je sais, dit Mme Pauque en passant devant elle. Ulrique revient.

La lettre, en effet, ne disait guère autre chose.

« Je serai là dimanche, écrivait Ulrique. Demande à Berthe de sortir de sa housse mon tailleur bleu et de le mettre à l'air. Je ne veux pas sentir la naphtaline. Fais-moi penser à te dire deux choses. »

C'était tout. La brève missive n'était pas signée et il allait de soi que lorsque Hedwige demanderait à sa cousine quelles étaient les deux choses qu'elle avait à lui dire, la réponse serait un haussement d'épaules : « Si tu crois que je m'en souviens ! »

Hedwige demeura immobile avec cette enveloppe dans les doigts. Le retour d'Ulrique la troublait. Elle l'avait appelée bien des fois, par l'esprit, mais elle la croyait partie pour longtemps et elle éprouvait une grande inquiétude à l'idée que, dans deux jours, sa cousine allait revenir, car à présent tout était autre. Tout ? Qu'est-ce que cela voulait dire ? Tout en elle, peut-être.

Cette nuit-là, elle prit la décision de rendre visite à l'antiquaire dans l'après-midi du lendemain. Quand Ulrique serait là, en effet, la chose serait beaucoup plus difficile, mais demain, entre l'avant-dernier et le dernier courrier, elle pourrait s'absenter pendant une heure. Vers six heures, la maison était vide. Raoul et M. Vasseur n'étaient pas encore revenus de leurs bureaux et quant à Mme Vasseur et sa sœur, elles étaient invitées ce jour-là à une réception qui durerait jusqu'à l'heure du dîner.

Prendre une décision, quelle qu'elle fût, rendait son courage à Hedwige. Elle connaissait alors des moments d'exaltation extraordinaires et son cœur s'allégeait comme par l'effet d'un miracle. Et que dirait-elle à Arlette ? Elle ne le savait pas encore. À la toute dernière seconde, une inspiration la guiderait. L'important était d'agir. «Agir», répétait-elle tout haut dans le silence de sa chambre, en se regardant au miroir avec un visage durci par la sévérité. Elle se considéra un moment et dit d'une voix plus forte : «Il faut agir ou mourir.»

Ces mots avaient une résonance singulière, à cette heure où tout le monde dormait, et elle les redit avec un plaisir plus profond que la première fois. Alors que les autres reposaient dans leurs lits, elle était debout, les cheveux dans le dos, et elle disait à cette femme dans la glace qu'il fallait agir ou mourir, elle le disait à la nuit, au silence, à la solitude, et elle ne put s'empêcher de se trouver belle à cette minute où les mots lourds de sens écartaient ses lèvres pour passer.

Le lendemain, vers six heures et demie, elle courut chez l'antiquaire. Arlette s'apprêtait à fermer son magasin et reçut la visite avec des exclamations de bonheur.

— Vous ! Quelle surprise ! Je n'osais pas vous écrire, mais j'ai pensé à vous. Ah, non, nous ne restons pas là ! Cette fois, vous allez monter chez moi.

Après avoir verrouillé la porte, elle guida la jeune fille vers un escalier en pas de vis qui menait à un petit appartement sombre et douillet. Des contrevents tamisaient les feux du soleil couchant et, sur un grand tapis de Perse, d'étroites bandes de lumière faisaient flamber les vives couleurs de la laine ; de larges fleurs orange se détachant sur un fond de nuit retenaient la vue comme par une sorte d'enchantement.

— Beau, n'est-ce pas ? fit Arlette qui suivit le regard émerveillé d'Hedwige. Je l'ai payé quatre mille francs l'année dernière. Il en vaut cinq aujourd'hui. Asseyons-nous, ma petite Hedwige.

Elle lui saisit la main et prit place tout à côté d'elle sur un grand canapé Régence en soie gorge-de-pigeon. Peu à peu, les meubles apparaissaient dans la pénombre. Sur une table aux pieds galbés, un bouquet de roses rouges emplissait la pièce de son parfum mélancolique.

— Vous voulez que j'allume ? demanda Arlette en faisant tinter les anneaux qui glissaient sur ses bras. Non, n'est-ce pas ? C'est le plus joli moment de la journée… Je vais vous donner à boire.

— Merci, fit Hedwige. Rien.

Elle voulut s'écarter un peu, car elle n'aimait pas qu'on la touchât et l'antiquaire était trop près d'elle, mais les coussins étaient d'une si moelleuse profondeur qu'il était difficile de se déplacer. Tout à coup, la jeune fille porta un poing à son cœur et murmura :

— J'ai quelque chose à vous dire.

— Quelque chose à me dire, fit Arlette en tournant vers elle ses petits yeux d'animal. Oh, qu'elle est émue ! Parlez, mon enfant.

— Je veux l'adresse de… la personne que vous savez.

Cette phrase tomba dans un profond silence, puis l'antiquaire s'empara de la main d'Hedwige et murmura :

— Ma pauvre petite ! J'en étais sûre. Quand je vous ai vue dans le magasin, avec ce regard tragique… Écoutez-moi. Nous allons causer toutes les deux comme deux vieilles amies. Je vois trop bien que vous ne comprenez rien au personnage en question, mais vous êtes amoureuse, et l'amour, ça ne se discute pas. Vous voulez lui écrire, hein ? Ce n'est pas cela qu'il faut faire. D'abord, une lettre, ça reste et on ne sait jamais ce que ça peut devenir entre les mains d'un garçon comme le petit Dolange. (Hedwige fit un geste.) Oh ! ne vous fâchez pas. Si vous voulez lui écrire, c'est que vous voulez le voir, et si vous voulez le voir, eh bien, vous le verrez. C'est Arlette qui s'en charge. Vous le verrez ici même, dans cette pièce. Etes-vous contente ?

La jeune fille la regarda sans mot dire, mais des larmes roulèrent sur ses joues.

— Allons, reprit l'antiquaire d'une voix plus basse. On pleure, mais on pleure de joie, hein? Je ne peux pas dire que je croie aux miracles quand il s'agit d'un garçon comme celui-là, mais je me demande, en vous voyant si jolie, je me demande…

— Je ne suis pas très jolie, fit Hedwige qui éclata en sanglots.

Les deux bras d'Arlette se refermèrent sur elle comme sur une proie.

— Pleure, dit-elle, pleure sur la poitrine d'Arlette. Ça te fera du bien, et ce ne sera pas la première fois que j'en aurai consolé, des filles comme toi, mais je te plains, ma petite Hedwige. Tu l'as bien choisi, ton bourreau. Enfin, je te dirai ce qu'il faut faire. Vous vous rencontrerez ici, dans ce coin. Cette pièce en a vu bien d'autres. Ah! si elle pouvait parler, ah! ah!

Elle rit brusquement et serra de toutes ses forces la jeune fille qui se débattit. Tout à coup, un peu haletantes, elles se séparèrent. Hedwige se moucha.

— Nous voilà bien émues, toutes les deux, fit l'antiquaire en passant ses doigts dans ses cheveux. C'est que vous me faites de la peine. Je vois tellement bien les fautes que vous allez commettre — et je voudrais vous aider…

À présent, l'ombre se glissait dans la pièce, et la voix d'Hedwige chuchota:

— Me promettez-vous que je le verrai ici?

— Je vous le promets, dit Arlette avec une jovialité de théâtre. Quand ce ne serait que pour boire un verre, il traverserait la ville à pied, votre petit Dolange. Cela vous guérira peut-être de lui parler un peu.

— Et quand le verrai-je?

— Donnez-moi trois jours. Je vous enverrai un mot.

— Trois jours! s'écria Hedwige sur un ton de désespoir.

— Eh bien, repassez après-demain. Je lui dirai que j'ai une surprise. Le moyen est infaillible.

— Oh! dit Hedwige, il vaut mieux ne pas lui parler de surprise.

— Pauvre petite! Elle a peur qu'il ne soit déçu. Mais rassurez-vous: la surprise, ce ne sera pas vous.

La jeune fille rougit dans l'obscurité et fut sur le point de poser une question, mais se tut.

— Ce qu'il faut entendre par une surprise, fit Arlette entre ses dents, ce n'est pas du tout ce que vous pensez. Si je savais où le joindre, je l'appellerais, mais à cette heure-ci...

— Que dites-vous? demanda Hedwige.

— Rien. Je pensais tout haut. Vous le verrez, soyez sans crainte, mais... Oh! je ne devrais peut-être pas vous dire ça. C'est à propos de notre chère Ulrique... Elle avait promis de m'inviter chez vous — tenez, le jour même de cette fameuse réception où vous avez rencontré Gaston Dolange. Ai-je besoin de vous dire qu'elle ne l'a pas fait? Je lui en ai voulu un peu, pas beaucoup, parce qu'on ne peut pas en vouloir longtemps à une femme aussi belle, mais si vous pouviez, vous...

— Si je pouvais?

Arlette se pencha vers elle et lui chuchota dans l'oreille:

— Si vous pouviez me faire inviter par Mme Vasseur! Là! Je l'ai dit, ajouta-t-elle en serrant la main d'Hedwige. Oh! ne croyez pas que ce soit un marché. Vous le verrez, votre joli garçon, mais tout s'arrangerait mieux si j'étais reçue chez vous... une fois. Vous comprenez, ça me classerait aux yeux de ma clientèle.

— Oui, dit Hedwige, j'essaierai.

— J'essaierai ne me suffit pas, fit Arlette d'un ton faussement enjoué. Que penseriez-vous si je vous disais que *j'essaierai* de vous faire revoir le petit Dolange?

— Oh, je vous le promets! s'écria la jeune fille.

Arlette éclata de rire.

— Nous nous entendons si bien, vous et moi, fit-elle. C'est extraordinaire que nous soyons restées si longtemps sans nous connaître, mais Ulrique en est la cause. À ce propos, vous ne direz rien à Ulrique de notre petit complot. Il vaut mieux profiter de ce qu'elle est absente.

— Rien du tout, mais je crois qu'en effet Ulrique ne doit pas savoir. J'ai peur d'Ulrique... Du reste, je ne sais pourquoi je dis cela. Elle est très gentille...

— Gentille ? Ah, non ! s'écria Arlette. Belle, profonde, mystérieuse comme un lac de montagne, attirante, oui…

Hedwige se leva.

— Il faut que je m'en aille, dit-elle.

— Pas encore, fit Arlette en appuyant sur un bouton.

Une petite lampe coiffée d'un abat-jour rose répandit une clarté si douce qu'Hedwige ne s'aperçut pas que l'ombre se dissipait autour d'elle.

— Je ne vous ai pas fait voir mes trésors, dit Arlette, ce que j'appelle mes trésors.

Et se levant à son tour, elle ouvrit le tiroir d'une console en rocaille et en sortit un album, puis elle alluma une autre lampe posée sur l'abattant d'un secrétaire d'acajou.

— Approchez, fit-elle.

La jeune fille hésita un instant et obéit. L'antiquaire tenait son album contre sa poitrine.

— Je ne sais si je dois, fit-elle. Si, pourtant. Ma pauvre Hedwige, je vous en aurais fait connaître de bien plus jolis que le petit Dolange…

Tout à coup, l'album fut posé à plat sur l'abattant et ouvert à la première page. La lumière donnait à plein sur un groupe de quatre photographies un peu plus grandes que des cartes postales. Tout d'abord Hedwige ne comprit pas, puis sa vue tomba sur le portrait d'un jeune homme qui souriait d'un air plein d'assurance. Un autre à côté de lui paraissait plus sérieux et portait un képi sans galons. Levant les yeux, Hedwige rencontra le regard attentif de l'antiquaire qui se mit à sourire et appuya sur un des portraits un doigt à l'ongle carmin.

— Celui-là, fit-elle à mi-voix.

— Que voulez-vous dire ? demanda Hedwige. Qui est-ce ? Je ne le connais pas.

— Bien sûr, dit lentement Arlette en refermant l'album, mais il est mieux que le petit Dolange, et lui vous aurait aimée…

La jeune fille eut l'impression qu'un flot de sang lui montait au visage et elle demeura immobile et silencieuse, ne sachant que dire.

— On vous en trouvera, un amoureux, chuchota enfin l'antiquaire dont Hedwige sentit le souffle sur son cou.

Après une incertitude, la jeune fille étendit la main comme pour éloigner quelque chose. Elle avait peur depuis un instant, mais sans bien savoir de quoi, et elle ne savait que faire pour quitter cette pièce où tout semblait brusquement mystérieux.

— Non, dit-elle.

Se faisant violence, elle gagna la porte et se retourna vers l'antiquaire qui lui souriait sans bouger.

— Alors, dit Hedwige d'une voix un peu rauque, je reviens après-demain?

— Après-demain, fit doucement Arlette.

Elle passa devant la jeune fille et la conduisit vers l'escalier. Quelques secondes plus tard, Hedwige était dans la rue.

À l'aube, elle se réveilla en sursaut: il y avait quelqu'un dans la chambre, elle en était sûre, un homme caché derrière les rideaux et son cœur se mit à battre à grands coups dans sa poitrine en même temps qu'elle entendait dans ses oreilles le sifflement de la peur. Sa main affolée chercha le bouton de la lampe électrique à son chevet et tout à coup la chambre parut. Il n'y avait personne. Un oiseau chantait dans le grand tilleul de la cour et l'air sentait bon. Elle essaya de se souvenir de son rêve et n'y parvint pas tout à fait. La chambre était comme à l'ordinaire avec cet aspect malgré tout un peu insolite des pièces qu'on tire de l'obscurité alors qu'elles sont plongées dans le sommeil comme des êtres vivants. De toute évidence, personne ne se cachait derrière les rideaux; il n'y aurait pas eu la place, mais Hedwige se sentit reprise par la terreur de les voir s'écarter pour livrer passage à quelqu'un, parce que c'était cela, et cela seul, qui lui restait d'un songe étrange, plus vrai et beaucoup plus inquiétant que la vie de tous les jours. Peu à peu, elle se calma et avec une sorte de reconnaissance promena la vue autour d'elle. Les murs, les meubles, les gravures banales, tout lui disait de ne rien craindre.

Elle se laissa retomber sur son lit mais n'éteignit pas la lampe et se rendormit aussitôt. Dans son sommeil, elle vit un homme pauvrement vêtu qui lui souriait sans rien dire. Des heures passèrent, semblait-il, puis l'inconnu s'approcha du lit et se penchant sur Hedwige posa tendrement une main sur sa tête. Elle pleurait et se réveilla en larmes.

Sa première pensée fut pour la journée du lendemain : dans un peu plus de vingt-quatre heures, elle allait voir Gaston Dolange, mais il fallait vivre jusquelà, atteindre ce moment comme on traverse un grand espace pour arriver au but. Déjeuner, faire sa toilette, parler aux uns et aux autres, c'était voyager vers cette heure à la fois si redoutable et si désirable, c'était aller vers la pièce mal éclairée où l'antiquaire lui avait fait voir son album. Comme tout ressemblait à un rêve depuis quelques jours ! La vie ne paraissait plus vraie ou paraissait vraie d'une façon différente. Hedwige se souvint du sourire énigmatique de l'antiquaire au moment où elle avait ouvert cet album de photographies. Et cet ongle couleur de sang posé sous le visage de ce jeune homme qui souriait... La jeune fille redoutait qu'Ulrique n'apprît tout cela, mais Ulrique ne revenait que dans deux jours, et Arlette se tairait, parce que Arlette avait peur d'Ulrique.

La tête pleine de ces choses, elle quitta sa chambre un peu plus tard et s'apprêtait à descendre l'escalier de chêne quand un murmure de voix suivi d'un bruit sourd l'arrêta en haut des marches. Instinctivement, elle se retourna. Le son venait d'une autre partie de l'hôtel et fut suivi d'un profond silence. La jeune fille hésita, puis, au lieu de descendre, rentra dans sa chambre et en sortit par une autre porte qui s'ouvrait sur un long corridor tendu de toile rouge. De ce côté, et en faisant un détour par une petite bibliothèque où personne ne mettait les pieds, on rejoignait l'escalier d'honneur dont les degrés de marbre gris se déployaient orgueilleusement autour de leur axe comme un large éventail sous un pouce invisible.

Hedwige traversa le palier et, posant une main sur la rampe de ferronnerie, demeura immobile. Tout au bas de l'escalier, à moins d'un mètre de la grande porte vitrée, il y avait quelque chose de noir. Elle retint son souffle. C'était une malle, une sorte de cantine étroite et longue, munie de deux poignées de fer. Dans la lumière heureuse de ce matin d'avril, entre ces murs blancs que frôlait un rayon de soleil, elle faisait une impression de mélancolie terrible et que les mots n'auraient pu rendre, car elle parlait de solitude et de désespoir dans le muet langage des choses qui n'est pas le langage des hommes.

Un coup d'œil avait suffi à Hedwige pour savoir de quoi il s'agissait. « C'est la malle de Jean », pensa-t-elle, et reculant, elle murmura cette phrase qu'elle-même entendit à peine :

— Il est mort.

Cela la frappa comme une révélation. Elle ne pouvait détacher les yeux de ce coffre de bois, car entre elle et cet objet il existait un lien dont elle sentit la force avec horreur et elle eut l'impression que la malle essayait de lui transmettre un message.

Une porte qui s'ouvrait la fit tressaillir. De la petite bibliothèque où elle se réfugia, elle entendit la voix sèche de Mme Vasseur qui donnait des ordres. Au même moment, les jambes d'Hedwige plièrent sous elle et elle se laissa tomber sur le plancher sans un cri. L'obscurité déferla sur elle comme une nappe.

Lorsqu'elle revint à elle, elle se demanda ce qui lui était arrivé et trembla qu'on ne l'eût vue étendue au pied d'une longue table de travail, car la porte de la bibliothèque était restée entrouverte, mais on venait assez rarement dans cette partie de la maison et elle regagna sa chambre en courant.

Cette journée s'écoula dans la tranquillité ordinaire. Les deux hommes se rendirent à leurs bureaux. Mme Vasseur et sa sœur sortirent dans l'après-midi, chacune allant à ses visites. Il ne fut pas question de la malle qui avait disparu presque aussitôt. Hedwige fut tentée de s'en enquérir pendant le déjeuner, mais on parlait de tout autre chose et elle n'osa formuler la question qui se lisait dans ses yeux. Il lui semblait qu'elle n'aurait qu'à dire : « Où est la malle noire ? »

pour que cet objet funèbre parût tout à coup au milieu de la table ; mais la conversation roulait sur une pièce de théâtre assez audacieuse qu'une troupe de Paris devait jouer le mois suivant dans le plus beau théâtre de la ville. Mme Vasseur déclara que ce serait un événement et elle se demandait s'il était possible de se montrer dans la salle le soir de la première. Sans doute, il y avait des loges grillées, mais on n'y était pas bien.

— Si la pièce fait scandale, dit Raoul, je ne veux pas qu'on puisse dire qu'on nous y a vus.

— Attendez la critique, dit M. Vasseur. Elle donnera le ton. Vous irez plus tard.

— Mais la première ! s'écria Mme Vasseur. C'est la première qui sera curieuse.

Ils discutèrent jusqu'au moment du café, mais Hedwige ne les écoutait plus. Elle voyait la malle à la place du surtout garni de fleurs rouges, et dans cette malle, il y avait sa lettre. Avait-on ouvert la malle ? Avait-on trouvé sa lettre ? Personne ne disait un mot de tout cela. Si l'on n'avait pas déposé cette malle au bas de l'escalier, la conversation n'eût pas été différente. Hedwige se demanda si elle n'avait pas tout imaginé et, pendant un moment, elle se réfugia dans cette pensée comme dans un abri contre le malheur. Cependant, il n'était pas raisonnable de croire qu'elle n'avait pas vu ce que sa mémoire lui représentait avec une fidélité si précise et, passant d'un excès à l'autre, elle imagina de nouveau la malle sur la table, mais beaucoup plus longue, et dans ce coffre il y avait Jean, et dans la main de Jean la lettre qu'elle lui avait écrite. Un petit cri de douleur lui monta aux lèvres. Les quatre visages se tournèrent de son côté.

— Qu'avez-vous, mon enfant ? demanda Mme Pauque.

Hedwige rougit et se tut.

— Elle ne sort pas assez, fit Raoul. Quand Ulrique reviendra, je lui dirai de s'occuper d'elle.

— Vous ne vous sentez pas bien ? demanda Mme Vasseur.

— Mais si, très bien, fit Hedwige. Je ne sais pas pourquoi j'ai crié. Je pensais à quelque chose.

— Elle pensait à quelque chose, dit Raoul avec un fin sourire.

Dès qu'elle fut seule dans la maison, Hedwige monta à sa chambre qu'elle traversa pour s'engager une fois de plus dans le couloir tendu de rouge. Pareille à une enfant, mais à une enfant qui eût joué d'une façon sérieuse, elle s'efforçait de croire à l'impossible : il n'était pas quatre heures de l'après-midi, mais dix heures du matin, et elle se dirigeait vers l'escalier d'honneur parce qu'elle venait d'entendre du bruit de ce côté-là, elle passait par la petite bibliothèque, elle s'avançait, elle se tenait maintenant sur le palier de marbre et elle posait la main sur la rampe de ferronnerie, les yeux fermés, le cœur battant. Si la malle était là... Mais comment de telles pensées pouvaient-elles lui traverser l'esprit ? Elle rouvrit les yeux : il n'y avait rien, rien que le grand dallage usé mais elle regarda l'endroit où elle avait vu cette malle, et elle sentit que, si elle restait là assez longtemps, elle finirait par la revoir.

Prise d'une inquiétude subite, elle se retira pour se réfugier dans sa chambre. Que faire ? Parfois il lui semblait d'une importance extrême qu'elle reprît possession de sa lettre et, à d'autres moments, cela lui était égal. Cela lui était égal que la ville entière sût qu'elle était amoureuse de Gaston Dolange et qu'elle avait supplié le malheureux Jean de lui ménager un rendez-vous avec le jeune homme. Un peu plus de vingt-quatre heures la séparaient du moment où elle allait le voir. Cette pensée la transportait de bonheur. Puis elle imagina Raoul lisant certaines phrases de sa lettre et devint rouge de colère.

Sans doute avait-on porté la malle à la chambre de Jean. Elle monta au dernier étage sur la pointe des pieds. À cette heure, les domestiques se tenaient à l'office ; elle ne risquait donc pas d'être vue, mais elle prit soin toutefois de ne pas faire de bruit et gagna le couloir qui menait à la pièce que Jean ne verrait plus. La porte était au fond, peinte en gris, avec un bouton de cuivre en forme d'olive. Un profond silence régnait dans cette partie de l'hôtel et la jeune fille eut l'impression que la maison tout entière devenait vivante et attentive. Avançant la main, elle tourna le bouton de cuivre dans son poing, à droite, puis à gauche. La porte était fermée à clef.

Hedwige attendit quelques secondes, puis de nouveau elle essaya d'ouvrir. Le bruit du bouton qui tournait emplit le silence, mais la porte ne cédait pas. Alors la jeune fille appela Jean à mi-voix.

Le nom du mort frappa l'air, traversa l'épaisseur du vantail, erra dans la petite chambre vide où il avait vécu. Hedwige tressaillit et se retourna. Si quelqu'un l'eût entendu, il l'eût prise pour une folle, mais il n'y avait personne dans le couloir. Par un vasistas au-dessus de sa tête, elle vit le ciel bleu pâle que traversaient des nuages déchirés comme des lambeaux de dentelle blanche. Jamais encore elle n'avait eu le sentiment d'une si profonde solitude. La tête appuyée contre la porte, elle se laissa de nouveau emporter par le courant de ses pensées habituelles et, plutôt que d'évoquer un mort, évoqua par l'esprit le vivant qui la faisait souffrir. Elle imagina que cette porte était lui et la couvrit de baisers, posant les lèvres sur la surface de bois avec une sorte de tendresse furieuse et désespérée.

Au bout d'un moment, elle s'éloigna, triste et confuse, et redescendit à l'étage où se trouvait sa chambre. L'idée que sa lettre n'était pas dans la malle de Jean, mais ailleurs dans la maison, la frappa tout à coup et lui parut une certitude évidente. On avait ouvert la malle, on avait pris la lettre. Dans un peu moins de deux heures, tout le monde serait de retour à l'hôtel. Elle résolut de mettre à profit le temps qui lui restait et de faire l'exploration de quelques tiroirs.

La première pièce où elle se rendit fut la chambre de Mme Pauque. Tendue d'un gris sourd qui tournait au mauve, avec des rideaux de velours violet aux fenêtres, elle présentait un aspect indéfinissable d'austérité et de coquetterie. L'air y était embaumé d'un bouquet de roses blanches qui s'épanouissaient dans un vase de cristal en forme d'urne, et c'était là le premier objet qui attirait la vue. Dans un angle, une coiffeuse Empire, droite et sévère, mais pourvue d'un grand nombre de brosses, de peignes, de flacons et de boîtes à onguents, témoignait du soin que Mme Pauque apportait à sa toilette et aussi de la bonne opinion qu'elle avait de son aspect physique. Un lit d'acajou sans ornements, étroit, sérieux, parlait de repos bien pris et repoussait avec une sorte de violence muette toute idée voluptueuse. Promenant les yeux autour d'elle, Hedwige remarqua sur la cheminée une petite photographie à moitié cachée par le pied d'un flambeau d'argent, et qui reproduisait les traits de feu M. Pauque, bel homme bien nourri, mais dont l'image à présent jaunissait.

Cela effrayait un peu la jeune fille de se trouver entre ces murs et il lui semblait qu'elle tomberait morte si Mme Pauque y faisait brusquement son apparition, mais elle savait qu'elle n'avait rien à craindre, car Mme Pauque était sortie avec Mme Vasseur. Près de la fenêtre, un semainier offrait à la lumière son bois poli qui prenait par endroits des tons d'écaille, mais les sept tiroirs, tous fermés à clef, résistèrent aux efforts de la jeune fille qui dirigea son attention vers une autre partie de la pièce.

Au chevet du lit, une petite porte recouverte du même papier que les murs de la chambre se confondait avec la tenture grise ; cependant un bouton de verre taillé trahissait sa présence d'autant mieux qu'un rayon de soleil frappait cet objet dont il faisait un diamant. Hedwige se ressouvint de la penderie où Mme Pauque gardait ses vêtements et, prise d'une curiosité subite, traversa la pièce dans toute sa largeur. Assurément, ce n'était pas dans une penderie qu'elle trouverait sa lettre, mais elle n'avait vu que deux ou trois fois dans sa vie ce cabinet sombre et profond qui se liait dans son esprit à des histoires de revenants, et le désir d'y jeter un coup d'œil était si fort qu'il lui fit oublier un instant ses autres soucis. Et puis, dans cette belle lumière d'après-midi, il eût été ridicule d'avoir peur.

Elle tourna le bouton et la porte s'ouvrit. Tout d'abord Hedwige ne vit rien, mais elle sentit une légère et agréable odeur qui semblait composée de vingt parfums différents, et, ses yeux se faisant à l'obscurité, elle discerna les toilettes de sa cousine, pendues dans un ordre parfait et d'une immobilité absolue. Ce fut cette immobilité qui frappa la jeune fille, car elle se rappela que, dans son enfance, elle se figurait que toutes ces robes bougeaient un peu si on les regardait assez longtemps et qu'une main, puis un visage paraissaient alors entre les plis de l'étoffe ; et se ressouvenant de sa terreur, elle frissonna malgré elle.

Avançant d'un pas, elle buta dans quelque chose et ne put retenir un cri. Elle écarta un peu les vêtements pour mieux y voir, plongea un bras. Sa gorge se serra tout à coup ; elle entendit au fond de ses oreilles ce sifflement à peine perceptible qui était chez elle un des signes de la peur : à ses pieds, en effet, elle reconnut la malle de Jean.

Pendant quelques secondes, elle demeura inclinée et comme frappée de stupeur par cette découverte, puis brusquement elle s'aperçut que des gouttes de sueur coulaient de son front sur ses joues. Il lui fallut un effort pour se redresser et elle sortit à reculons de la penderie dont elle referma la porte en la poussant des deux mains. De tout son corps elle tremblait. Un instant elle regarda le rayon de soleil qui lui désignait le bouton de verre taillé et, dans le silence et la paix de l'après-midi, la pièce entière lui sembla parée d'une majesté funèbre.

Elle sortit presque en courant et s'assit sur une marche de l'escalier jusqu'à ce qu'elle se fût remise ; enfin, le calme revenant dans son esprit, elle jugea sa frayeur absurde. Pourtant, elle ne retourna pas dans la chambre de Mme Pauque et gravit un étage pour visiter celle de Mme Vasseur, vaste pièce en désordre où des vêtements s'étalaient sur le lit et sur les dossiers des fauteuils, où des flacons d'eaux de toilette encombraient la cheminée et des cartons de modistes barraient le passage entre les meubles. Hedwige ouvrit les tiroirs d'une commode et les referma découragée : il était trop clair que la lettre ne se trouvait pas là. « Elle est dans la malle », lui dit une voix à l'intérieur de sa tête.

— Non, fit Hedwige tout haut.

Elle suivit un couloir et pénétra dans la chambre de

Raoul. Entre ces murs tendus de papier rose à rayures groseille triomphaient l'ordre et la banalité la plus virile. Des fauteuils droits suggéraient la position assise plutôt qu'ils n'invitaient au repos. Au-dessus du lit de cuivre un diplôme voisinait avec des photographies de parents et une vue générale d'une usine de métallurgie. Un secrétaire à l'abattant relevé, une table de chevet, c'était tout. Pas un livre. Hedwige promena autour d'elle un regard chargé de tristesse. Si Raoul avait mis la main sur cette malheureuse lettre, elle se cachait dans le secrétaire qui, de toute évidence, était fermé à clef. Dans quel tiroir chercher ? Il n'y avait pas de tiroir. Si, pourtant. La petite table de chevet en avait un muni d'un bouton de cuivre. Hedwige l'ouvrit.

Le tiroir glissa dans ses rainures avec une sorte de chuchotement et tout d'abord la jeune fille ne vit qu'un paquet de tabac et une boîte d'allumettes, puis tout au fond quelque chose qui brillait. Un instant elle hésita et de nouveau elle eut l'impression étrange que la maison tout entière était attentive à ce qu'elle faisait. Enfin, elle avança un doigt, toucha un objet métallique. Immédiatement, elle sut que c'était le revolver de Raoul. Plus d'une fois, en effet, Ulrique avait parlé à Hedwige de cette arme que son propriétaire ne songeait même plus à mettre sous clef, pas plus qu'il n'eût mis sous clef sa pipe ou son rasoir. Avec un rire de mépris, elle expliquait à sa cousine que ce revolver tenait lieu à Raoul du courage qui lui manquait, car ce petit homme brusque et fanfaron avait peur. « Remarque bien qu'il n'oserait pas s'en servir, ajoutait-elle de sa voix dentale, mais cet instrument le rassure… »

Le souvenir de ces paroles revint à l'esprit d'Hedwige et elle saisit le revolver pour l'examiner de près. La main lui tremblait un peu, mais elle éprouva un sentiment bizarre à toucher le dangereux objet qui parlait de mort. Il était plus petit qu'elle n'aurait cru, plus froid, moins lourd. Du doigt, elle frôla la gâchette et avec un frisson d'horreur et de plaisir dirigea vers son visage l'ouverture du canon. Près d'une minute passa avant qu'elle pût se résoudre à détourner d'elle ce petit objet à la forme brutale et méchante, puis ce qu'il y avait d'étrange dans son attitude la remplit d'une crainte subite et elle replaça l'arme au fond du tiroir.

Cinq heures sonnèrent à la pendule du grand salon. Hedwige entendit les coups à travers le plancher. Ce petit son grêle et tranquille la ramenait à la vie de tous les jours et elle en éprouva une secrète reconnaissance, mais presque aussitôt elle pensa : « Il ne m'aime pas », et ses yeux se remplirent de larmes. Quel sens cela pouvait-il avoir d'être en vie sur terre si on ne l'aimait pas ? À quoi servaient ses bras, sa tête, ses pieds ? Que voulaient dire les battements du cœur et ce travail perpétuel des poumons qui aspiraient l'air et le chassaient ? Son corps, c'était elle. Elle, ces mains inutiles, avec leur peau si fine et sous cette peau des os, du sang. Qu'est-ce que tout cela voulait dire ? Elle ne savait que faire de toute cette personne qui se déplaçait dans l'espace en souffrant. Aller ici, rester là n'avait plus de sens. Il aurait fallu n'être nulle part si on ne l'aimait pas.

Elle quitta la chambre et se mit à errer sans but dans la maison. La vie passait. C'était là le plus important. Que la vie passât jusqu'au moment où la jeune fille verrait Gaston Dolange et qu'alors tout demeurât immobile, les minutes, les secondes, le temps. Un peu au hasard, elle entra dans la petite bibliothèque où elle avait perdu connaissance, le matin même, et voyant ces rangées de livres dont les reliures sombres obscurcissaient la pièce, elle pensa : « Que de choses me sont égales ! »

Par une fantaisie subite, elle s'étendit sur le parquet, à l'endroit où, quelques heures plus tôt, elle était tombée évanouie. Elle voyait ainsi le dessous d'un bureau ministre, les pieds contournés de ce meuble élégant, et couchée là, elle souhaita de mourir, elle envia Jean qui dormait sous la terre, à Naples, et elle essaya d'imaginer qu'elle-même était morte, ferma les yeux, retint son souffle. Si elle mourait vraiment, on la retrouverait ainsi. Et que dirait-il en apprenant qu'elle était morte ?

Elle se releva et gagna l'escalier d'honneur. Comme le matin, comme tout à l'heure, elle s'appuya à la ferronnerie et regarda au bas des marches. Il n'y avait rien. La malle n'était plus là. La malle était dans la penderie de Mme Pauque, et dans la malle, il y avait sa lettre.

— Mais non, fit-elle tout haut.

De nouveau, elle pensa à Jean. Le souvenir lui revint d'une bonne qu'elle avait eue lorsqu'elle était petite fille et qui lui parla un jour d'une femme qui venait de mourir. Hedwige ne savait pas ce que c'était que la mort. Elle demanda : « Morte ? Qu'est-ce qui va lui arriver ? — Oh ! dit la bonne, on la mettra dans une boîte et on l'emportera. » Cette phrase avait effrayé Hedwige au point qu'elle y songeait encore avec une anxiété puérile, et c'était à cause de cette phrase qu'elle avait eu peur dans la penderie, mais elle n'osait pas se l'avouer. Elle avait honte. Elle savait bien qu'on n'avait pas mis le mort dans cette malle, et pourtant il y était, d'une certaine manière ; ses vêtements y étaient, ses chaussures, son vieux chapeau noir. À cause de cela, elle s'était sauvée.

Un moment plus tard, elle entrait dans la chambre de M. Vasseur, moins dans l'espoir d'y trouver sa lettre que pour aider l'heure à passer plus vite, mais elle eut le sentiment de commettre une indiscrétion, aussi hésita-t-elle sur le seuil. Petite, avec une croisée qui regardait une rue déserte, la pièce offrait un aspect morne et modeste et l'on n'y voyait rien qui pût retenir la curiosité. Les meubles de chêne, venus droit d'un grand magasin, s'inspiraient de ce qu'on appelait alors le style moderne et formaient de grandes masses d'ombre qui évoquaient l'idée d'un naufrage. Sur une table de nuit à dessus de marbre blanc, un réveille-matin emplissait le silence d'un bruit terne et creux qui avait quelque chose d'inexorable, comme le pas d'un voyageur résolu à atteindre son but. Des tentures bleues et noires couvraient les murs d'un dessin géométrique dont les complications et les violences agaçaient et troublaient la vue. Il fallait être un saint ou une brute pour vivre en paix dans ce décor d'une banalité infernale, mais M. Vasseur n'était ni l'un ni l'autre ; ces meubles et ce papier, il les avait choisis en toute innocence, comme un homme qui ne voit pas ce qu'il a devant les yeux.

Hedwige détestait cette chambre dont la laideur lui causait un malaise que le soleil passant à travers les vitres ne réussissait pas à dissiper, et elle se tint, une minute ou deux, indécise, sur l'affreuse carpette multicolore. Fouiller dans les tiroirs de M. Vasseur lui eût paru honteux; elle sentait trop vivement, en effet, que cet homme simple et bon souffrait de la voir malheureuse et lui voulait du bien. Au bout d'un moment, elle poussa un soupir et allait se retirer quand elle aperçut, accrochée au-dessus du lit et cachée dans des raies en forme d'éclairs, une croix noire de la longueur du petit doigt.

La surprise empêcha la jeune fille de faire un geste et elle demeura immobile comme devant une apparition. Jamais il n'était question de religion à l'hôtel Vasseur. Hedwige elle-même avait grandi dans l'incroyance et passait devant les églises comme on passe devant un palais de justice ou tout autre monument où l'on est à peu près certain de ne jamais mettre les pieds. À ses yeux, la croix faisait partie d'un ensemble de choses qu'on a coutume de voir et sur lesquelles on ne s'interroge pas, parce qu'elles n'ont de sens que pour autrui, mais la présence d'un objet de ce genre dans la chambre de M. Vasseur lui parut incompréhensible. « Je ne le croyais pas dans ces idées-là », pensa-t-elle. Puis, ayant réfléchi quelques secondes, elle se dit qu'il s'agissait peut-être d'un souvenir de famille, et elle quitta cette pièce comme elle avait quitté les autres.

Quelque chose la troublait qu'elle ne comprenait pas. Sur la paroi rayée de lignes en zigzag, cette croix noire lui avait donné un choc. Peut-être était-ce mauvais signe de voir une croix tout à coup... Elle se revit dans le jardin public, assise sur un banc, à côté de Mme Pauque qui lui lisait la lettre de Jean; et des lambeaux de phrases lui revenaient à la mémoire : « Si j'avais une foi plus vive... on me déteste parce que je suis tel que Dieu m'a créé... » Qu'est-ce que tout cela voulait dire? La lettre déchirée et jetée à l'égout

(« N'est-ce pas là sa place ? » avait demandé Mme Pauque), où était-elle à présent ? Dans les eaux du fleuve, très loin de la ville. Et Jean ? Jean était dans la terre. À quelle profondeur ? Sous combien de mètres d'horrible terre noire et pleine de vers cachait-on les morts ? «… tel que Dieu m'a créé… » Il croyait donc à ces choses. Elle se souvint qu'Ulrique lui en avait parlé un jour, mais d'une façon à la fois distraite et dédaigneuse, parce que les idées de Jean ne les intéressaient ni l'une ni l'autre.

Suivant un couloir, elle passa devant la porte d'Ulrique et ralentit un peu sa marche, puis s'arrêta. Aller dans la chambre d'Ulrique n'avait aucun sens, si c'était pour y chercher la lettre envoyée à Jean, et puis, même absente, Ulrique intimidait la jeune fille. « J'interdis qu'on entre chez moi ! » Cette phrase, Hedwige la connaissait bien pour l'avoir entendue retentir dans la maison les jours où Ulrique déclarait la guerre au monde, comme disait Mme Vasseur. « Je t'interdis… » Il semblait à Hedwige que la voix orageuse lui criait cela dans l'oreille. Indécise, elle réfléchit une longue minute, revint sur ses pas et, par un geste soudain, saisit le bouton de porte. Non… Oui… Oserait-elle ? C'était oui. Elle tourna le bouton avec violence, mais la porte ne s'ouvrit pas. Quand Ulrique avait dit non, c'était non, et la jeune fille devint rouge comme si on l'eût souffletée. Alors, une envie furieuse la prit de pénétrer dans cette chambre. Elle le voulait parce qu'elle mourait d'ennui. Quelle émotion et quel soulagement si elle avait pu parler à Ulrique entre ces murs qui retenaient quelque chose de sa présence ! Elle lui aurait tenu le grand discours qu'elle sentait emprisonné dans sa tête et dans son cœur, tout prêt à sortir, le discours de la peur, le grand appel au secours. Elle ne voulait pas se laisser couler à pic sans un cri. Le cœur lui battait. Elle frappa la porte du poing. Ce qu'elle n'aurait jamais pu dire à Ulrique présente, elle aurait pu si bien le dire à Ulrique absente, muette et pourtant attentive, à l'Ulrique idéale, *humaine*…

Le désir d'entrer fut si fort qu'elle eut tout à coup l'illusion d'avoir passé le seuil de cette pièce inviolable, et les yeux clos, le front contre le vantail de la porte, elle se vit debout au milieu de la chambre.

À sa droite, un vaste lit au dessin capricieux, un lit beaucoup trop grand pour une personne, mais Ulrique dormait en diagonale. «Il me faut de la place», disait-elle de son air royal. Et elle ajoutait ceci qui gênait Hedwige comme une indécence : «Sur le ventre ou sur le dos, je dors en écartelée...» Quel besoin avait-elle de dire ces choses ? C'était pourtant ainsi qu'elle s'exprimait, avec un regard de défi et son long fume-cigarette de jade entre les doigts, et la jeune fille reculait intérieurement devant elle...

À sa gauche, la grande bergère de soie bleu pâle dans laquelle Ulrique se prélassait. «On s'y enfonce comme dans un nuage, disait-elle, on peut s'y rouler comme un animal. Essaie donc...» Mais Hedwige préférait une chaise. Des lambeaux de conversation lui revinrent à l'esprit. Ce que disait Ulrique n'était pas toujours clair. Elle aimait faire allusion à des personnes qu'Hedwige ne connaissait pas : les Soudry, les Andreanu, tout un monde à la fois élégant et mystérieux qui s'amusait aux environs de la ville. «Ils fument», répondait laconiquement Ulrique aux questions d'Hedwige. Fallait-il aller si loin pour fumer ? Cette remarque provoquait un éclat de rire, car ce qu'Ulrique appelait l'innocence d'Hedwige était pour la jeune femme une source de gaieté dans les moments les plus moroses.

«Ulrique, pensait Hedwige, toi qui as tout ce que tu veux en ce monde, aide-moi qui n'ai rien de ce que je désire.»

Elle appuya la tête un peu plus fort contre la porte et murmura :

— Fais quelque chose...

Autour d'elle, les murs de cette chambre où elle croyait être disparaissaient presque sous d'innombrables photographies de toiles célébrant la beauté humaine, et sur la cheminée la tête bouclée d'un dieu grec dirigeait vers la porte un regard aveugle.

Hedwige eut tout à coup la sensation d'un grand

vide dans son crâne et revint à elle. Des pas qui se diri-
geaient de son côté la firent tressaillir ; elle se sauva.

De nouveau dans sa chambre, de nouveau dans ce
refuge qui devenait une prison au bout de quelques
heures et dont elle considéra les meubles avec des yeux
chargés d'ennui. Comme elle haïssait la coiffeuse et
son miroir qui ne reflétait jamais que le même petit
visage inquiet ! Malgré tout, du temps s'était écoulé.
Elle entendait aller et venir dans la maison ; il y avait
un après-midi de moins dans sa vie.

Son regard tomba sur le réveil au chevet de son lit et
elle ne put retenir un geste d'effroi : l'heure du courrier
était passée. Au même instant, elle entendit un bruit
très léger qui venait de la porte et vit une enveloppe
qu'on glissait doucement à l'intérieur de la pièce. D'un
bond, elle fut à la porte qu'elle ouvrit. Mme Pauque se
tenait devant elle, souriante et belle dans la lumière
qui caressait son visage sans rides.

— J'aurais dû vous donner cette lettre plus tôt, fit-
elle en désignant du regard l'objet en question qui se
trouvait à leurs pieds. Elle est arrivée recommandée ce
matin. Nous vous avons cherchée. Sans doute étiez-
vous sortie.

— J'étais à la bibliothèque, dit Hedwige qui se pencha pour ramasser la lettre.

Quand elle se releva, Mme Pauque descendait l'escalier de son pas rapide qu'on entendait à peine. Hedwige suivit des yeux cette silhouette élégante, puis
referma la porte et considéra l'enveloppe. Sa main
tremblait un peu. La lettre était de Jean. Assise sur son
lit, la jeune fille la déplia et se mit à lire :

« *Ma petite Hedwige, cette lettre vous parviendra
quand tout sera fini pour moi en ce monde. Je m'en vais.
On vous parlera d'accident, parce que vous êtes jeune et
qu'on vous ménage, mais j'ai toujours essayé de vous
dire la vérité, j'ai toujours désiré de dire la vérité à quelqu'un avant de partir. Il n'y aura pas eu d'accident. Je
veux m'en aller, devancer l'heure trop longue à venir.
Cette nuit, le poison qui est dans mon tiroir aura rendu*

232

la paix à mon corps, si j'ai le courage d'accomplir un geste très simple. Autrement, si j'ai peur de mon âme, cette lettre qui vous parviendra malgré tout fera de moi un homme très ridicule à vos yeux, mais je crois et j'espère que je ne flancherai pas.

«En vous écrivant ces mots, j'ai le sentiment de vous faire beaucoup de mal, et cependant il faut que je continue, quitte à vous faire souffrir encore plus, car je vous aime beaucoup et je veux que vous viviez, si je dois disparaître. J'ai grand-pitié de vous. Je ne sais si je puis vous dire pourquoi. Voyez comme au seuil de la mort la grandeur me manque! Tel est le respect que j'ai pour vous qu'il me semble impossible de tracer sur ce papier certaines phrases qui vous libéreraient peut-être en vous privant de cruels espoirs. Je devrais parler, Hedwige, et je sens que je n'en aurai pas la force. Croyez-moi donc simplement sans vous poser de questions et vous êtes sauvée. Cela est difficile, mais cela est possible. Il faut qu'un jour vous rencontriez quelqu'un qui vous aime. Vous pensez peut-être que cela ne dépend pas de vous, mais il pèse sur votre vie ce que je ne crains pas d'appeler une malédiction et je veux que vous y échappiez, parce que vous êtes jeune et que vous devez vivre.

«Encore une fois je vais vous parler de celui qui occupe votre pensée et dont je ne puis me résoudre à écrire le nom sur cette page. Jamais vous n'auriez dû le rencontrer et si vous vous êtes trouvée un jour face à face avec lui, la faute n'en est à personne qu'à votre cousine Ulrique. Elle savait trop bien ce qu'elle faisait en vous présentant un garçon dont le visage ne peut, hélas! que séduire, mais dont le cœur est inaccessible à la tendresse humaine. Sans en avoir de preuves, je suis convaincu que votre cousine voulait voir ce qui se passerait, car elle est la proie de l'ennui et le ressort de presque toutes ses mauvaises actions est l'impossibilité où elle se trouve de jamais être heureuse. Cela l'amusait aussi de faire souffrir une autre personne encore plus profondément amoureuse que vous de ce même jeune homme. Il y aurait beaucoup à dire sur ce point et je me tais. Vous êtes passée sans le savoir à côté d'un drame qui ressemblait singulièrement au vôtre; il s'agissait en effet de ce terrible *échec de l'amour et de la brûlure insupportable que laisse dans toute l'âme le souvenir d'un être humain, mais vous ne pouviez pas voir, vous étiez trop ignorante de la vie et déjà vous étiez fascinée par ces yeux qui ne se poseront jamais sur vous qu'avec une indifférence glaciale.*

«Ne le voyez plus, Hedwige. Je veux que ce soit la dernière parole que j'adresse à quelqu'un sur cette terre. Si la vie n'est plus possible pour moi, qu'elle le soit au moins pour vous.»

Un grand espace suivait ces lignes et tout au bas de la page se lisait le nom de Jean, mais les lettres en étaient si hâtivement formées qu'Hedwige eut quelque peine à reconnaître cette signature. Elle resta un long moment incapable de bouger, la lettre étalée sur ses genoux, le regard attaché à ces lignes qui dansaient sous ses yeux. Dans son esprit, l'idée se formait lentement que ce message lui venait de l'autre monde et se levant tout à coup elle laissa glisser le papier, puis posa le pied dessus. Le bruit d'une porte qu'on fermait au premier étage la fit tressaillir. Ramassant la lettre elle la déchira en petits morceaux et la jeta dans la corbeille; ce ne fut qu'un peu plus tard, en se lavant les mains, qu'elle s'aperçut qu'elle tremblait.

dans le magasin d'Arlette — elle rencontre Gaston.

À présent, elle se trouvait une fois de plus dans le salon d'Arlette et, dans la grande pièce sombre et basse de plafond, elle respirait de nouveau le parfum des roses qui la ramenait aux jardins de son enfance. L'air était lourd et les contrevents à demi clos laissaient passer une lumière d'orage. Déjà les premières gouttes de pluie frappaient le rebord des fenêtres.

— Vous êtes en avance de quelques minutes, disait Arlette de la voix riche et câline qu'elle avait pour vendre un meuble douteux. Oh ! je ne vous le reproche pas, ma chérie, mais c'est à la dame de se faire attendre. Il va être là d'un moment à l'autre. Je le retiendrai en bas.

— A-t-il dit qu'il viendrait ? demanda Hedwige d'un ton un peu rauque.

Arlette fit entendre un petit rire bref.

— Il n'a pas à dire qu'il viendra, dit-elle. Il obéit. C'est facile à mener, ce genre de garçon, mais il faut savoir… J'aime cette toilette, fit-elle tout à coup. Ce bleu pâle un peu indécis… Ulrique, naturellement ?

— Oui, c'est Ulrique qui me l'a choisie.

— Elle a un goût… Allons, n'ayez pas l'air si émue. Il faudra vous montrer un peu froide avec le petit Dolange. Vous êtes là par hasard. Je vous présente l'un à l'autre comme si vous ne vous connaissiez pas et son nom ne vous dit rien. Au bout d'un instant, je vous laisse avec lui comme pour aller recevoir un client. Pas de bêtises, hein ? Pas d'élan. Il n'a pas plus de cœur que ce coffre à bois. Bien entendu, je lui ferai un petit discours avant de monter avec lui, je vous le préparerai, mais il ne faudra pas vous attendre à grand-chose la première fois — ni la seconde… Enfin, vous vouliez le

235

voir, n'est-ce pas ? Il sera à peu près correct. Ça, je puis vous le garantir. Un jour, je le ferai boire un peu. Aujourd'hui, non. Il devient méchant dans ces moments-là et il se met à dire la vérité mais, plus tard, nous verrons. J'organiserai quelque chose. Dites-moi, ma petite Hedwige, avez-vous parlé de moi à Mme Vasseur ?

Hedwige rougit.

— Oui, dit-elle.

— Vrai ?

— Mais oui, voyons.

Il y eut un silence et l'antiquaire planta son regard dans les yeux d'Hedwige qui s'appuya d'une main sur le dossier d'un fauteuil pour ne pas tomber, car ses jambes fléchissaient un peu ; elle crut voir s'effondrer tous ses espoirs et reprit, d'une voix qu'elle eut peine à reconnaître :

— Je lui parlerai de nouveau ce soir, je vous le promets. Du reste, ajouta-t-elle avec une volubilité subite, elle paraît bien disposée à votre égard. Elle connaît votre magasin, elle admire...

Une sonnerie discrète tinta au rez-de-chaussée et la phrase d'Hedwige demeura en suspens.

— Je vais descendre, fit Arlette avec lenteur. C'est sans doute lui. Vous comprenez que si je restais ici, avec vous, il s'en irait, ne voyant personne et alors, ce serait... raté, n'est-ce pas ?

— Je vous en prie, souffla Hedwige.

— Quel jour est-ce que je passe chez vous ?

— La semaine prochaine... Tenez, jeudi prochain... dit la jeune fille.

« D'ici là, pensa-t-elle, il arrivera peut-être quelque chose. » Elle n'osait se dire : « Il arrivera quelque chose à cette femme... »

— Allons, fit Arlette, j'ai pitié de vous. D'autant plus que cette petite fripouille de Gaston serait capable de faire main basse sur mes bibelots japonais. Quand je pense qu'il a été invité chez vous, lui, alors que moi... Enfin !

Elle eut une espèce de haut-le-corps indigné et, quittant Hedwige, s'engagea dans l'escalier en pas de vis où elle disparut. Le cœur battant, la jeune fille la suivit jus-

qu'en haut des marches, et presque aussitôt elle entendit Arlette qui lançait un bonjour goguenard. Hedwige
tendait l'oreille, mais ne perçut d'abord qu'un bruit
confus de paroles, car l'antiquaire parlait maintenant
dans une autre partie du magasin. Il fallait descendre
une marche pour entendre mieux, puis une autre en
s'appuyant à la rampe, et descendre encore, au risque
d'être vue.

— Pourquoi je t'ai fait venir? demandait l'antiquaire. Tu en as de ces questions! On se demande qui
t'a élevé. Est-ce que tu as jamais eu à te plaindre de
moi, dis, fripouille?

Ce dernier mot fut prononcé d'une voix subitement
affectueuse.

— Tu m'as dit que tu avais une surprise, fit Gaston,
où est-elle, ta surprise?

— Il faut d'abord que je t'explique de quoi il s'agit.

Instinctivement, Hedwige porta la main à sa gorge.
Ce dont il s'agissait, c'était elle, Hedwige. La surprise,
c'était elle! Comment ne mourait-elle pas de honte?
Dans le trouble qui la saisit, elle ne distingua plus les
paroles qui s'échangeaient entre l'antiquaire et le
jeune homme, elle ne voulait plus entendre et, remon-
tant au salon, alla se réfugier dans le coin le plus obscur, au plus profond d'un canapé de velours noir dont
les coussins cédèrent sous le poids de son corps et lui
pressèrent doucement les épaules et la taille.

Pendant une minute, elle se demanda si elle n'allait
pas défaillir, car tout s'assombrissait autour d'elle,
mais la terreur du ridicule la soutint et lui rendit une
sorte de courage. Elle ne voulait pas qu'Arlette la trouvât évanouie: cela l'amuserait trop... Comme elle réga-
lerait ses amies de cette histoire, l'hypocrite! Et Gaston
Dolange? Que penserait-il s'il la voyait ainsi, sans
connaissance et la tête renversée en arrière, comme
une victime? Par un effort de toute sa personne, elle se
leva, furieuse: inspirer de la pitié à cet homme lui faisait horreur. Elle se regarda dans la glace, se poudra
soigneusement et attendit.

Un instant plus tard, ils parurent, Arlette d'abord, à
la fois désinvolte et maniérée, le regard légèrement

canaille (car il y avait plus d'une Arlette, chacune selon les circonstances), puis, boudeur et buté, avec quelque chose de rétif jusque dans sa manière d'incliner le front, le «petit Dolange». Hedwige le considéra, interdite. Était-ce là l'homme qu'elle aimait si follement? Il lui parut plus petit qu'elle ne le pensait, plus lourd. Par le souvenir, elle le voyait autre, elle le voyait plus beau.

— Ce petit coquin de Gaston a de la chance, claironna l'antiquaire. Lui qui justement voulait vous revoir... On aurait dit qu'il savait que vous étiez là, ma chérie. Le hasard fait quelquefois bien les choses.

Hedwige détourna le visage, honteuse de la grossièreté d'Arlette et de tout ce qu'il y avait de si clair dans cette affreuse comédie.

— Vous m'excuserez, reprit Arlette. Il faut que je surveille le magasin. Gaston, tu sais où se trouvent le porto et les cigarettes.

Comme elle passait devant Hedwige pour quitter la pièce, la jeune fille lui prit la main et d'une voix à peine perceptible lui souffla:

— Restez!

— Petite imbécile, répondit Arlette sur le même ton, cours donc ta chance!

Et tournant les yeux vers Gaston, elle lui jeta entre haut et bas:

— Fais donc brûler un grain d'encens dans la coupe chinoise... pour l'atmosphère.

Dans l'escalier, au moment où elle allait disparaître, elle éclata de rire tout à coup et s'écria:

— Ce que vous avez l'air empotés, tous les deux! Mais vous êtes charmants, vous savez. Hedwige, je vous fais encore compliment de votre robe.

Et tout en chantonnant, elle descendit au magasin.

Il y eut un court silence. Hedwige s'assit sur le canapé noir pendant que le jeune homme, une main dans une poche et l'air ennuyé, ouvrait les tiroirs de la longue table Régence. De taille moyenne, mais large d'épaules, il faisait une curieuse impression de force et d'insolence et ses gestes étaient plutôt des gestes d'enfant que ceux d'un homme. Il était vêtu d'un complet vert sombre, taillé avec soin, et ses cheveux couleur de beurre brillaient dans la pénombre. À contre-jour, Hedwige pouvait voir un profil dédaigneux, le nez court et relevé, la bouche épaisse qui faisait la moue. Ses entrailles se serrèrent ; elle retrouva tout à coup l'émotion qu'elle avait éprouvée en voyant ce visage pour la première fois, et ce fut comme si, pour la première fois, elle tombait amoureuse.

— C'est assommant, grommela-t-il en refermant un tiroir avec humeur, elle n'a que des cigarettes que je déteste. Vous n'auriez pas des américaines ?

Il la regarda par-dessus son épaule en disant ces mots.

— Je ne fume pas, dit-elle dans un murmure.

D'un pas lent, il traversa la pièce et ouvrit une petite armoire de chêne dont les panneaux s'ornaient d'une grosse étoile en relief, puis elle entendit un cliquetis de bouteilles.

— Du porto ? demanda-t-il.

— Non, merci.

Il emplit un verre et revint vers elle.

— Son porto ne vaut rien, dit-il en s'asseyant dans une grande bergère à oreilles. Elle lésine toujours, Arlette.

Le verre de porto n'en fut pas moins vidé d'un seul coup et posé sur une table de laque noire, ensuite le jeune homme étendit son bras gauche qu'il mit à angle droit pour consulter une montre d'or brillant à son poignet.

— Vous m'excuserez dans cinq minutes, fit-il. J'ai un rendez-vous à l'autre bout de la ville dans une demi-heure.

— Un rendez-vous ? répéta Hedwige sans savoir ce qu'elle disait.

Gaston sourit avec indulgence et ne répondit pas. La tête un peu en arrière, il se laissa glisser dans le fauteuil et fit mine de passer une jambe sur le bras de ce meuble, mais se ravisa. Hedwige le regardait avec horreur. Elle voyait son cou blanc et gonflé, ses mains larges et lisses posées sur le velours sombre et se sentait sans défense contre cet homme dont les attitudes pleines de dédain la renvoyaient à son désespoir. Qu'il fût aussi attirant qu'elle le croyait d'abord, cela ne faisait, hélas! plus de doute dans son esprit, car elle eût souhaité de s'être trompée. À moitié couché sur le dos, il paraissait plus grand et plus fort et elle sentit obscurément qu'il la narguait.

— Vous ne savez pas où elle a mis ses albums? demanda-t-il tout à coup.

— Ses albums? Mais non.

— Elle les change de place. Vous comprenez, elle a peur qu'on ne les chipe, ses photos. Elle ne vous les a pas montrées?

Hedwige fit signe que non.

— C'est qu'elle ne vous connaît pas assez bien, mais si vous lui demandiez... Ça fait bien cinq minutes qu'on est ensemble, ajouta-t-il brusquement.

La jeune fille ne répondit pas. Il joignit les mains derrière la tête et continua:

— Elle m'a demandé de rester un quart d'heure, mais il va falloir que je me sauve, à cause de ce rendez-vous. Au fait, je ne sais pas bien à quoi ça rime, cette histoire. Vous aviez quelque chose à me dire?

Hedwige quitta le divan, fit quelques pas vers le jeune homme et fut tentée de gifler ce visage insolent qui la considérait, les sourcils levés et le regard moqueur, mais elle se retint, imagina la colère enflammant ces joues, ces yeux d'un bleu qui tournait au violet dans la lumière incertaine; lever la main sur cet homme n'était pas possible et elle demeura immobile, honteuse et fascinée:

— Je n'ai rien à vous dire, fit-elle enfin.

— Moi non plus, répondit-il de sa voix un peu traînante où elle reconnut l'accent des faubourgs, et c'était cette voix qu'elle ne pouvait souffrir. Cela, elle ne l'avait découvert que peu à peu. La voix détruisait l'homme tout entier. Elle n'était pas rude et cordiale comme celle de certains ouvriers, elle était trop douce pour ce corps vigoureux, elle était veule.

— Taisez-vous, dit-elle. Oh! taisez-vous. Je veux essayer de vous parler malgré tout...

Debout, elle le regardait et se sentit de nouveau

asservie. Instinctivement il écarta les mains de sa tête, puis se redressa ; peut-être l'intimidait-elle.

— Je ne vous connais pas, reprit-elle, mais on m'a parlé de vous.

Chaque mot lui coûtait un effort ; tout à coup elle fut prise par une sorte de vertige de paroles et les phrases sortirent de sa bouche avec une véhémence irrésistible :

— Oui, on m'a parlé de vous. Quelqu'un qui n'est plus ici. Je suppose que vous savez qui je veux dire. Il m'a écrit deux fois à votre sujet, deux longues lettres, et la dernière était effrayante. On ne sait pas que je l'ai reçue. Il parlait de vous, oui. Je ne savais pas, je ne comprenais pas tout ce que cela voulait dire. Si j'avais pu deviner, je n'aurais jamais accepté de vous voir, mais maintenant il est trop tard, je vous ai vu et vous êtes devant moi. C'est moi qui ai demandé à Arlette...

Elle eut le pressentiment soudain de perdre la partie en disant cette phrase et se mordit les lèvres, blanche d'inquiétude.

— Vous lui avez demandé quoi ? fit le garçon d'un air morne.

Il la considérait maintenant tout à fait maître de lui, avec un dédain à peine déguisé. S'aidant d'un coude, il se redressa, puis quitta son fauteuil pour aller vers la fenêtre, et elle l'entendit qui sifflotait doucement. D'une main il avait écarté le rideau de mousseline et observait les passants.

— J'ai pitié de vous, fit-elle tout à coup.

Il laissa retomber le rideau.

— Vous dites ? demanda-t-il en se retournant.

— Ce n'est pas votre faute, reprit-elle, toute droite dans la pénombre. C'est un malheur, un grand malheur pour vous.

Il éclata de rire et Hedwige devint toute rouge.

— C'est la première fois qu'on me dit ça, s'écria-t-il. Vous pouvez la garder, votre pitié, mademoiselle. Je ne suis pas à plaindre.

Et subitement furieux, il ajouta :

— Alors, c'est ça qu'il vous met dans ses lettres, Jean ? Eh bien, je pourrais vous en raconter sur son compte, vous savez! Quand vous lui écrirez, vous pourrez lui dire...

Il marchait sur elle. D'une phrase, elle l'arrêta net:

— Jean est mort.

Gaston ouvrit la bouche et demeura quelques secondes sans rien dire.

— Ça n'est pas vrai, fit-il enfin.

Pendant un moment, ils restèrent immobiles l'un en face de l'autre. À contre-jour, elle voyait ce visage dont un trait de lumière dessinait la mâchoire un peu lourde, le cou puissant, et, pour la première fois, elle eut l'impression d'exister aux yeux du jeune homme, parce qu'elle savait quelque chose qu'il voulait savoir, et elle sentit sur elle le poids de ce regard curieux.

— Vous dites ça pour me faire marcher, dit-il de sa voix molle qui détachait imparfaitement les syllabes.

— Non, reprit-elle. Il a écrit d'abord, et puis nous avons su. Il s'est tué, il a pris du poison à Naples, la semaine dernière.

Cette phrase qu'elle articula presque d'un trait, elle aurait voulu la prolonger indéfiniment, puisqu'il l'écoutait. Sans se rendre compte de ce qu'il faisait, Gaston s'était rapproché d'elle et l'observait en fronçant le sourcil, les yeux fixes et brillants. Elle sentit son souffle tiède sur sa peau et ne bougea pas.

— Oui, dit-elle dans une sorte de chuchotement, du poison, par désespoir, et il a parlé de vous dans sa dernière lettre.

— Ça, par exemple! fit-il tout bas.

Hedwige crut qu'elle allait tomber en arrière et s'appuya à une table; le sang battait dans tout son corps, dans sa poitrine, dans son cou, dans sa tête. Sa bouche s'ouvrit; sans bruit aucun, elle prononça le nom de Gaston, mais il ne vit pas le mouvement de ces lèvres qui s'écartaient en silence. Jetant soudain les yeux sur son bracelet-montre, il dit d'une voie indifférente:

— Vous m'excusez. Je suis déjà en retard.

Et avec un léger signe de tête, il disparut. Elle l'entendit qui se jetait dans l'escalier dont il descendait les marches à toute vitesse, puis elle saisit ces mots:

— Arlette! Hé! Arlette! Tu savais que Jean s'était tué?

Il y eut un grand bruit d'exclamations, et la voix de Gaston se fit entendre de nouveau :

— Il n'aurait pas pu m'envoyer mon argent avant de mourir, cet imbécile? Parfaitement. C'était entendu. Il m'avait promis que j'aurais mille francs avant la fin du mois.

Hedwige se laissa tomber dans un fauteuil et se boucha les oreilles.

V

Lorsqu'elle franchit de nouveau le seuil de l'hôtel, il faisait presque nuit et elle put se glisser dans la vieille maison sans être vue de personne. Évitant le grand escalier de marbre et la lumière trop vive de sa lanterne, elle s'engagea dans un couloir au bout duquel se trouvait l'escalier plus ancien dont les marches de bois montaient à sa chambre, mais il y faisait tellement sombre qu'elle heurta quelqu'un et ne put retenir un léger cri de frayeur. C'était la couturière qui se confondit en excuses.

— Mademoiselle ne m'a pas vue! J'étais allée dire un mot à la femme de chambre… Je ne sais pas pourquoi Madame n'allume pas une lampe qu'elle poserait sur la table, près de la porte de l'office…

Elle parlait plus vite que d'habitude et la jeune fille s'écarta d'elle, la main sur la rampe, prise d'un dégoût subit qu'elle ne s'expliqua pas tout d'abord.

— Mademoiselle ne dîne pas? demanda la couturière. Ils sont tous un peu en retard, ce soir. Tout à l'heure si vous aviez entendu la scène!

Elle baissa un peu la voix et poursuivit:

— C'est la cuisinière qui m'a raconté ça. Ils venaient de finir le potage. La porte du monte-charge était ouverte et Berthe a écouté de l'office.

Dans l'ombre elle fit entendre un rire de vieille enfant sournoise. Ce fut alors qu'Hedwige se rendit compte qu'elle sentait l'alcool.

— C'est bien, fit-elle. Laissez-moi passer.

— Oh! Mademoiselle fait la fière elle aussi, comme sa cousine Ulrique, reprit la couturière en s'appuyant au mur.

— Je ne sais ce qui vous prend, Félicie, murmura Hedwige.

— Ce qui me prend? Rien du tout. Mais Mademoiselle ne sait pas. Écoutez donc!

Elle plaça la main sur le bras de la jeune fille qui demeura immobile. Quelque chose empêchait Hedwige de faire un pas, de poser le pied sur la première marche : il fallait qu'elle restât là sans bouger, comme par l'effet d'un enchantement, et qu'elle entendît jusqu'au bout ce que cette voix bavarde avait à dire. Peu à peu, ses yeux s'accoutumant à l'obscurité, elle distingua la tête grise de la couturière et ses petites épaules étroites qui se dessinaient en noir contre la paroi blanche. Il y eut un court silence et la voix reprit :

— C'est-à-dire qu'il s'agit de M. Jean. Sa malle qu'on a renvoyée de là-bas, c'est Mme Vasseur qui l'a ouverte avec Mme Pauque et M. Raoul a tenu à tout examiner. Ils ont trouvé des lettres. Vous ne vous figurez pas comme M. Raoul a crié. Il disait que c'était bien fait que cet homme était mort et que s'il avait su, lui, il l'aurait chassé de la maison, parce que M. Raoul ne badine pas sur la morale et à ce qu'il paraît que M. Jean lui aurait emprunté pas mal de billets de mille pour en faire cadeau à ce M. Dolange...

— Non! souffla Hedwige.

— Si. Gaston Dolange. Il paraît qu'il reçoit de l'argent.

La voix se fit plus basse, devint presque inintelligible. Dans une sorte de chuchotement qui ressemblait d'une manière étrange aux prières d'une vieille femme, Hedwige entendit ces mots qui se détachaient du reste :

—... pour de l'argent... avec des hommes, vous comprenez...

— Je veux que vous me laissiez, murmura Hedwige.

Sa main se serra sur la rampe ; elle fit effort pour gravir une marche.

— Alors, ça ne vaut pas la peine que vous vous obstiniez, reprit la couturière. Ça fait pitié, Mademoiselle. On est au courant, vous pensez bien, à la cuisine et ailleurs...

Hedwige montait lentement l'escalier.

— Ailleurs aussi, répéta la couturière dont le chuchotement devint plus rauque pour se faire entendre.

— Taisez-vous, supplia Hedwige.

Mais la vieille demoiselle poursuivit, du bas de l'escalier.

— Si c'est pas malheureux! Une jeune fille comme vous, se ronger les sangs pour ça! Parce qu'il n'y a rien à faire, vous savez, il n'y a rien à faire. C'est comme une maladie qu'ils ont, censément.

Sans répondre, Hedwige gravit les quelques marches qui la séparaient de sa chambre dont elle ouvrit aussitôt la porte. La voix continuait dans l'ombre :

— Ça ne manque pas, les garçons qui pourraient vous aimer, Mademoiselle Hedwige. Moi aussi, j'aurais pu être aimée, mais j'ai eu des malheurs…

Hedwige ferma la porte. La lampe qu'elle alluma aussitôt lui montra sa chambre dans une lumière rose et douce. Tout était en ordre : le couvre-lit plié sur un fauteuil et le drap rabattu à angle droit. Elle marcha vers la fenêtre qu'elle entrouvrit. Sur son front brûlant, sur ses joues, l'air de la nuit mettait une fraîcheur délicieuse et pendant un moment la jeune fille tint ses paupières baissées comme pour mieux retenir sur son visage cette caresse diffuse de l'ombre, quand tout à coup, au souvenir de sa visite à l'antiquaire, son cœur se serra. Depuis une demi-heure, elle oubliait par instants puis se rappelait brusquement une parole ; sa mémoire devenait comme une lumière qui se fût éteinte, puis rallumée à tout moment et, à chaque fois, Hedwige souffrait au point de vouloir mourir. L'affreux discours de la couturière ne lui avait rien appris. Au fond d'elle-même, elle avait toujours eu le sentiment de cette vérité qui lui faisait peur et qu'elle croyait pouvoir anéantir rien qu'en fermant les yeux. Est-ce qu'Ulrique, un jour, ne lui avait pas parlé de ces choses ?

Elle se jeta sur son lit, la face dans l'oreiller, comme si l'on l'eût poussée par les épaules et une voix absurde lui dit intérieurement : «Tu froisses ta robe.» «Oui, répondit-elle, haletante, je la froisse et je meurs.»

Du temps s'écoula, puis elle dit tout haut d'une voix

rauque dont le son la surprit : « Il ne veut pas de moi. »
Tout à coup, dans cette espèce de nuit qu'elle faisait en
se cachant le visage, elle le vit devant elle. Le visage
mécontent, il la considérait avec cet air d'ennui qui la
mettait hors d'elle-même, car elle imaginait la joie
transfigurant ce visage devant d'autres spectacles que
celui d'une jeune fille malheureuse. Très distinctement,
elle voyait ses yeux bleu clair dont la prunelle s'agrandissait jusqu'à les faire paraître noirs, sa bouche dont
les lèvres se séparaient et brillaient comme si elles eussent été humides, et ce visage l'emplissait d'un sentiment de honte et de convoitise qu'elle ne s'avouait pas.

Soudain elle se leva et la vision disparut. « Ça ne
manque pas, les garçons qui pourraient vous aimer… »
Ces paroles de la couturière lui revinrent à l'esprit
avec une précision impitoyable.

— Alors, fit-elle à mi-voix, pourquoi faut-il que j'en
aime un comme celui-là, qui ne peut pas m'aimer ?

Jamais elle n'avait formulé cette question d'une
manière aussi claire et elle en reçut un choc, comme
de la révélation subite d'une grande injustice. Depuis
une heure, sa vie changeait à ses yeux. Elle voyait la
succession des jours depuis son enfance aboutissant
à l'insupportable minute qu'elle vivait à présent. On
l'avait mise au monde pour qu'un soir, dans une petite
chambre banale et paisible, elle eût ce sentiment d'un
désastre au-delà duquel il n'y avait rien, car demain
était un mot vide de sens : elle ne s'imaginait pas ce
que demain pouvait être pour elle, elle se figurait plus
facilement ce que pourrait être demain sans elle,
comme on se figure une demeure où l'on n'est pas.

— Qu'est-ce que j'ai ? murmura-t-elle.

À ce moment, elle entendit le bruit d'une porte qu'on
ouvrait au rez-de-chaussée et la voix de M. Vasseur
qui l'appelait. Sans doute la couturière avait-elle dit
aux domestiques qu'elle était rentrée et ils en avaient
informé leurs maîtres. Ses mains tremblaient. Instinctivement elle éteignit la lumière et gagna la porte à
tâtons. On la cherchait. Il fallait qu'elle se cache et
qu'elle se sauve. Le palier franchi, elle s'engagea sans
bruit dans un couloir et de nouveau la voix de M. Vas-

seur l'atteignit. Il n'était pas très loin, sans doute au bas des marches, mais il ne pouvait savoir où elle était. Il la chercherait d'abord dans sa chambre. Elle continua tout droit dans l'ombre. Elle ne voulait voir personne, elle voulait être seule, seule à jamais.

Un tapis étouffait le bruit de ses pas. Très doucement elle se glissa jusqu'au bout du couloir et s'arrêta à la porte d'une chambre alors que M. Vasseur montait l'escalier. Hedwige savait qu'il ne la verrait ni ne l'entendrait si elle demeurait parfaitement immobile, mais son cœur battait comme à l'approche d'un danger terrible. Appuyée à la porte de la chambre, elle crut percevoir un bruit de voix à l'intérieur de cette pièce et çe bruit qui se confondait avec celui des pas de M. Vasseur faisait songer à une langue inconnue qu'on eût parlée avec douceur et rapidité. Hedwige eut peur. Son oncle ouvrait la porte de sa chambre et l'appelait de cette voix lasse qu'il avait le soir. Elle ne bougea pas. Le bruit qu'elle avait cru entendre s'était tu. Sans aucun doute, il ne pouvait s'agir que d'une illusion. D'un geste subit, elle saisit la poignée de la porte et entra. C'était la chambre de Raoul. Assurément on ne la chercherait pas là. Sans bruit, elle referma la porte et alluma la lumière électrique. Les meubles apparurent avec une sorte de violence : le secrétaire, les deux fauteuils droits, le lit de cuivre, la table de chevet, et au-dessus du lit la longue photographie ennuyeuse. Hedwige ouvrit le tiroir de la petite table et prit le revolver.

— Je vais le tuer, chuchota-t-elle.

Mais c'était contre sa poitrine qu'elle appuyait le canon de la petite arme, et tout à coup un grand cri sortit de sa bouche, un cri dans lequel il y avait toute son ignorance de la vie et d'elle-même, un cri d'enfant :

— Comment fait-on ?

Le coup partit. Elle trébucha et s'abattit sur le dos, entre un des pieds du lit et le fauteuil d'acajou. Au milieu du plafond, une ampoule électrique la regardait.

Œuvres de Julien Green

ROMANS

Mont-Cinère
Adrienne Mesurat
Léviathan
L'Autre Sommeil
Épaves
Le Visionnaire
Minuit
Varouna
Si j'étais vous…
Moïra
Le Malfaiteur
Chaque homme dans sa nuit
L'Autre
Le Mauvais Lieu
Les Pays lointains
Les Étoiles du Sud
Dixie

NOUVELLES

Le Voyageur sur la terre
Histoires de vertige
La Nuit des fantômes, *conte*
Ralph et la quatrième dimension, *conte*

POÈME EN PROSE

Dionysos ou la chasse aventureuse

THÉÂTRE

Sud - L'Ennemi - L'Ombre
Demain n'existe pas - L'Automate

Journal du voyageur
*avec 100 photos
par l'auteur, 1990*

ŒUVRES COMPLÈTES
(en cours)

Tomes I, II, III, IV, V, VI, VII
Bibliothèque de la Pléiade

ŒUVRES EN ANGLAIS

The Apprentice Psychiatrist
The Virginia Quarterly Review

Memories of Happy Days
New York, Harper; Londres, Dent

The Green Paradise, *Londres, Marion Boyars*
South, *Londres, Marion Boyars*
The Apprentice Writer, *Londres, Marion Boyars*

TRADUCTIONS EN ANGLAIS

Œuvres de Charles Péguy:
Basic Verities, Men and Saints, The Mystery
of the Charity of Joan of Arc, God Speaks
New York, Pantheon Books

TRADUCTION EN FRANÇAIS

Merveilles et Démons
nouvelles de Lord Dunsany

EN ALLEMAND

Les statues parlent
*texte de l'exposition des photos
de Julien Green sur la sculpture
à la Glyptothèque de Munich*

À PARAÎTRE

L'Étudiant roux, *pièce en trois actes*
Le Grand Soir, *pièce en trois actes*
Jeunesse immortelle
Idolino, *poème en prose*
Ralph disparaît, *conte*

Composition réalisée par INTERLIGNE

IMPRIMÉ EN FRANCE PAR BRODARD ET TAUPIN
Usine de La Flèche (Sarthe).
LIBRAIRIE GÉNÉRALE FRANÇAISE - 43, quai de Grenelle - 75015 Paris.
ISBN : 2-253-14336-7

❖ 31/4336/9